塗佛之宴 備宴 (下)

ぬりぼとけのうたげ うたげのしたく

京極夏彦

KYOGOKU NATSUHIKO 作品集 11

下冊目錄

上冊目錄

哇伊拉——

——不詳

1

那名女子的臉左右對稱，皮膚具有半透明的質感，一雙眼睛如同玻璃珠般清澈，卻也如同玻璃珠般空洞。面對女子的人，無不被她那雙眼睛吸引，不久後被一股難以言喻的感情所驅策，情不自禁地垂下頭去。因為那雙瞳眸格外令人印象深刻，強烈地吸引看到的人，卻也同時強烈地拒絕看到的人。

女子刻意保持面無表情。她冷漠得甚至給人一種不祥的預感，讓人覺得即使就這樣朝她的胸口捅上一刀，她一定也不會顯露出一絲痛苦的神情，就這樣死去。

視線從女子身上移開。

熟悉的房間。

看膩的景色。

其中的異物——女子。

——對。

她長得就像我小時候一直想要的賽璐珞洋娃娃——中禪寺敦子心想。

穿著輕飄飄的洋裝、有著一頭金色鬈髮的洋娃娃。

敦子曾經渴望得到。

但是……敦子當時離開父母親身邊，寄養在熟人家裡，就算撕破嘴巴也不敢要求那種奢侈品。

——我從那麼小的時候……

從那麼小的時候……就是**這樣**了。

敦子望向女子。於是女子愈看愈像那個洋娃娃。和洋娃娃不同的，只有那頭光澤亮麗、剛洗好的漆黑直髮而已。賽璐珞女子穿著敦子的睡衣，睡在敦子的床上，望著窗外。不，或許她在凝視夜晚的室外。

敦子再次望向女子的瞳孔。

玻璃珠中的虛空。

敦子停止注視。

「這個房間……」

「咦？」

「……這個房間很好。」女子說。

「是嗎……？」

這個房間毫無裝飾，枯燥乏味。

「非常棒。」女子說。敦子笑了。

「乍看之下像是文化住宅（註），不過很舊了。外觀看起來時髦，是因為這裡原本是畫家的畫室。那位畫家戰後不久就橫死了……，啊，對不起，這個話題讓人不太舒服。」

女子說不要緊。她還是一樣面無表情，但說話口吻非常柔和。

「呃……聽說一直沒人要租，大家都覺得很可怕，不過我對這種事不太在意，所以……」

「我也不介意。」女子說道。

「是嗎？所以雖然這是獨棟住宅，租金卻很便宜……」

敦子重新環顧自己的房間。

只是一間寬廣的木板地房間。床、書桌、小餐桌、小流理台，書架、餐具櫃，敦子在這個房間生活起居。原本寢室在另一間房間，但她沒有使用。她把遷入時前任屋主所留下來的家具——畫布和石膏像等等——全都收進裡面，後來就再也沒有動過。

前任屋主是怎麼死的，敦子並沒有聽說詳情，不過寢室的牆壁上染滿了無數分不清是顏料還是血跡的斑點，就算是敦子，也不想睡在那裡。

她在三年前找到工作時租下了這裡。

決定的理由是，這裡雖然小，但附有浴室。她預料到新工作會讓作息變得不正常。儘管想參與社會生活，但敦子不願意犧牲入浴的

註：指大正中期以後流行，納入西洋生活形態的住宅形式。

享受。

但是結果敦子還是跑去澡堂洗澡。因為一個人獨居，在家泡澡太不經濟了。而且購買燃料也非常麻煩。

她告訴女子這些事。

「很奇怪吧？微不足道的便利性，竟然勝過了恐懼。我就是……這樣的女人。」

「一點都不奇怪啊。」女子的聲音還是一樣溫柔。「話說回來……真的可以嗎？麻煩妳這麼多……，還借用了浴室……」

「哦……」敦子簡短地應聲。「請不要在意。我一個人的時候很隨便……，但是有客人的時候，至少……」

「我……不是什麼客人。」

「可是……妳救了我。」

「救了妳……」女子說到這裡，沉默了。

蛙鳴響起。

「這一帶……是什麼地方？」女子問道。

敦子回答：「是世田谷區上馬町。」女子心不在焉地「哦」了一聲。

「這地方……好安靜。」

「這裡是戰前大為流行的所謂田園住宅區，地利雖好，但踏進來一看，卻什麼也沒有……。不過我也都是回家睡覺而已。」

「不會……不安全嗎？」

「是不安全。」敦子答道。「不過……也沒有什麼東西可以偷，所以……」

「可是……」

──白天那些人……

的確，他們可能會襲擊這裡。對他們來說，要查出敦子的住址易如反掌。話雖如此……

──他們會做到這種地步嗎？

敦子不這麼認為。

白天那件事，應該只是偶然狹路相逢，如果他們是計畫性報復，應該會先襲擊編輯部才對。可是……

如果不想驚動警察，對方也可能針對個人攻擊。比起襲擊出版社，襲擊個人住家，更容易隱蔽襲擊的意圖。就算敦子在家中遇襲，視情況，也可能被當成單純的暴徒侵入事件處理。

——那麼……

這裡或許很危險。

女子望向敦子。「妳……一個人住嗎？」

「嗯，家兄和家嫂住在中野……，雙親住在遠地。我……和家人沒什麼緣分，家人分散各處……」

敦子從來沒有與家人團聚生活過。

並非一家人感情不好，也不是經濟上有問題，只能說是沒有緣分。

年紀相去甚遠的哥哥在七歲時由祖父收養，敦子也在七歲時被寄養在父母京都熟人——嫂嫂的娘家，各自被他人養育成人。敦子出生時，哥哥已不在父母身邊，所以敦子在八歲的夏天才第一次見到哥哥秋彥。後來，敦子在祖父過世那一年到東京投靠哥哥，但碰上戰爭疏散等狀況，結果只和哥哥共同生活了半年。

不過，敦子寄住的京都家裡，把敦子視如己出，而敦子視為姊姊仰慕的人，後來也成了自己的嫂嫂，所以敦子從未感覺到孤獨或不幸，只是家庭的成員並沒有血緣關係而已。而且敦子覺得就算雙親不在身邊，也都還健在，那樣的話，親子之情還是一樣的。想來，敦子那種說好聽是獨立，說難聽是相互依賴性極低的人格，確實是在這樣的環境中培養出來的。

「妳不寂寞嗎？」女子問。

寂寞——這種心情究竟是什麼樣的心情呢？敦子思考。若說寂寞，她一直很寂寞，若說不寂寞，今後一定也不會覺得寂寞吧。

她想來想去，答道：「雖然危險，但我不

覺得寂寞。」

女子沒有答話，微微地垂下視線說：

「我……很寂寞。」

「妳也是……一個人嗎？」

女子點點頭。

雖然仍舊是面無表情——但看起來很悲傷。

就算不必無謂地收縮或放鬆臉部肌肉，也能夠表現出感情。文樂（註一）人偶和能面具（註二）也一樣，這些假面具原本應該沒有表情，卻能夠演出豐富的感情，不是嗎？

「我也一直是一個人。」女子重複道。

「一直……」

「當我發現時，已經是孤身一人了。後來就一直是一個人。」

「妳……」

敦子到現在仍無法開口詢問女子的名字。

請她到家裡、請她用餐，甚至預備讓她留宿一夜，敦子卻連女子的名字、身分，什麼都不知道。若說不小心，確實再也沒有比這更不小心的了。

眼前的發展，是敦子平素慎重過頭的個性完全無法想像的。

——可是……

女子救了敦子。

——就算這樣……

也不表示就可以信任。敦子對女子一無所知。而且白天的事，也難保這名女子沒有參與其中。只要懷疑，可疑之處多得是。不……這個女子顯然可疑，可是……

敦子望向女子的眼睛。

半天前……

敦子人在銀座。

她才剛完成採訪。今天是日本哥倫比亞公司在日本橋高島屋舉行國內第一次彩色電視公開試播的最後一天。

敦子在《稀譚月報》這本雜誌的編輯部工作。光看雜誌名稱，似乎是一本可疑的糟粕雜誌，但其實十分正派。雜誌的卷首寫道：

> 本誌創刊之宗旨——本誌致力以理性的角度剖析古今東西愚昧之謎團，欲以睿智之光芒斷然掃除名為不明之黑暗。

易言之，即以科學及現代的觀點，重新審視並揭露神祕事件、不可思議的流言、怪奇現象等所謂的謎團。

真是狂妄的想法。

不了解就是愚劣——這樣的想法是單方面且充滿歧視性的。也是啟蒙主義的，令人厭惡。

這和高鼻子優於塌鼻子、白皮膚優於黑皮膚是一樣的思想。與霸道地踏入未開發地區，高舉文明大旗，對原住民教育洗腦、植民地化的行為很像。無知即是愚劣——這種說法原本就不成立。而且不管知不知道，世界也不會有所改變。

——但是……

老實說，那種見解敦子也不是不明白。

因為敦子自己就是**那種**人。

她不認為無知就是愚劣，但是失去睿智，敦子恐怕都無法呼吸了。所以敦子暗暗地厭惡無知。例如，即使叫她選擇蘋果和橘子當中喜歡的一樣，她也會先想理由。原本喜好是不需要理由的，但是沒有理由，敦子就無法決定。為了做出決定，她需要知識，需要邏輯。對敦子來說，睿智是生命中絕對不可或缺的事物。

——無聊。

敦子連喜好都沒辦法自己決定。

註一：文樂為日本傳統木偶戲，配合三味線演奏，以人偶演出淨瑠璃口白中的劇情。

註二：能即能樂，為日本傳統戲劇，演員戴上能面具演出，以細緻的動作表現內心情感。

腦袋上方總是盤旋著邏輯和倫理，敦子時時刻刻都在請示著它們，度過每一天。沒有邏輯的神諭，她連眨眼都不行。

敦子就是這樣一個人。

所以有時她連自己都厭惡。

即使如此，她還是喜歡這份工作。

她覺得這份工作很適合自己。

說起來，現在世界上已經沒有謎團了。用不著小島國的雜誌挺身而出，世界早就為自己的不明而恥，黑暗不斷地遭到驅逐。以風馳電掣的速度，夜晚變得炫目、人類變得聰明、未來變得光明。所以根本輪不到《稀譚月報》出馬。

最近的報導幾乎都是重新解讀歷史、或重新定義犯罪在社會科學上的位置，以及科學發達的最新消息——愈來愈偏向這類即使扔著不管，也會有人報導的題材。

今天，敦子學到了彩色電視機的原理。

她覺得知道了又能如何？但是敦子還是覺得非常有趣。雖然並不特別感興趣，但她聽得十分認真。儘管也不是聽了就會製造電視機，好奇心還是會被勾起。

開發者熱中地講解著。

總覺得好羨慕。

半個月前，敦子去兵庫參觀科學博覽會時也是。科學突飛猛進、技術不斷革新、光輝的二十世紀——每個人的眼睛都熠熠生輝，連呼著：「太美好了，太美好了！」

敦子……也這麼覺得。

但是冷靜想想，她忍不住懷疑這樣真的美好嗎？公關部小姐說，核子能源是支撐下個世代的夢幻能源。毫無疑問必定如此吧。

但是短短八年前，奪走了眾多人命的，不也是核子能源嗎？

科學技術的發展不一定會讓人類幸福。原子彈絕不是美好的事物，雖然不美好，但原子彈不也是科學的成果之一嗎？

——可是……

即使如此，敦子還是覺得科學很有趣。她明白負面的成分，卻仍然覺得核子能源很棒。

這一定與人類的幸與不幸毫無關係。對科學來說，科學進步本身是美好的。所以科學家根本沒有考慮到人類，他們只會思考科學而已。要不然科學是發展不來的。

是受惠，還是受害，端視使用者的裁量。

——一定是如此。

敦子這麼想，更厭惡自己了。

敦子就是那種會對科學家所述說的邏輯思考過程大為心醉的人。至於那樣的思考會造成什麼結果？對她來說一定是次要的。

——例如……

假設有一種新型殺戮武器被開發出來了，敦子對這個武器不可能有好感。這是一定的，但是如果這個武器的構造之卓越前所未見——那麼對於這個部分，敦子應該會感到有趣。

對照道德倫理來看，這樣的想法顯然太輕浮了。不管它的邏輯有多麼卓越，如果用途只限定於殺戮，就不應該覺得它有趣。即使如此，敦子仍然無法禁止想要浸淫在邏輯樂趣中的欲望。就某種意義來說，這或許是一種想要擺脫現實的欲望。

她有時候也會這麼想。

邏輯不講情分，毫不留情；不會扭曲，也不會伸縮；既不悲傷，也不好笑。擁有的只有累積毫無轉圜餘地的過程的喜悅，以及達到充滿整合性的結論時的歡喜，沒有一絲空隙。她覺得……太完美了。

現實不可能結出形狀如此完美的果實，現實的世界不安定、不合理、馬馬虎虎。

邏輯、概念這些東西，說穿了就是非經驗性的事物。這些普遍是由純粹的思索中導出，是非經驗性的。換言之，並非與實際生活息息

相關。

追根究柢，敦子只是對非經驗性的理想世界觀懷抱著強烈的憧憬——她逃避著經驗性的社會——罷了。

這麼一想，敦子就有一點——真的只有一點點——感到傷心。她隱約地心想，自己真是個墨守成規、一點意思也沒有的女人。而就連這種時候，敦子也覺得頭上仍然有個異樣警醒的自己，冷笑著說「這個女的明明不是真心這麼想」，更感到自我厭惡了。

今天敦子沒有直接回編輯部，就是這個理由。

她想採取一些非邏輯性的行動吧。

一時興起。

既然出門前都說了要回去，明明可以回去，卻不回去，就不合邏輯了。敦子本想打個電話聯絡，卻打消了念頭。她沒有理由不回去。但儘管沒有理由，編輯部或許也會允許她不回去，只是獲得諒解後，違背常規的行動就失去逸脫性了。

敦子彎進巷子裡，這也沒有意義。

理髮店的大片玻璃倒映出自己分不出是男是女的形姿，她停下腳步。

不長不短的劉海。

敦子在求學時代，一直留著長髮。敦子已經記不得那個時候的長相了。現在的臉，她既不喜歡也不討厭，也不記得長髮時自己有什麼感覺。她剪短頭髮的理由不是出於好惡，也不是適不適合。人活下去並不需要長髮——敦子只是出於這樣的理由，剪掉了長髮。

——無趣的女人。

如果自己是男人，也會這麼想嗎？——敦子自問，隨即心想這真是個無聊的問題。敦子沒有理由一定要把性別與個人的嗜好及特性連結在一起。就算性別是男性，敦子的內在應該也不會有多大的不同，那麼結論可想而知。

——就是這裡無聊。

敦子像要與倒映在玻璃上的無趣女子訣別似地快步前進，又彎進更狹窄的巷子裡。

一隻肥胖的黑色大野貓短短地「喵嗚」一聲，蹬上垃圾桶蓋子逃走了。

骯髒、騷亂的風景。

一點情趣也沒有，就像自己一樣。

——這個城市正適合她。

敦子來到東京那天也這麼想。她感覺這種缺乏情趣、殺風景的景色和生活，正完全適合自己。她現在仍然這麼想。

敦子幼時在京都成長。

來到東京以後，已經過了將近十年。儘管如此，以前的朋友依然異口同聲地說：「妳一定很不適應東京的生活吧？」但敦子並不這麼想。

騷亂的景色沒有一絲多餘。不，它清楚地自我聲明：多餘就是多餘。在追求便利性的都市裡，沒用的東西全是垃圾。垃圾只能是多餘的。相反地，充滿情趣的景色令人難以判斷究竟什麼才是多餘。不，情趣這玩意就是多餘，所以才能夠觸動人心吧。

敦子明白這一點，明白是明白……

要是能夠予以數值化，了解只要容忍多少多餘，就能呈現出情趣，那該有多好。

這是不可能的。正因為不可能，所以才叫做情趣。敦子也十分明白這一點，但是……

巷子是一條死巷。

是死巷啊。

敦子乾脆地轉身。

就在此時……

巷子正中央——出現了一名女子。

皮膚呈現半透明質感。

端正的臉龐左右對稱。

眼睛如同玻璃珠般清澈，卻也如同玻璃珠般空洞。女子在害怕嗎？或者她平素就是如

此？敦子無法判斷。她身上的白色洋裝髒得可怕，腳上也沒有穿鞋子。

女子注意著敦子背後。

不堪流氓般的老闆懲罰而脫逃的風月女子——首先掠過敦子腦海的，是這種老掉牙的想像。

但是——以逃亡來說，女子的動作相當緩慢，看起來甚至是悠哉。只是動作雖然遲緩，她看來仍像在意著追兵，不過卻也不是不知該往哪兒逃，或已經疲累了的模樣。

無論如何，女子的模樣確實有些不尋常。敦子停下腳步。

女子發現敦子。

形狀姣好，但完全失去血色的嘴唇張開了。

——危險。

聲音很小，聽不清楚，但女子的嘴唇確實是這麼說的。

——危險？

接著傳來人的聲息。敦子立刻奔近女子並越過她，回到巷口處。她探出脖子一看，幾名男子正跑過最初彎進來的巷子口。

回頭一看，女子正看著敦子，眼神像是在求救。敦子小聲問她：「有人在追妳嗎？」女子回答：

——**也有人在追我**。

——也有人在追妳？

女子的聲音像玻璃風鈴。

——也……？

這是什麼意思？

總之，確實有人在追捕女子。但是現在雖是午後，太陽還高掛天際。只要到大馬路上，街上就有許多行人，敦子覺得與其藏在沒有人跡的巷子裡，出去人多的地方比較安全。敦子這麼說，但女子搖了搖頭說：

——被發現的話，會被跟蹤。

確實，當場動粗並非明智之舉，也沒有必要在大馬路上動手捉人。換言之，只能甩掉他們了。但是不管怎麼樣，待在無路可逃的死巷裡只能坐以待斃。敦子思考了一下，對女子說她去叫警察，要女子躲藏好。這種情況，這麼做應該是最妥當的。在非法而且危機重重的狀況下，交由警察處理，才是法治國家善良的小市民正確的判斷。

但是女子卻說道：

——那樣……太危險了。

起初敦子以為她的意思是「躲在這裡會被抓到，我會怕」，但是她想錯了。

女子似乎是在警告敦子。

女子說危險的**不是她，而是敦子**。

——我？

女子突然抬頭。同時再次傳來有人逼近的聲息。敦子瞬間碰到旁邊的木門。門沒鎖，裡面似乎是人家的後院。敦子牽起女子的手，把她拉進裡面，關上木門。

卡上門閂。

敦子想要開口詢問，但女子伸出食指豎在嘴唇前。一會兒後，圍牆外傳來吵雜的腳步聲。這是條死巷，一聽就知道不會是路人。敦子和女子屏息在門後躲藏了整整一個小時。後來，女子不知道有何根據，說：「應該已經不要緊了。」

敦子有些莫名其妙地打開木門。

巷子和大馬路上皆已不見那些男人的蹤影了。

那些男人……

女子簡短地說明：

他們在路上一看到敦子，立刻臉色大變，破口大罵，直朝敦子衝了過去。但是敦子突然彎進巷子裡，所以他們追丟了。

敦子感到納悶。

為什麼自己會被人盯上？

他們有什麼目的？

女子說，那些人暴跳如雷。

女子還警告說，不曉得他們會做出什麼事來。

那些男人……

那些傢伙……，對……

女子說他們是韓流氣道會的人。

聽到這個名稱，敦子總算恍然大悟。

敦子心裡有數。

韓流氣道會……

蛙鳴聲響起。

敦子回過神來。

她似乎一直盯著女子玻璃珠般的瞳眸。

或者說被迷住了比較正確？

自己看了幾分鐘、幾秒鐘，或者只有一瞬間？

女子以**看似溫柔、面無表情**地注視著敦子。

——這個人到底幾歲？

看不出年齡。

也看不出她在想什麼。

身分和名字也……

——這個人是誰？

「請問……」敦子開口，她的聲音沙啞。

「……妳……」

——是誰？

「……妳……和那些人——韓流氣道會的人，呃……是什麼……」

——為什麼我沒辦法直截了當地問她名字？

女子稍微改變了臉的角度，感覺她的表情暗了下來。

「我和他們……沒有關係，可是那些人……我覺得他們……想要利用我。」

「利用？」

「是的，他們三番兩次找我去，我全

都拒絕了。但是今天……他們強迫把我帶出來……」

「帶出來……？」

「是的。有四五個人突然闖了進來，威脅我說如果不想吃苦頭，就乖乖聽話。我沒辦法抵抗。他們因為看到妳，有三個人跑了出去，包圍我的人牆缺了一角，我才趕緊甩開他們逃走了。所以也可以說……是妳救了我。」

「這……」

什麼意思？這個人……

「我……」女子說。「我**知道未來的事**。」

「預知……未來？」

敦子陷入困惑。

以敦子的常識來看，預知是不可能的。未來是**不存在**的，雖然能夠預測，但不可能預知。從過去的資料導出來的所謂預測，只是從無限多的選項裡姑且挑選一個罷了。而且只是選擇了可能性較高的選項，說起來僅是機率問題。未來已經存在，可以知道未來——這種顛倒因果律般的事，敦子根本不相信。

「預知未來嗎？」敦子再一次問道。

但是女子近乎冷漠地，乾脆地否定了自己的話。「不曉得，我覺得是假的。」

「假的……？」

「假的……，就是假的。」

「那……」

「我覺得……是**有人照著我說的動了手腳**。未來的事沒道理能知道吧？」

「預言者自己讓預言實現嗎？」

「不是我自己期望的。只要我說什麼，有人就會讓它實現……，不管我願不願意，我的話都會相繼成為現實。這……不是我的意志。」

「怎麼可能……？妳說的有人是指……」

「這我不知道。」女子說。「我很害怕，

我已經受不了了。不，我實在千百個不願意。雖然不願意，但我很寂寞……，所以被人感謝、被人信賴，讓我覺得有點高興。而且起初我是相信的，我……原本相信我自己的能力……」

「請等一下，妳……」

——難道……

「……妳是……華仙姑處女？」

女子將臉偏至**看起來**極為悲傷的角度。

「我不叫……這個名字。可是，每個人都這麼叫我。」

「所以……」

女占卜師華仙姑是現今當紅的話題人物。

據説華仙姑的預言不僅百發百中，還擁有能將惡運轉為好運的神通。但華仙姑不僅是身分，連年齡、長相都無人知曉。她住在哪裡，也沒有被公開。

即使如此，傳聞還是透過口耳相傳，祕密地渲染開來，聽説她的名號甚至傳到了財政界。

什麼某政治家找華仙姑商量該如何自處、某企業一一徵詢華仙姑的意見來決定經營方針。大概在櫻花凋謝後沒有多久，這類風聞就煞有介事地悄悄流傳開來。

最初應該只是都市裡近似嘲弄的流言。

但是這類流言沒多久就捲入醜聞，逐漸自我增殖，化為漆黑的嫌疑盛傳開來。

什麼閣員級的重量級政治家遭女占卜師色誘，變成了窩囊廢、什麼那個女人一句話就可以左右股價漲跌、什麼那個女的是昭和的妲己，妄想統治這個國家——不負責任的流言變本加厲，似無止境。

但是華仙姑本人依然藏身迷霧之中，也有許多人懷疑她是否真正存在。

不過敦子知道華仙姑真有其人。因為在流言擴大之前，就有個好事男子盯上預言百發百中的女占卜師華仙姑，鍥而不捨地調查。

他是名叫鳥口守彥的糟粕雜誌編輯。

記得上個月底，鳥口說他揪住了華仙姑的狐狸尾巴。因為是獨家新聞，鳥口沒辦法透露得太詳細，不過從他所說的片段來看，華仙姑這個女子是個泯滅人性、罪不可赦的冒牌占卜師。

——可是……

敦子望向女子的眼睛。

一片空洞，但是敦子不認為這片空洞當中隱藏著邪惡。

「……請問……」

敦子想問「聽說財政界的人都會去找妳商量，這是真的嗎」，卻問不出口。她覺得這問題很低俗。

敦子站起來，關上微啟的窗戶。

由於天候異常，春天都已過了才感覺到寒意。

敦子不知道該怎麼做才好。

該問些什麼？怎麼問？重要的是她該在這個女人面前表現出什麼態度才好……？

就在敦子想要開口的時候……

「磅！」一道巨響。

是玄關，接著廚房後門也傳來粗暴的聲響。敦子一瞬間陷入慌亂。

但她很快就振作起來。

……是襲擊。

「氣……氣道會……」她還來不及說完，門就被踢破了。

三名男子站在那裡。

中間的男子踏出一步。「小姐，白天讓妳給溜掉了哪……」

後面兩人分往左右。

後門被踹破，又有兩個人侵入。

男人以敏捷的動作占住華仙姑兩旁。

「妳以為那樣就逃得掉嗎？帶著這麼醒目

的女人，以為我們找不到嗎？妳也是，竟然完全不把我們放在眼裡哪……華仙姑。」

男子逼近敦子身邊。

敦子狠狠地回視。

男子瞪住她，說：「好骨氣。看看妳這盛氣凌人的表情，我就放過妳這張可愛的臉蛋好了。」

「你……你要做什麼？」

「做什麼？這麼做！」

男子舉起手來。

——不要緊，**不要相信**就是了。

敦子回瞪的瞬間，男子的手刀朝著她的頸動脈劈下。肩頸一陣灼熱，腦袋變得一片空白。男子的臉變成兩張的瞬間，敦子側臉吃了一記迴旋踢，整個身子重重地撞上窗戶。

窗玻璃破碎，敦子摔到窗外。

「住手！」華仙姑的叫聲傳來。就連這種時候，她的表情依然不變嗎？——敦子竟想著這種事。側腹部被踢了一腳，發不出聲音，身體慢慢感到疼痛，整個人喘不過氣。

衣襟被抓住，敦子被粗魯地拉起來。女子「住手」的叫聲被塞住了。「別殺她。」聲音響起，胸口傳來睡衣撕破聲。

冰冷的夜風拂上肌膚。

男人的拳頭打進心窩，喉嚨深處熱得像要燃燒起來似的，口中充滿了鐵鏽味的苦澀液體。

意識……

敦子腦中浮現哥哥的臉。

2

女子的臉左右對稱，皮膚具有半透明的質感，眼睛如同玻璃珠般清澈，卻也如同玻璃珠般空洞，只是目不轉睛地注視著敦子的臉。好美的臉，顯得很擔心。明明是洋娃娃，卻有表情呢。是傾注心血製造的，所以一定有靈魂寄宿在裡面。不……這只是迷信，洋娃娃是假的，看起來會有表情，只是錯覺罷了。不是光線的關係，就是臉的角度造成的，一定是的。

話說回來……

為什麼呢……？敦子心想。

為什麼洋娃娃會在我的房間呢？

我完全沒有透露說我想要啊。

是嬸嬸買給我的嗎？

還是姊姊……

哥哥……

啊……

哥哥，我好怕。

脖子一陣劇痛。

「啊，不可以動。」洋娃娃說話了，果然有靈魂……

好痛，全身疼痛不已。

「啊……」敦子發出聲音。

洋娃娃——不，這不是洋娃娃。這個女人是……

——華仙姑。

「請……問……」

「妳醒了，太好了。要不要緊？」女子以玻璃風鈴般的聲音說。

——這裡是……上馬的畫室，我……

敦子再次望向女子的眼睛。

玻璃珠中的空洞。

敦子停止注視。

記憶漸漸地恢復了。與之共鳴似地，身體各處也痛了起來。背上的觸感，自己的床，敦子睡在床上。女子——華仙姑坐在枕邊，擔心地——雖然依然面無表情——看著敦子。

「那……那些人……」

敦子姑且不論，這個人為何會平安無事地待在這裡？她竟然沒被帶走？

「我想……暫時不會有事了。我會醒

著……，妳最好再休息一下。天還沒亮……。啊，窗子他也幫忙修理好了，不必擔心，雖然只是釘上板子應急而已……」

「修理……」

——**幫忙**？

誰幫忙修理好了？

氣道會那些人怎麼了？

「我……」

「他說不要緊，骨頭沒斷，是挫傷，疼痛也很快就會退了。他說對方似乎手下留情了……，可是竟然打出這麼嚴重的瘀傷……，真是太過分了……」

女子撫摸敦子的頭髮。「……妳最好再睡一會兒……」

敦子閉上眼皮。

韓流……氣道會。

太小看他們了。

弄個不好，自己或許已經沒命了。

約一個月前，敦子前往氣道會的道場。

當然是為了採訪。

韓流氣道會在新橋開設道場，為來路不明的古武術流派。它從去年夏天開始蔚為話題，過完年時，聲名已經遠播到各處都能聽聞它的名號。

眾人都說那不是一般的拳法。

說是能拳不著身，就打倒對手。

敦子無法置信。

她不知道那是念力還是氣，可是不管如何，不具物理質量的東西，沒道理能夠發揮物理影響力。就算那是種能發揮物理作用的能量，也難以相信人體可以發出那種破壞性的力量。就算叫小孩子來想，也知道這不合理。

可是，街頭巷尾盛傳的那些風聞，聽起來都對這套說法深信不疑，市面流傳的有關氣道會的報導，也看不到任何質疑的見解。其實這只是因為有識之士根本不屑理會那種東西，但當時敦子並不這麼想。無論如何，不合理的事物橫行世間的狀況，讓敦子這種人感覺如坐針氈。

所以，敦子首先進行調查。

雖然自稱中國古武術，但氣道會似乎並非承襲自傳統流派，來歷十分可疑。會長自稱韓大人，完全調查不到他的底細，只知道他確實是日本人，但經歷和本名都查不出來。不管怎麼查、怎麼追溯，都調查不到相關資料。

然後……敦子與總編輯商量後，正式向氣道會提出採訪申請。

敦子並不是懷抱著揭露、糾舉謊言的想法，她只是純粹地想了解。所以那一天，敦子盡可能以懇切的態度進行採訪。因為要是一開始就抱持懷疑的態度，就無法做出公正的判斷。她仔細地參觀練習實況，也和代理師範談話。但是，敦子無法信服，沒有任何事物觸動敦子渴求邏輯的心弦。

的確……

代理師範一把手伸到頭上，原本站立的弟子就突然倒下。代理師範一伸出手掌，眾多弟子便近乎滑稽地往後飛去。

代理師範說明，這是眼睛看不到的波動——「氣」所造成的作用。

他說，藉由鍛鍊，人能夠自由自在地操縱在體內循環的未知能量，從手掌放射出來。

敦子覺得事有蹊蹺。

當然也有「氣」這種能量究竟存不存在此一根本的疑問，但是這一點暫且不論，有其他更為瑣碎的細節讓敦子感到奇怪。

沒錯……

相對於弟子們誇張的反應，代理師範的動作實在太小了。

至少敦子這麼感覺。

就算退讓百步，承認真的有未知的能量存在，那麼，如果代理師範的身體**沒有**受到弟子身上遭受到的相同衝擊——物理作用——的話，就代表這種運動違反了物體運動的根本法則——牛頓運動三定律，不是嗎？

運動三定律為以下這三點：

首先是慣性定律：靜止或維持一定直線運動的物體，在沒有外力作用的狀況下，會維持現有狀態。其次是物體的運動方向會與受力的方向相同，運動量與受力大小成正比，也就是所謂的牛頓運動方程式。最後是兩個物體彼此撞擊受力時，兩道力永遠大小相同，方向相反，為反作用力定律。

這種情況……

在被彈走之前，弟子顯然是靜止的。

如果照慣性定律來看，除非被推，或是被東西打到，弟子的身體不應該會動——自己動當然不算數。弟子移動的狀況像是被彈走一般，所以如果不是弟子自發性地運動，就表示有外來作用力施加在弟子身上。

代理師範説明，這是因為氣撞擊在弟子身上。

這個解釋並沒有問題。他們説氣是未知的波動，不過無論那是什麼，先假設代理師範的手掌真的放射出足以彈走弟子的力量好了。

那麼……

根據作用力與反作用力定律，放出力量的一邊一定也會承受到相同的力道。

換言之，如果發射力量的反作用力沒有作用在代理師範的手或腰部——隨便什麼地方都好——那就是騙人的。如果道場的地板是冰，而代理師範穿著溜冰鞋，那麼代理師範發射氣的瞬間，他應該會往弟子彈走的反方向滑去才對。

代理師範必定會承受到等同力道的反作用力，然而在敦子眼中，卻看不到他任何肌肉的緊張或姿勢的變化。

所以敦子才覺得不自然。

所謂定律，在一定條件下是普遍、必然成立的關係。如果定律不成立的話，就表示道場裡面的環境條件十分特殊。

但這是不可能的。

以同樣的角度來觀察，弟子們的動作也有不自然的地方。

他們的動作雖然誇張，但對於壓上來的力量，卻沒有做出抵抗的運動。敦子完全觀察不到像是承受力量、或反抗力量這類的動作。

膝蓋伸曲的樣子、被彈走前上半身的角度等等，不管怎麼看，他們都是自發性地往後彈去——敦子只能這麼判斷。

但是另一方面，敦子也不認為弟子們在說謊。

「起初我什麼都感覺不到。」一名弟子說。「但是隨著不斷地鍛鍊，我開始感覺到體內的**氣在流動**。」

聽說不久後，氣就會逐漸**成熟**。這麼一來，就可以了解發氣是怎麼回事，也可以接收到對方所發出來的氣。那個時候，才始以體會到**氣撞上來**的感覺。

如此一來，人就會被彈開。

敦子思考。

彈開的理由……

既然沒有施加外力，弟子們肯定是靠自己的肌力彈跳起來的。但是他們似乎不是意識性地往後**跳**，至少那不是偽裝出來的。

敦子會這麼想，是因為弟子們彈開的時機太一致了。如果是裝的，一定會有些人入戲、有些人狀況外，絕對會出現個人差異。但是弟子們全都同時往後彈去。那不是意識性的行動。

那麼……這會不會是本能性的動作呢？那種痙攣般的反應，會不會是一種反射運動呢？

換言之……

看起來像是被某物給撞飛的那種動作，會

不會其實是為了要**閃避**應該會撞上來的什麼東西呢？例如人快要被揍的時候，都會反射性地把臉別向拳頭打過來的反方向。和這個道理是一樣的。

這是認定有什麼東西快撞上來，才會出現的反應。所以先決條件是**相信**氣真有其事。

但是唯有這件事，就算口頭上叫人相信也沒有用。不過想要入門的人，一開始應該就對這種想法有著某些程度的認同，再加上同門前輩也深信不移，他們也作證真的會被氣彈飛，這麼一來，懷疑的想法也會日漸消除吧。弟子們是在不知不覺中，被下了氣會發揮作用的暗示。啊，氣發出來了，氣要打上來了——只要這麼想，身體就會在無意識中做出反應。

或者是……弟子們可能吃過好幾次苦頭。對於當時所受到的打擊的反應，在反覆練習當中，成為一種「招式」，被肉體——潛意識給記憶下來了。這也是有可能。

不管怎麼樣，那都不是意識性的反應。所以他們才會真心相信，不是嗎？

敦子請教嫻習武術的熟人，陳述自己的想法。結果那位熟人說，其他的武術也有類似的情形。

據說在實戰取向的武術中，師父首先會對毫無預備知識的初學者給予強烈的一擊。弟子之所以贏不了師父，就是因為那**最初的一擊**。據說大部分都是攻其不備，例如告訴對方「來，伸出右手」，緊接著攻擊左方。

幾乎形同暗算，可是那是招式的基本。武術的招式，是對方這麼打來，就這麼打回去。師父學過的招式比弟子多，所以愈是按照招式操練，弟子就愈是破綻百出。

所以據說不知道招式的話，反而意外地能夠獲勝。如果對方說「來，伸出右手」，就直接拿右手去打對方，情形就完全逆轉了。但是一般來說，想要學武的人絕對不會做這種事，所以大部分都會被打敗。

而那最初的一擊，在一瞬間確立了師徒關係。除非由於某些機會，遭遇了超越第一擊的第二次打擊，否則往後弟子永遠都贏不了師父。

所以一般而言，無論任何流派，不管弟子變得有多強，都不可能打敗師父。弟子段數慢慢提升，從師父手中傳承奧義，獲得保證，然後出師。即使在技術上超越了師父，也不會直接挑戰打敗師父。就算贏得了師父，也贏不了師公，更絕對贏不了祖師爺。聽說就是因為這樣的結構所致。

據說這全都是因為最初的一擊，這應該近似於宗教中所說的戲劇性的回心吧。換言之，是一種暗示效果，也可以說是洗腦。唯有洗腦解除，弟子才有可能打敗師父，創立新流派。

氣道會的情況也相同吧。

敦子下了這樣的結論。

也就是說……

氣並非什麼看不見的波動，也不是未知的能量。藉由持續性的想像訓練以及反覆練習招式，徒眾獲得自我暗示，對於特定的狀況及訊息，肉體會無意識地做出反應——這就是氣的真相。

就像安慰劑一樣。

那麼……

安慰劑在臨床上確實有效，所以也不能一概而論，說它是假的、騙人的。這和套招、串通不一樣。弟子們絕對不是在開玩笑。就算沒有發出未知的波動，人確實也未被觸碰就被彈飛了……

敦子老實地把這些看法寫成報導。

她的文章刊登在這個月的雜誌上。

雜誌四天前發售。

編輯部馬上接到了抗議電話。

這些誹謗中傷嚴重損害本道場信譽，本道

場要求立刻回收雜誌，在次月號更正並刊登道歉啟事。

總編輯拒絕了。

總編輯認為文章並無意誹謗，同時報導也沒有中傷的要素。

事實上，敦子自認文意中沒有嘲弄氣道會的意思，毋寧說她是帶著善意撰寫的。她並沒有批評，也沒有胡亂寫些謊言或臆測，只說代理師範所說的氣道法，不是現今的物理科學理論能夠解釋的。

敦子拋棄成見和偏見，盡可能以公正的立場寫下報導，然而他們似乎把敦子得到的結論當成了侮辱。

敦子有點後悔。以前哥哥說過，有人相信，因為相信而得救，那麼即使是假的，也不該加以揭穿。

哥哥說，即使知道那是假的，也不能把它當成假的——不予以揭穿、在這種默契上成立的救贖，就叫做神祕學；所以不分青紅皂白地加以揭穿，並不一定就會帶來正面的結果。敦子以為哥哥是在說宗教和迷信，可是看來並非如此。這番話做為一般論，似乎也一樣成立。

但是敦子也無法拋棄「錯就是錯」這種強烈的信念。這就是連骨子裡都填滿了近代主義的、無趣的自己。敦子隱隱認為，所有的謎團都應該在崇高的邏輯面前屈膝下跪。

完全是啟蒙主義……，真教人厭惡。

總編輯說，打電話來的不是會長或代理師範。

應該是純粹深信不疑的一般會員吧。

來電者糾纏不休，一直追問撰稿人是誰？是不是來採訪的女子？

總編輯拒絕回答。他說決定報導是否刊登，是總編輯的權限，對於所刊登的報導，責任全都在他身上，所以沒有義務回答這類問題。當然，總編輯不是為了包庇敦子才這麼說，不過那篇報導是誰寫的，可想而知。聽說電話另一頭的人罵道：「叫那個死丫頭再來一次，看我把她給震飛。」

——如果我被震飛，就會相信了嗎？

應該不會相信吧——敦子當時心想。

敦子覺得就算經歷了違反運動定律的體驗，自己還是不會相信。

即使身體被震飛，邏輯也不會動搖。如果碰上那種事，敦子一定會不斷地思考，直到想出一個符合自然物理學見解的結論——敦子能夠接受的理論。

相反地，就算完全沒有體驗，只要能夠得到一個她可以接受的道理，她肯定會當場相信。

敦子就是這種人。

——可是……

敦子輸了。

那個時候，敦子確實是毅然決然。

被暴徒掐住脖子，不可能不怕。即使如此，敦子仍舊傲然挺立，甚至從容不迫地回瞪對方，這完全是倚仗著敦子頭上的邏輯和倫理，而不是因為敦子本人功夫高強。

不管在任何情況下，暴力行為都是愚蠢的。敦子在內心一隅，一定是堅信著愚蠢的事物不可能贏得過明智的事物。

而且敦子絕對沒有做錯事。那麼，正確的人沒有必要屈服在邪惡之人底下——她肯定也這麼想。儘管她完全明白世間的道理根本不是如此，卻仍然無法擺脫這樣的想法。

——這也是一種暗示效果嗎？

敦子應該是在不知不覺間，將邏輯、正論這些非經驗性的概念——先驗的事物當成了「最初的強烈一擊」吧。經驗性的事物、感覺性的事物，在敦子的內心永遠只能是下級的概念，那麼它們永遠不可能贏得過上級的那些概念。

昨晚也是……

敦子確信氣所造成的物理作用，只是自我暗示效果所造成。那麼敦子在肉體上應該不會遭受到任何打擊。因為在道場，他們在練習中也絕對不會觸碰對方的身體。

大錯特錯。

拳頭毫不留情地打進肉體，最初的衝擊遠遠超乎預想。

仔細想想，這是理所當然的。

——我是笨蛋嗎？

敦子有點自暴自棄，睡了。

拳頭都掄起來了，怎麼可能不打下來？

她夢見自己變成了樹葉。

脖子冰冰涼涼的，敦子醒來了。

睜眼一看，枕邊坐著一個笑容可掬的小個子男。小個子男穿著白衣，戴著圓眼鏡。他一看到敦子醒來，便異常親切地說：「啊，身體覺得怎麼樣？比較不疼些了嗎？」

「請問您是……哪位？」

「小的在三軒茶屋的漢方藥局条山房負責配藥，敝姓宮田。」

「漢方……？」

摸不著頭緒。自己還迷迷糊糊的嗎？女子——華仙姑怎麼了呢？

「您的傷，小的已經處理過了。幸好處置得早，沒有大礙。脖子的內出血有些令人擔心，但復元狀況似乎不錯。雖然這麼說，但我們並不是擁有執照的醫師，若您覺得不放心，還是到一般外科去看看比較好。」

「請、請等一下。」

脖子轉不了。

「啊，脖子盡量不要動比較好。剛才換了膏藥，今天休息一整天的話，明天應該就可以下床走動了。」

「呃……對不起，我搞不太清楚……」

「敦子小姐……」風鈴般的聲音響起。

敦子只轉動眼睛，望向聲音傳來的方向，女子正拿著托盤站在那裡。

「對不起，我擅自借用了廚房，煮了飯……」

「哦……」

女子向宮田行禮。

「對了，是這位先生……救了我們。」

「救了我們？那麼，是他把氣道會的人……？可是……」

對手是強壯凶猛的練家子，而且至少有五個人才對。這名個頭這麼嬌小的男子，真的打得過他們嗎？

宮田笑意更濃了，說道：「不是小的。小的不識武道，只知道煉丹。救了兩位的，是吾師通玄老師。」

「通玄……老師？」

「沒錯。吾師修習眾多中國拳法——當然是做為內丹術之一——啊，就類似一種健康法。老師說他偶然行經這條路，聽見這位小姐尖叫。」

「我不知道發生了什麼事。」女子說。「我覺得要是不救敦子小姐，妳會就那樣死掉，所以我掙扎著到窗邊，大聲叫喊，然後趴在妳身上。結果那邊……」

女子的視線望著後門。

「……有個小小的——恕我失禮，但我真的這麼覺得。有個小小的東西從那邊……」

女子說，場面並不是很激烈，其實她完全不明白究竟發生了什麼事，好像在看舞蹈一般，一眨眼的空白後，五名男子已經倒在地上掙扎了。

宮田說道：「老師說，那些暴徒只學了一點武術的皮毛，只是一群惡棍罷了。他們可能也不知道控制打人的力道，所以擔心這位小姐的傷勢……」

「請等一下，那麼……」
「咦？」宮田睜圓了眼睛。「難道……小姐您以為自己是被武道家攻擊了嗎？原來如此，您以為武道家的話，應該會謹守禮節，所以疏忽了是吧。可是攻擊您的，只是一群卑鄙的無賴，應該是那個叫什麼的道場的門生吧。」
「那麼……氣……」
「氣？」宮田發出倒了嗓的聲音。
「不是氣道法之類的……？」
宮田笑了。「噯，若論氣，一切都是氣。您一旦害怕，就是怯了氣，挺身面對，就有了霸氣。毆打婦女，是脫逸常軌的戾氣。真不明白那些人在想什麼。」
「我說的……不是那種氣……」
「森羅萬象，凡百諸相，皆為氣之發露。無論是否被拳頭擊中，您的氣都被暴徒的氣給箍禁、攪亂、斬斷了。所以您才會受傷。」
「呃……」
「不過聽說當中有一個人似乎略通武道，但身手也不值一提。老師驅逐暴徒後，將兩位交給同行的弟子看顧，急忙回到条山房。小的接到通知後，立刻火速趕到這裡……」
「那麼……難道那扇窗戶也是……」
窗戶以薄木板仔細地修補過了。不僅玻璃破碎，好像連木框都損毀了。
「唔，窗子關不上也太危險了，所以小的未經許可就……。補得這麼難看，真是抱歉。門也稍微修繕過了。」
「這……真是……太感謝了。」敦子想要低頭致謝，被制止了。
「不過真是太不安寧了。」宮田以平和的聲音說。「還是通報一下警察比較好吧，婦人家一個人獨居，太危險了。還有，如果不會給您添麻煩的話……」
「呃？」

「小的可以繼續過來診療嗎？」

「嗯……」

可以相信他嗎？敦子沒有足供判斷的根據。

儘管對方對自己這麼親切……

「小的明天再來。」宮田說，接著又說「祝您早日康復」，深深行了個禮，離開了。

「謝謝您。」女子——華仙姑道謝，面無表情地目送他的背影，然後轉向敦子，簡短地勸她進食。敦子也想吃東西，老實地點點頭。

看到那一點都不像是用現有材料做出來的早餐，敦子有些吃驚。女子幾次為擅自使用廚房以及動用食材一事道歉。敦子並不討厭料理，所以總是會買足一定分量的食材備用，但是經常因為太忙而放到壞掉，所以她對女子說，把食材用掉她反而覺得高興。這是她的真心話。

「衣服……我也擅自拿來穿了，簡直跟小偷沒什麼兩樣。」女子再次道歉。

確實，女子穿著敦子的衣服。而且敦子一直沒有發現，自己身上的衣服也換過了，是女子為她更衣的吧。

女子個子很小，穿上敦子的衣服，看起來格外年輕。漆黑筆直的頭髮綁得鬆鬆地垂在肩膀處，看起來也像個巫女。

吃過飯後，敦子心情平靜了一些。

——得聯絡編輯部才行。

首先她這麼想。但是如果老實地說出自己遭到氣道會攻擊，依總編輯的個性來看，肯定會馬上飛奔而至。這麼一來……

敦子望向女子。

——這個女子是華仙姑。

她再次體認到這件事。不能讓總編輯見到她，但也不方便偽稱她的身分。敦子覺得既然要說謊，乾脆一開始就不要說真話。

沒有電話，只能向鄰居借用。敦子深思熟

慮後，拜託女子聯絡編輯部，謊稱敦子感冒發高燒，發不出聲音。

她昨天毫無理由的行動，似乎也就這樣自動被認定是惡性感冒所致。

——哥哥……

該不該聯絡哥哥？敦子猶豫了很久，最後決定不說。哥哥和鳥口常聯絡。半個月前，鳥口義憤填膺，還揚言絕對不放過華仙姑。鳥口平日很少大力聲張什麼，這種態度十分罕見，讓敦子印象深刻。

令他憤怒的對象就在敦子身邊。

敦子望向女子——華仙姑。

女子淺淺地坐在書桌前的椅子上，略略低著頭注視在桌上交握的手指。

看不見她玻璃珠般空洞的眼睛。

到了這個地步，敦子卻極為困惑。

她內心的不安似乎透過房間的空氣傳給了女子，女子將表情一成不變的臉轉向敦子，說道：「我……做了許多失禮的事。」

「我才是，這麼麻煩妳……」

女子微微地垂著頭，呢喃似地說：「我……待在這裡是不是會給妳添麻煩呢？」

「什麼麻煩，才不會……，可是，這裡……這裡很危險。」敦子說。

氣道會已經知道這個地方了。

「我的住處……也已經曝光了。」女子說。說的也是。

「妳有沒有什麼可以暫時棲身的安全地點呢……？」

「我……只有一個人。」

「呃……例如說，來找妳商量的那些人……？」

好難啟齒。

女子再一次說：「我一直都是孤單一人。」傳聞說，華仙姑有許多狂熱信奉者如同信徒般追隨著她。還說，華仙姑有大權在握的政治家當後盾。甚至華仙姑在財經界也能夠呼風喚雨——全都是傳聞。

換句話說，女子打從一開始就無處可去。

敦子心想，暫時還是不要聯絡哥哥好了。

換了個姿勢，脖子一帶感覺輕鬆多了。

是藥效逐漸發揮了嗎？

敦子睡了一下。

她做了個非常寂寞的夢。

寂寞得不得了，她心想原來這就是寂寞，總覺得難以承受，於是睜開了眼睛。

總覺得……有個懷念的人。

是錯覺。

直到昨天都還是陌生人的女子，不可能是敦子懷念的人。是因為看慣了嗎？即使如此，還是讓她忘卻了幾分寂寞。女子以和剛才相同的姿勢坐在椅子上，仍然望著桌上。或許自己的意識只中斷了短短幾分鐘而已。女子好像注意到敦子醒了，她微微抬頭，說：「好奇怪的動物。」

「咦？」

敦子不懂她在說什麼。

「啊，對不起。我不是故意要看的，因為就放在桌上……，所以……」

「放在桌上？」

「這張畫。」女子說道，出示書桌上一張十二乘十六．五公分大小的相紙。

「哦……」

那是從哥哥那裡借來的一本江戶時代書籍上翻拍下來的照片，上面畫的並不是動物。

「那是……妖怪。」

「妖怪？」

「鬼怪。」敦子說。「像是河童、天狗那一類的妖怪。現實世界不會有那麼奇怪的動物……」

完全忘記了。

當然，那是為了刊登在《稀譚月報》上才

翻拍的照片，預定用在下個月號開始刊登的多多良勝五郎這位在野民俗學者的連載上。照片前天洗出來，敦子確認後，就一直擺在桌上。

「鬼怪啊……」女子一臉意外地說。

的確，敦子覺得那張畫與其說是妖怪，稱為怪物更合適。她記得那張畫完全沒有半點神祕、怪奇等要素。

臉長得像貉犬（註一），耳朵像豬。

嘴巴咧開，就像顆舞獅的頭。

胴體也像是巨大的犀牛或河馬。

儘管整體看起來鈍重，前腳卻很長。

前腳尖端只有一根銳利的鉤爪。

那頭未知的野獸正從樹叢後探出上半身。

就是這樣的畫。

「據說這叫**哇伊拉**，是已經絕滅的妖怪。妳當然不知道。」

「這種東西……也會絕滅嗎？」

聽說是會的。

多多良說，不知為何，這個怪物除了幾張畫像以及記載在畫上的名稱以外，所有資料都失傳了。

雖然敦子對妖魔鬼怪並未詳細到能夠斷定的地步，不過妖怪不同於大象或鯨魚，應該沒有實體。但是並不是沒有實體，就等於**不存在**。

例如說，傳說北海棲息著一種叫做「一角」（註二）的有角海獸。敦子從未見過真正的一角。即使如此，敦子還是知道一角的生態及形態。因為她讀過紀錄，也看過圖片。

但是如果這個一角其實是虛構的動物，實際上並不存在，會怎麼樣呢？這種情況，敦子也無從確認起。所以就算實際上並不存在，對敦子來說，一角這種海獸仍然是存在的。

妖怪全都像這樣。

所以實際上存不存在，完全不是問題。對於知道的人來說，與存在並沒有兩樣。

但是……例如說，沒有紀錄的話。

沒有畫像的話，沒有任何人知道的話。

那情況會變得如何呢？

一角的情況，因為牠實際存在，就算沒有人知道牠，這個事實也不會威脅到牠的存在。

因為不管怎麼樣，一角就實際生活在北海。

也可以說，這只是發現早晚的問題。

但是妖怪不一樣。只要沒有人知道妖怪的存在，妖怪就消滅了。

所以敦子認為，妖怪就等於訊息。

訊息消失的話，存在本身就會逐漸損毀。所以古人才會那麼執著於記錄妖怪，一而再再而三地畫下妖怪。因為這等於是一種基因，使妖怪這種生物存活下來的基因。

這種叫**哇伊拉**的妖怪，只有外形和名字勉強留存了下來。

只有名字，算不上活生生的妖怪。遺傳訊息幾乎都缺損了，等於只留下了化石。

所以……

「所以**哇伊拉**已經絕種了。」敦子說明。

不知為何，女子看著那張照片的模樣看起來極為恐懼。

「只剩下名字……和外形……」

「是的。河童或狸子，這些鬼怪——妖怪，每個人都知道吧？換言之，除了文字資訊以外，還有活生生的資訊。牠們不是棲息在紀錄中，而是棲息在記憶裡。換句話說，牠們還活著。……妳……怎麼了嗎？」

女子的臉完全背對敦子了。她垂著頭，長長的頭髮披了下來，完全遮住了臉。

註一：也稱高麗犬或胡麻犬，是一對形似獅子的獸像，多放置於神社或社殿前。

註二：此應指一角鯨（Monodon monoceros），又稱獨角鯨。

「被遺忘的……妖怪……」女子自言自語似地說。「只有名字，沒有紀錄……也沒有記憶嗎？」

「嗯……怎麼了嗎？」

女子看開了似地撩起頭髮。

和敦子的預期相反，女子的臉看起來微帶笑意。是錯覺吧。

接著女子這麼說道：「總覺得……**就像我一樣**。」

「是什麼意思？」

女子沒有回答。

——像我一樣？

意思是，她空有華仙姑這個名字嗎？

敦子思考，思忖自己為何不會對這名女子感到抗拒。不知為何，敦子打從一開始就接納了她，幾乎是把自己託付給這個烏口唾罵為泯滅人性的女子。

「妳……呃……」敦子怎麼樣都想不到切確的問題。

女子可能察覺了，她開口說：「敦子小姐……當然也聽說了吧。嗯……我自己也很明白我被傳得有多難聽。可是，我無法判斷那些傳聞哪些是真的，哪些是誇大其詞。我從一開始就無意為人占卜，對前來商量的人也不太清楚……」

昨天，女子說那是騙人的。

她還說預言不是說中，而是有人刻意去實現。

——有人刻意。

「我可以……請教一下嗎？」

女子點點頭。

「妳……從什麼時候開始當占卜師的呢？」

覺得好像雜誌採訪。

女子頓了一頓，答道：「我……剛才也說過了，我並沒有開業，也沒有設招牌，更沒有宣傳。我只是順其自然……，該怎麼說明才好……，我也不太清楚。可是，我靠著來訪的人所送的謝禮糊口維生，這是事實……」

「妳沒有做廣告或宣傳，什麼都沒有，那些人卻會來找妳商量？」

「是的。不知道他們是從哪裡聽到的，就是有人會來找我商量事情。我接見他們，只是述說，日後就會收到謝禮，也會受到感謝。所以來找我商量的人是什麼樣的身分，其實我也不太清楚。對於來過幾次的人，我也從未主動詢問或聯絡……」

「請等一下。」

「怎麼了嗎……？」

「從妳剛才的話聽來，妳……**不太清楚**委託人或諮詢者的背景吧？」

「嗯，不清楚。」

敦子再次感到困惑。

占卜的基本是蒐集資料。關鍵在於能夠獲得多少諮詢者的背景資料。占卜師透過事前調查、本人提出的要求、面談時的觀察、誘導訊問等一切想得到的手段，來蒐集諮詢者的個人資料。因為若非如此，就得不出切中需要的回答。

這並不是說占卜是詐騙。哥哥告訴敦子，這才是正確的占卜。切確地回應個人的要求——除去煩惱，才是占卜原本的面貌。神祕的「開示祕密」的過程，其實只是有效率地達到這個目的的技巧罷了。諮詢者是為了除去煩惱而來**讓占卜師欺騙**，要是知道自己被騙，就不會有效了。被看穿的占卜師，只是本領太差罷了。

可是……

華仙姑處女說她不清楚對方的事。

還說她不覺得自己在占卜。就算真的如她所說，是有人在事後動手腳，實現她所說過的話——雖然完全不明白為何要這麼做——但是

如果神諭完全牛頭不對馬嘴，不也無從實現起嗎？

敦子大感困惑。

那樣一來……就說不通了。

「那麼……妳究竟都說些什麼呢？」

「嗯，這個……我自己也不太清楚。」

「不太清楚？什麼意思？」

「前來拜訪的人……一開始當然是初次見面，在見到他們之前，我完全不知道該說些什麼好。然而……」

「然而？」

「我一見到他們，**要說的話就已經決定了**。」

「這……我不太懂妳的意思。」

「嗯，就是說，例如我會**脫口而出**，要對方最好不要答應那份工作，或是遺失的戒指就在客廳的櫃子後面……」

「脫口而出……？」

這……

「我所說的話，全都會變成事實。可是，昨天我也說過了，未來的事不可能預知，我是這麼認為的。所以一定是有人把我信口說出來的話，就這樣……」

敦子覺得這個判斷十分吻合常理，也認為預知是不可能的事，如果預言實現，若非偶然，就是有人在事後動手腳。

但是……

「妳是……信口說說的嗎？」

「不曉得……除了信口說說以外，我想不到其他可能。因為就算問我複雜的商業問題，我也不懂……，但是……沒錯，至少我不是像現在這樣，邊想邊說。」

確實，女子說話的口氣，就像在逐一挑選遣詞用句，頻頻停頓，完全不得要領。

不過敦子也覺得，如果預言的內容真的是隨便說說，就更沒有第三者在事後動手腳實現它的意義了。

總之，敦子了解現況了。

可是……

「有沒有……對，有沒有什麼契機呢？讓妳進入現在這種生活的……」

不可能沒有理由吧。

「哦……」女子短短地應道，「呃」了一聲之後，支吾起來。

——這個人……

可能完全不擅長這樣的對話吧。那麼她真的是占卜師嗎？此時敦子再度懷疑起來。敦子認為占卜師這種工作，絕非口才笨拙的人能夠勝任的。

不久後，女子開口道：「這是很久以前的事了。我……對，我十五年前來到東京，無依無靠，沒有人當我的保證人，當然也身無分文，沒有任何認識的人，根本就是流落街頭。十五、六歲的小姑娘沒有任何後援，要在這個東京活下去……是件難事吧。可是，我也覺得正因為是東京，我才能夠不至於餓死……，只要肯找，就有工作，這在鄉下地方是不可能的。」女子說。

女服務生、女工、女傭——為了活下去，女子做過所有能做的工作，唯有賣身她怎麼樣都不願意。

「結果我在某位親切人士的斡旋下，在築地一家高級料亭落腳、工作。那是……對，是開戰前年的事。我從顧鞋和打掃工作開始，沒有多久就調去清洗工作，兩年左右，就升到女傭了。我記得穿上女傭制服時，我真的好高興。」

開戰前年到兩年後，表示女子是在昭和十七年成為女傭的。

話說回來，如果女子沒有撒謊，她現在已經年過三十了。這麼聽說再回過頭來看，她看起來也像是三十出頭。可是如果斷定她才十幾

歲，看起來也像是十幾來歲。換句話說，端看怎麼看，像幾歲都有可能。

——就像洋娃娃嗎？

大概是吧。

聽說第一個發現**女子的能力**的，是料亭的常客。她鐵口直斷，比一些騙人的江湖術士更為神準，便有了一點名氣。

「我記得……那位先生是與陸軍有關的人士，或許是官僚……我不太清楚。那位先生覺得很有趣，便把我介紹給許多人……」

在戰爭時期還能夠流連於高級料亭的男人——而且是軍部的人——還有他的熟人——換句話說，華仙姑處女從那時起，占卜的對象就都是一些大人物了。那麼……

「那時妳占卜了什麼……不，說了些什麼呢？」

「……**我不太記得我說了些什麼**。就算我記得，也不明白我**為什麼會那麼說**。可是對方非常高興……，給了我許多小費。」

「妳不記得？」

「嗯。」女子的頭垂得更低了。「就算問我複雜的事……我也不懂。我在山裡長大，也沒受過什麼教育。可是，那個時候也是……，我覺得對話是成立的。所以我無法理解自己說過的話是什麼意思，無法理解的事……不可能記得住。」

「這……」

——有什麼東西……附身嗎？不，不對。解離性……精神……官能症嗎？

——多重人格？

只能這麼想——不，不能只憑這點線索就下判斷。敦子困惑了。

的確很像。可是敦子覺得沒有這麼方便的人格障礙，如果是只在人格交換後變成占卜師，這樣的病例或許是有的。

但是她……

——是連續的。

從她的情況來看，人格似乎總是維持一定。多重人格障礙的病例中，人格交換以後，大部分都會喪失記憶。雖然她也說她不記得，但並非沒有人格交換時的記憶，而是忘了當時說過的話。

「這……」敦子再次沉思。

不只限於多重人格障礙，腦或神經的障礙使得特定能力變得異常發達的病例並不少。一般認為，這是由於大腦掌管理性的部分失去正常機能，而變得無法壓抑本能的能力。

例如記憶力，有些病患會將不必要的瑣碎事情正確地持續記憶在腦中。

例如聽覺、視覺、嗅覺、味覺、觸覺，五感變得異常敏銳的例子也一樣。

還有集中力……

藉由攝取藥物或處於特殊環境，可以輕而易舉地進入感覺變得敏銳的狀態。

這些統括來看……

都能夠與高度觀察力連結在一起。

那麼，這可能就是華仙姑占卜的資料來源。

即使放棄所有的事前資料蒐集，她也能夠當場從對方身上獲得大量的資訊。而且那是在無意識當中進行的，她本身並沒有在觀察對方的認知。這些資訊，應該被她當成一種直覺來看待。

——可是……

總覺得哪裡不對勁。

結果敦子無法做出任何判斷。就在她尋思該如何開口時，女子低聲說道：「現在的我……就是那個時候的我……毫無改變的延續。」

「延續？這是什麼意思？」

「我仍然在做一樣的事，一點改變也沒有。現在的我……依然只是對著來訪者說出與

自己的意志無關的話……」

——她在哭嗎？

敦子無法想像女子哭泣的模樣。

女子繼續述說。

在後方、以及戰敗後，身分不明的諮詢者仍然絡繹不絕地造訪通靈女傭，女子漸漸感到疲憊不堪，不過錢倒是存了不少。

然後女子辭掉了料亭的工作。

那是約兩年前的事。

女子說，她並沒有什麼特別的目標，似乎是因為厭倦而逃離了。她在有樂町郊外買了一棟小屋，過起了隱居生活。

但是……

「連一個月……都還不到，一個男人說他有事商量，找上門來了。後來拜訪的人愈來愈多，結果我……不管是誰，都無法拒絕他們的請求。」

女子抬起頭來。

她的表情一如既往。

「我已經受不了了。」女子悲傷地說。

日復一日，只是聆聽別人的話，述說別人的事——這名女子十幾年來，過的就是這樣的生活吧。難怪她不擅長與人對話，因為她從來沒有和別人談論過自己的事。

——我也一樣。

「呃……我是不是讓妳說了什麼不願吐露的事……？」敦子問。

女子默默地搖頭，接著她叫了一聲敦子的名字，說道：「今後……我究竟該如何是好？氣道會……究竟想把我怎麼樣呢？」

「這……」

「我從某人那裡聽說，氣道會表面上雖然是武術道場，但私底下好像是一個政治結社。」

「是……這樣嗎？」

敦子不知道。

敦子採訪前，對氣道會做過一番詳細的調查，但是她完全沒有查到這樣的事實。不過這應該只有消息靈通的人才可能知道。女子說的知道這件事的**某人**，應該是精通這類消息——政界內幕消息——的人，也就是華仙姑的客人吧。

她只是毫無自覺，這名女子——華仙姑，果然對財政界擁有相當大的影響力。

「我好怕。」女子說。「每當我說出什麼，那些話就相繼成為事實。未來的事似乎會透過我的口中洩露出來。可是我所說的那些話，並非我想說的話。就算我口中說出了非常恐怖的事……，無論我有多麼不願意，它還是會成真吧。如果我的嘴唇違背我的意志，述說起悲慘的未來，即使內容再怎麼令人不忍聽聞，它依然會成為現實吧，我再也無法對那些真實負責了。所以，我再也不想說任何話了。」

「我好怕，我受不了了。」女子靜靜地激動起來。永不改變的表情，感覺更有效地表現出她內心的悲愴。

敦子對於思考無法成形，只能驚慌失措的愚昧的自己感到羞恥。

愚昧就是低劣。所以必須將理性的矛頭指向愚昧的謎團，以睿智的光芒斷然掃除名為不明的黑暗才行。敦子就是這樣一個女人。若不這樣，就活不下去。

——不明的命題是什麼？

首先……

預言來自何處？

然後……

那些預言為何會實現？

所有的謎團都集中在這兩點。

對於這個問題，暫時性的解答如下：

首先……

預言全是信口開河。

再來……

有第三者在事後動手腳。

但是……

這個解答有幾點矛盾。

首先……

以信口開河來說，女子的發言太過於特殊。

以及……

事後動手腳的目的不明。

——沒錯。

無論哪一點，都不是不可能的事。毋寧說只是一些不完全的、沒有目的的、沒有意義的、不安定的事象串連在一起。所以女子所說的內容，給人一種非常不快的餘味。因此吻合這些要點，並具有一貫性、而且最簡便的結論，就是這名女子……

或許……

——這名女子真的是……

敦子迷迷糊糊地就要開啟如同痲藥般甜美的神祕門扉，卻急忙將它關上。無論女子是不是貨真價實，無庸置疑，占卜師華仙姑處女在各種意義上都處於極為特殊的位置，那麼還是絕對不能夠把她交給氣道會。

淚水滴落下女子的臉頰。

「對不起……，我會說這些話……」女子以指尖拭淚。「是因為……我失去了非常重要的事物。現在我的欠缺了什麼。」

「欠缺了……什麼？」

欠缺。

哇伊拉的畫。

失去的紀錄。

失去的……記憶？

——沒錯，記憶。

女子完全沒有說明她在上東京成為華仙姑以前的事，會覺得不舒坦，一定是這個緣故。

女子所欠缺的……會不會是過去？

敦子撇開經驗性的事物，受到非經驗性的事物束縛而活，她的生命就宛如幽靈般虛幻；那麼完全沒有過去的現在，是不是也像這樣，一樣教人難以承受呢？

如果這些失去的過去就是一切的禍根……，如果目的和意義都被吞沒在那裡面……

「妳……是不是失去了記憶——失去了來到東京以前的記憶呢？」敦子問。

女子說：「沒有那回事。」從後頸撩起束起的頭髮，使之從肩膀垂落到胸前。「我擁有確實的過去，並沒有失去記憶。」

「那麼……」

「我……沒錯，我只是**有理由無法說出**過去。我的過去全都在我心中，只是我**絕對無法說出來**罷了。」

「無法說出來？」

「對。我只是不斷地背對那血淋淋的記憶，掩蓋它、逃避著它。而我現在又想從逃避再逃避中堆疊起來的事物中逃離。我……是個膽小鬼。」

——那是我，在逃避的人是我。

敦子總算理解接納女子的自我本性了。

這個人和自己一樣。

不肯正視現實。

——那麼……

「我有個華仙姑這個自己不熟悉的名字，但是我並不叫這個名字。雖然已經沒有人肯那樣叫我了，但我是有名字的。我並沒有忘掉那個名字。雖然已經好幾年沒有人那樣叫我了，但是那個名字，是連繫我和過去的唯一證明。是我並非華仙姑這個沒有實體的事物的、唯一一個依靠。所以……」

——就像我一樣……嗎？

「妳……叫什麼名字？」

「我……」女子的表情初次崩解了。

「我叫佐伯布由。」女子說。

3

女子的臉左右對稱，皮膚具有半透明的質感，一雙眼睛如同玻璃珠般清澈、卻也如同玻璃珠般空洞，正以幾乎無法察覺的速度緩慢地移動，掃視著桌上灼熱的鮮紅色液體表面。

平凡無奇的午後陽光，一如往常地將毫無變化的日常情景照耀得暖烘烘而且生氣蓬勃。

從女子身上移開視線。

大桌子。

大椅子。

一名男子正以邋遢的姿勢深深地坐在椅子上，從女子的位置望過去，男子應該只是一道漆黑的剪影。室內的光量充足，甚至能夠捕捉到每一粒灰塵。不過男子背對著光源所在的大窗戶。

原來如此，黑暗與陰影是不同的啊——中禪寺敦子心想。

陰影是光芒製造出來的，愈是明亮，陰影也就愈黑愈濃。漆黑的陰影愈是深濃，愈證明了那裡的輝光有多麼炫目。無光之處也無影，那麼影子只不過是光的另一個名字。

那麼黑暗是什麼呢？——敦子思忖。

暗，是光少；闇，是無光。光少的話，世界就會模糊，萬物的存在全都變得曚矓。沒有光的話，世界本身也變得岌岌可危了。

那麼黑暗就是虛無，所以這個世界不可能有真正的黑暗。就連夜晚也只是地球的陰影，只是影子罷了。如果真有黑暗，那就是……例如……

敦子再次望向女子的眼睛。

玻璃珠中的虛無。

敦子停止注視。

沉默充塞著難以形容的緊張。

敦子沒有料想到。

她以為場面會是一片亂七八糟，不是有人生氣，就是有人爆笑，或是目瞪口呆，總之一定會是無法想像的大騷動——如果是這樣的發展，她可以輕易預想得到。

——因為，平常總是那樣的。

總是亂無章法，這個……

敦子再次望向男子。

——榎木津禮二郎。

他是個職業偵探，但是——在種種意義上——都不是個尋常偵探。

說到榎木津這個人，他從來不聽別人說話，只會單方面地說出自己想說的話，一覺得無聊就倒頭大睡，反應完全就像個幼兒。說起來，榎木津儘管是個偵探，全世界第三討厭的卻是聆聽委託人說明。附帶一提，聽說他最討厭的東西是灶馬，第二討厭的則是乾燥的糕點。

今天也是，敦子拜訪時，和平常並沒有什麼兩樣。榎木津一看到敦子的臉，立刻發出分不清像野獸還是嬰孩的怪叫聲，衝了過來。

——妳受傷了！受傷！這是傷！

他大叫，接著責罵敦子的魯莽，狠狠地教訓她的疏忽大意。

——小敦，妳怎麼會笨成這樣！明明這麼可愛！

——可愛的人不努力保持可愛，那要叫誰來可愛！

笨。

的確很笨。

對榎木津，任何事都無法隱瞞。

到此為止的發展，都算稀鬆平常。

但是……

就在敦子想要加以說明的關頭，榎木津說：「那個**怪男人**是啥？」接著他望向女子——布由，就這樣沉默不語了。

之後，偵探深陷在椅子裡，動也不動。

敦子尋找開口的契機。除非敦子首先發難，否則這個場面八成不會有任何變化。

「敦子小姐，真稀奇哪……」

然而製造契機的卻是安和寅吉。

「……去年年底後妳就沒有再來過了吧？喏，當時妳跟小說家老師一起，小說家老師最近也都沒出現呢。呃，那是……」

寅吉從廚房探出頭來，以格格不入的開朗聲音說：「對對對，是逗子的事件吧。」接著他大步走近，把大盤子擺到桌上，上頭盛了細細削好的蘋果。這名青年負責照顧榎木津的生活起居。

「……喏，就是那起金色骷髏事件。現在回頭一看，總覺得好像是好久以前的事了，其實才過了半年而已呢。那時，我家先生在逗子得了感冒，傳染給我，害得我今年過年，……啊，請用蘋果。」

「哦……」

寅吉以看熱鬧般的動作望向敦子的脖子，說：「哎呀呀，真的受傷了。」

敦子的脖子上貼著紗布和絆創膏，臉上還有瘀青和傷痕。寅吉竟然到現在才發現。「哎喲，仔細一看，傷勢很嚴重呢。到底發生了什麼事啊？」寅吉問道，敦子隨便敷衍過去。重要的是……

——榎木津是怎麼了呢？

要是平常的榎木津，應該會當場阻攔這個愛湊熱鬧的助手喋喋不休才對。

偵探沉默著。

寅吉草草地向布由點頭招呼，笑咪咪地在接待區另一頭坐下。他的膚色很白，但五官分明。

「話說回來，今天有何貴幹呢？呃，這位小姐是……？」

「嗯……」

好難說明。

所以敦子才會選擇來找榎木津。

「這……」

敦子非常在意榎木津。

這種情況，古怪偵探通常都會睡著，但是偏偏今天……他似乎是醒著的。

敦子稍微歪了一下脖子，想要看清楚偵探色素淡薄的眼睛，但是偵探整個人依然沒入陰影當中，完全看不見。

榎木津禮二郎……

世人對他的評價十分兩極。

怪人、沒常識、荒唐、派不上用場……

世間罕見的才子、俊傑、精明幹練……

兩邊都正確。

再次重申，榎木津的言行舉止大部分都違反常識，荒唐古怪。相反地，若以庸俗的說法來形容，榎木津這個人才貌雙全、聰明絕頂、丰姿俊美——這也是不可否認的事實。

而這些並不彼此矛盾。

敦子認為，榎木津有些部分比一般人更為特出，所以怎麼樣都無法嵌入既有的框架裡。而那些逸脫的部分，在框架當中當然就被視為無用之物。不幸的是，只要超出框架到某種程度，優越與低劣似乎會變成同義語。

那麼榎木津的沒常識，正確地來說應該稱為超常識，而榎木津之所以派不上用場，是因為沒辦法讓他派上用場的社會太低劣嗎？

包括敦子的哥哥在內，榎木津的朋友幾乎都稱他為笨蛋。但是他們是了解一切才這麼稱呼，所以那絕非謾罵。敦子認為，對榎木津來說，笨蛋一詞反倒是一種稱讚。

不管怎麼樣，在人格上，榎木津這個人可以被歸類為怪人。

所以對於榎木津的批評，幾乎都是批評者針對自己無法理解的部分所做出來的無理攻擊。剩下的，則是出自於嫉妒與羨慕的攻訐。

榎木津一族是舊華族(註)的名門，此外，他的父親還是個財閥龍頭，榎木津本人也擁有高學歷。暴發戶貴族的公子哥兒——說白了，榎木津的身分也可以這樣形容。再加上本人眉清目秀，他所處的位置，可以說是人人欽羨。

但是榎木津實際上並未安於這種奇跡般的境遇。榎木津的父親似乎不認同世襲制度，說他沒有理由扶養已成年的兒女，把自己兩個兒子形同放逐地趕出家門。

世人說，即使如此，他還是得天獨厚。

的確，榎木津就算不選擇偵探這種荒唐的職業，應該也有許多條路可以走。榎木津家應該有許多關係企業，手上也有足夠創業的金錢。

事實上，聽說境遇應該相同的榎木津的哥哥，現在正到處開設爵士樂俱樂部及飯店。世人評論說這是因為弟弟沒有商業頭腦，不過敦子不這麼想。榎木津就算做生意，應該也能夠得心應手，他只是沒興趣罷了。

證據就是，若是讓榎木津畫圖，他能夠畫出畫家水準的作品；讓他彈樂器，也巧妙得媲美樂師；運動競技等不用人教，他就能夠立刻融會貫通。

但是對於沒有興趣的事物，不管重複多少次，榎木津就是沒有反應。例如別人的名字，榎木津就算聽上百萬遍也記不住。他缺乏做為一個社會人士的適應能力。才能、學力、容貌、財力——儘管擁有一般凡人再怎麼渴望都得不到的天賦，他卻毫不惋惜，任意揮霍，這就是榎木津禮二郎。

這類行為在社會框架中，應該會被評為是不知勞苦、沒見過世面的人才會做出來的愚行吧。不管怎麼樣，榎木津確實出身名門，生長在富裕的家庭。他能夠為所欲為、自由自在地生活，不必為生計操心，也是因為有父親分給他們的財產，所以即使被人用有色眼光看待，也是無可奈何之事。

儘管榎木津身處什麼事都能做的境遇、擁有什麼事都辦得到的實力，結果卻什麼也不做。不，他那種生活方式，別人會認為他什麼都不做也是難怪。這個事實不會改變。

因為榎木津所選擇的職業是——偵探。

彷彿誇耀著這個身分似的，榎木津的桌上擺了一個寫有「偵探」兩個字的三角錐。現在由於逆光，看起來只是一個三角形。

寅吉不知為何突然害臊地說道：「今天啊，呃，等一下有客人要來。」

「客人？」

「來委託偵探的客人，這次又是先生的父親介紹的。我家先生因為『武藏野連續分屍事件』還有『連續潰眼魔・連續絞殺魔事件』，一躍成名了。哎呀哎呀……」

寅吉甩著手說。「……明明在社會上一點名氣也沒有，但是不知道為什麼，在財政界倒是有名得很。咯咯咯……」

愛湊熱鬧的助手哼著鼻子笑著。

「再怎麼說，那兩起事件——還是三起事件？委託人可是超一流的，對吧？光是這樣，宣傳效果就不得了了。人脈更勝傳單，口碑更勝收音機哪。」

「那……我是不是打擾了？」敦子問。

寅吉再次哼了哼鼻子笑，「沒這回事，喏……」他的眼睛瞄向偵探。「先生最近都是那副德性。先生只要一開口，客人不用兩分鐘就走人了，所以最近幾乎都是益田在負責偵探工作。客人回去以後，先生才會……喏，說些**不能說的話**。接下來就由益田處理。先生只要坐著不動，事情就會自動解決啦。」

「哦……」

註：明治以後，將舊有的武士階級重編為華族、士族、卒族。於一九四七年新憲法實行時廢止。

益田是敦子也認識的前任刑警，聽說他自稱榎木津的弟子。

——話說回來……

敦子覺得太安靜了。

「今天的客人聽說是……嗯，上次的事件……呃，織作家，是跟織作家有關係的人。」

「織作家……嗎？」

以房總的大財主織作一族為中心發生的慘絕人寰事件，不久前才剛落幕。除了敦子的哥哥和榎木津以外，還有許多熟人被捲入，規模十分龐大。事件的結局相當令人鼻酸，包括間接的被害人在內，出現了大量犧牲者。

那是一樁大事件。

「那家人……是啊，不久前退隱的老夫人過世，我記得……應該只剩下一個人……」

「嗯，聽說今天即將來訪的，是上上一代入贅女婿老家的人。」

「上上一代……？我記得是京都……丹後嗎？是羽田家嗎？」

當時由於情勢使然，身為雜誌記者的敦子曾經受命調查事件中心的織作家家系等資料。

「沒錯沒錯，不愧是敦子小姐。就是羽田家的人。」

寅吉揚起他以男人來說有點艷紅過頭的嘴唇，露出笑容，然後從後口袋裡取出記事本，看了看之後說：「呃……羽田製鐵的董事顧問，羽田隆三先生……，我想來的應該是代理人。這是個大人物吧？」

「的確是個大人物。我記得他是羽田製鐵創始人的三男，算是織作伊兵衛先生的弟弟吧……。可是寅吉先生，你告訴我這麼多，沒關係嗎？」

「噢，有保密義務呢。」寅吉說。

即使如此，偵探仍舊不發一語。

「對了對了，話說回來，敦子小姐，這

位……」

「哦……」

布由緩緩地將視線從紅茶抬起來，應該是越過寅吉，望向榎木津。寅吉似乎誤以為布由是在看自己，坐直了身體，再一次點頭致意。

「我叫佐伯布由。」布由這麼自我介紹。

布由──自稱布由的那一天……

敦子相當混亂。接著她想了一整天，做出假設，導出種種結論，又一再否定。就這麼反覆。

敦子不懂。華仙姑之謎自不用說，她連自己不懂什麼都搞不懂，也完全不曉得該怎麼做、該怎麼安置布由才是最好的選擇。

她好幾次想要找哥哥商量。

也好幾次妄想肯定布由神祕的能力。每當這種時候，敦子就甩動疼痛的脖子，撇開這未知的黑暗誘惑。

想到最後，敦子決定將布由帶來這裡。

理由是……

敦子若無其事地望向化為陰影的男子。

偵探九成九是在看委託人。

他在凝視。

──他看到什麼了？

榎木津是個**看得見的人**。

他**看得見**什麼？敦子還沒有得到結論。

榎木津**看得見**別人的記憶──這麼認定應該是妥當的，敦子也這麼認為。這不是能夠盲目相信的事，就算相信，也不是道理說得通的。關於這件事，敦子曾經請哥哥說明。

當時，哥哥在質疑記憶不僅僅是積蓄在腦中這樣的前提下說明。哥哥的說明終究無法完全符合自然科學的範疇，所以那段解說也與科學說明大相逕庭，即使如此，敦子還是姑且接受了那樣的假說。

哥哥假定記憶的原形就是物質的時間性質量。做為權宜之計，稱它為物質性記憶，不過

它意味著時間本身嗎？

要約來說，哥哥的主旨是：所謂記憶，就是物質的時間性經過。意思就是，過去普遍地刻畫在存在**本身**吧。

那麼腦的職責所在，就是回溯原本不可逆的時間，將時間經過並列在平面上。並列在平面上，就代表能夠意識及認識。人通常會先認識到刻畫在自己肉體上的時間。換言之，短期的認識行為是現在進行式的「知覺」，而長期的認識行為，一般被稱為「記憶」——就是這麼回事吧。

知覺幾乎都是由眼、耳、鼻等感受器官的物理變化所帶來。但是榎木津的視力極端衰弱。他自小視力就不好，在戰爭當中角膜又受了損傷。換句話說，榎木津透過眼睛帶來的訊號十分微弱。在視覺的認識上，其他的訊號優於眼睛——因此榎木津**看得見**——是這樣的道理。

也就是像電視機接收訊號一樣，接收並認識到自己的肉體以外所帶來的物質性時間經過。不過這與榎木津本人現在進行式的知覺認識同時並列在一起，所以就像電話混線的狀態一樣吧。

可是……儘管世上有許多人視力有障礙，卻幾乎都不會像榎木津那樣，**看得見**別人的記憶。雖然有時會看見幻影，不過那也是自己的記憶所產生出來的幻影，與榎木津的情況完全不同。

對於這個問題，哥哥回答說，那是由於損傷的部位及先天因素所造成的。若非如此，天下應該早已大亂了。

不過……哥哥是個詭辯家。妹妹敦子也完全不懂哥哥的話究竟有幾分認真。而且它的前提——記憶的定義本身，就不是實證科學能夠掌握的範疇。哥哥所準備的框架大了一整圈。

——可是……

一件事並不是說無法做出科學性的說明，就不值得相信吧。

事實上，對於時間，有非常多的科學定義，但是都只說明了時間這個概念，對於時間究竟是什麼這個根本的問題，自然科學依然沒有任何成果。

所以如果想要在自然科學的範圍內切確地說明榎木津的能力，就絕對會出現邏輯矛盾。就算不矛盾，也會變得荒誕無稽。那樣的話，敦子絕對不會信服吧。

敦子是邏輯的奴僕，而不是科學的信徒。她之所以怎麼樣都無法打從心底相信靈魂或超自然，不是因為它們不科學，而是因為追根究柢，它們不符合邏輯。無論多麼地脫離科學，只要有一個充滿邏輯一貫性的說明，敦子應該就會相信。

敦子就是這樣一個人。

所以哥哥才會考慮到敦子的這種性情，故意放到自然科學體系之外來說明吧。哥哥就是這種人。

——所以……

這種事或許根本無關緊要。

不管怎麼樣，榎木津確實看得見什麼。哥哥的意思是叫她先接受這個事實吧。

用不著拿出誇張的假說，顯而易見，人的視覺並非單靠眼球與視神經產生。例如說，電視機即使接收到的電波很微弱，只要能夠增強這些訊號，就能夠得到一定程度的鮮明畫面。如果說榎木津的腦以相同的特殊機能彌補了感受器官的損傷，或許也會摻進多餘的東西——敦子這麼推測。

所謂現在，是**稍早**的過去。

人類將稍早的過去錯覺為「現在」來見聞。即使那稍早的過去變成遙遠的過去，也沒有什麼好不可思議的。而且人的身體原本就不封閉，有著許多微小的細縫。那麼他人的過去

也有可能摻入其中——就連頭腦頑固的敦子也可以這麼接受。

——可是……

敦子無法具體想像榎木津看到的世界是什麼樣子。她光是想像，就覺得快要瘋了。不管那是別人的記憶還是什麼，看著眼前不存在的東西生活，究竟是什麼樣的狀況呢？敦子怎麼樣都無法想像那種人生。

敦子思考著。

如果採用剛才的假說，那麼榎木津所接收到的過去，可以說是無限的。那樣的話，資訊的取捨，應該就是榎木津的腦在進行。

既然不屬於自己，應該不容易控制。榎木津是從數量驚人的混沌畫像中挑選了什麼……然後看吧。這當然不可能是意識性的工作。腦的機能位於意識的上位，自己的意識沒道理操縱得了自己的腦。另一方面，榎木津雖說視力不好，但也不是看不見現實。換言之，榎木津的腦總是在處理數倍於平常的資訊。

這應該不是一件容易的事。

敦子第三次望向榎木津。

偵探似乎撇過臉去了。

敦子接著望向坐在旁邊的女子。

布由又看著紅茶表面了。

敦子交互看著兩者。

——他不想看嗎？

應該是不想看吧。

記憶——過去——祕密。

即使不想看，也看得到。

這就是榎木津的偵探術。所以榎木津不聆聽說明，也不搜查或推理。榎木津有的總是只有結果。

可是……

榎木津並非能夠讀到他人的心，他看得見的只有過去的情景。未曾親身經歷的過去，就算看得見，也不可能了解那是什麼。

但是不了解的話，腦就無法認識。

敦子認為，榎木津所造成的混亂，應該全都是源自於此吧。

例如說，假設榎木津看到了白色的四角形物體。然後實際看到它的人——體驗的人並不知道那是什麼。即使如此，以榎木津的基準來看，如果那是豆腐，榎木津就會判斷它是豆腐吧。於是榎木津就會說豆腐。

在這個例子裡，對方並不記得自己看過豆腐。無論對方把那個東西當成磚頭還是方型蒸糕都一樣。別說是對方的意志，榎木津連對方認識的基準都予以忽視。若非如此，他是不是就過不下去了呢？

但是實際調查後，事實上那也有可能真是一塊豆腐。體驗者的判斷錯誤，而榎木津的判斷正確的話，對方也只能將它理解為一種靈異手法了。

對榎木津來說，偵探不是職業。在這個世界，榎木津能夠安坐的位置，只有偵探的椅子而已。所以敦子才會帶布由到這裡。

——榎木津的話……

如果……包括不自然的預言成真在內，布由的預言能力當中有什麼機關，榎木津應該可以一眼識破。或許榎木津也看得出布由頑固地閉口不語的「有理由無法述說的過去」。

不過，敦子認為也有可能什麼都看不出來。就算榎木津看得見什麼，他可能什麼都不說。而且就算明白了什麼，也很有可能對解決毫無幫助。

敦子再一次側頭，想要確認偵探那色素淡薄的瞳眸，但是它依然沒入陰影當中，完全看不見。

突然地……

「妳……」榎木津偵探難得壓低了聲音說。「妳是誰？」

敦子**心頭一驚**。

這不是這個人會說的話。

敦子這麼感覺。只是這樣一句話，卻不知為何讓敦子極度不安，她注視著背光而染上一片漆黑的偵探。

偵探站了起來。

他全身纏繞著黑影離席，默默地來到敦子及布由面前。

「榎……榎木津先生……」

榎木津無視於敦子的問話，目不轉睛地瞪住布由。榎木津的臉端正得猶如希臘雕像。敦子從來沒有面對面這麼接近地看過他，因為不曉得為什麼，會教人難為情。

榎木津瞇起色素淡薄的褐色大眼睛，盯著布由的臉看。布由一臉面無表情，以宛如玻璃珠般清澈、卻也宛如玻璃珠般空洞的瞳眸回視那張臉。

不知為何，敦子感到無地自容。

「榎……木……」

「妳是沒辦法瞞我的。」榎木津說。

接著榎木津就這樣，連一句說明也沒有，轉身大步往自己的房間走去。布由沒有動彈，敦子也說不出話來。

結果榎木津頭也不回，一逕走入自己的房間，連門都關起來了。

「啊……」寅吉叫出聲來。「真是、實在是對不起，先生老是這個樣子。真希望他體諒一下負責賠罪的我哪。呃，益田很快就會過來了……」

敦子恭敬地制止寅吉繼續賠罪。

她並不是瞧不起益田。

而是因為敦子並不是來委託調查或搜索。

敦子向寅吉道謝，催促布由，離開偵探事務所。鐘「匡噹」的響了。

外頭很寒冷。

「對不起，妳一定嚇著了吧？榎木津先生就是那樣子。勉強把妳帶來……卻碰上這麼失禮的結果……，真是對不起。」

「請別在意，可是……」布由注視著遠方。

然後她說：「對那個人……無法隱瞞任何事呢。」

「咦？這……」

——是什麼意思？

布由確實隱瞞了一些事，但是榎木津不可能知道。那麼榎木津所說的隱瞞，應該不是布由「無法述說的過去」。

——妳是誰？

榎木津也這麼問，他應該不是在問布由的名字。而那個時候，敦子為什麼……

——會心頭一驚呢？

老實說，榎木津對敦子這種女人來說，是個相當棘手的存在。榎木津不是不合邏輯，而是超邏輯，教人無從應付。這兩者看似相同，其實不然。榎木津雖然跳躍得很厲害，但絕對不會弄錯方向。他只是省略了過程，毋寧說是抵達了最高點。

敦子覺得他是個很不可思議的男人。

男人。沒錯，榎木津是個男人。

仔細想想，敦子覺得她過去似乎未曾意識過榎木津是個男人。這並非敦子認為榎木津很女性化，當然她也不覺得榎木津是中性的，或具備雙性特質。榎木津端正的容貌確實俊美得超越性別，但問題應該不在這裡。

從某個角度來看，榎木津比任何男人距離女人都遠，而他應該也距離男人很遙遠。

該說是性別的束縛對他沒用嗎？

這麼一斷定，又覺得有哪裡不對。從某些角度來看，榎木津的言行舉止有時候充滿強烈的歧視，若是排除生物學的觀點，或許榎木津依然是男性化的。

榎木津——沒錯，無論何時，榎木津都只是榎木津。

——他很自由嗎？

不，不對。

——還是處處受限？

不太懂。

敦子眺望紛亂的街景。

布由開口道：「那個人……一定看穿了吧。」

「咦？」

「我……有著無法饒恕的過去。」布由停下腳步。

敦子也停下來了。

「我……十五歲的時候……」

「布由小姐，妳……」

「殺了父母兄弟，殺了全家人——不，**我殺了全村的人**，出奔鄉里。」猶如賽璐珞洋娃娃的女子，死了心似地佇立在原地說。

敦子不太懂她的意思。

她只是凝視著那雙玻璃眼珠。

「敦子小姐……妳在帶我去剛才的地方前，這麼說過對吧？妳說他擁有『看得見過去的眼睛』。聽到妳這麼說，我幾乎放棄掙扎了。十五年來，我一直努力不去看它，但是那位先生……一定看到了。所以……」

「請等一下，妳說的……」

——難以置信。

「是真的。」布由說。「我……閉上眼不去回顧自己的過去，而且是絕不會被寬恕的過去。我現在一定正在為此受罰。一直逃避忌諱的過往，它的報應就是……先知的力量——我忌諱的能力吧。但是，被迫背負陌生人的未來，我已經……再也承受不了了，我受不了了。所以……」

「沒有那種荒唐的道理！」敦子叫道。「布由小姐，那麼妳承認妳有預知能力嗎？妳不是才說過，人不可能知道未來的事嗎！」

「如果看得見過去……，那麼述說未來不

也是可能的嗎？」

「那不一樣，妳說的不合道理！」

「就算不是這樣，也一樣**不合道理**。」

——沒錯。

敦子突然整個人虛脫了。

敦子只會高舉非經驗性的邏輯所導出來的正論。那種脆弱的道理，威力當然不足以粉碎透過經驗學習到的不合理。

布由幽幽地搖晃著。

「謝謝妳……幫了我這麼多。敦子小姐，能認識妳，真是太好了……」

「布由小姐……」

「請不要再和我牽扯下去了，我沒有資格和妳這樣正直的人在一起。我是個劊子手，和我扯上關係，會變得不幸……」布由邊說著，邊往後退。

「不要胡思亂想！不管妳是什麼樣的人……」

「就算活下去……也只是受人利用……」

布由的身影倏地消失了。

她彎進小巷子裡了。敦子一時慌了手腳，立刻追趕上去。

那是民宅之間的空隙，狹窄得只容一個人勉強通過。裡面堆滿垃圾，髒亂無比。

布由打算尋死吧。殺了家人？殺了村人？與那無關。就算是真的，也絕對不能因為這樣就要尋死。不行，絕對不行。

穿出小巷。

——是哪邊？

人影掠過視野。敦子想都沒想，毫不猶豫地追了上去。她穿過小路，再次彎進巷子。得側著身體才穿得進去。

布由說，和她扯上關係，會變得不幸。可是其實相反。如果敦子不是這麼無趣的人，事情應該就不會演變至此。她很明白，正論畢竟救不了人。她也明白，出於好奇心而行動太輕率了。但是敦子只能夠如此，這就是她這個無趣之人的一切。

即使如此……

穿過巷子。

眼前是一片空地，一片被鐵絲和木樁圍繞的空地。雜草叢生，堆放著大型垃圾。

「布由小姐！」

空地正中央，布由被好幾個男人包圍了。

——氣道會。

被跟蹤了。

「布由小姐！」敦子再叫了一次。

一名男子轉過來。

是見過的臉。

「咦？妳是《稀譚月報》的中禪寺對吧？妳追上來啦？真是學不乖。上次我們會裡幾個年輕人好像受到妳諸多關照……」

「你……是代理師範……」

「對，被妳誹謗的韓流氣道會的岩井。我們會長也讀過妳那篇有意思的報導了，他看了捧腹大笑……，然後……」

岩井背對布由，轉向敦子。「……吩咐我們殺掉。聽清楚了沒？殺、掉。所以妳現在還能夠活著，全是托我說情的福哪。我告訴會長說，用不著殺掉吧？讓她精神上變成廢人比較妥當吧？」

「敦子小姐快逃！我沒事的！」布由尖叫。

——她在哭。

布由的表情在哭泣。

「放開她！不管怎麼樣，綁架監禁都是犯罪行為！」

——都到了這個節骨眼，我還想以理服人嗎？

「中禪寺，妳是不會判斷狀況嗎？這和上次不同，不管妳們怎麼叫，都不會有人來救妳們的。搞清楚了沒？」

岩井的手流暢地舉到胸前。

——我才不怕什麼氣，我才不怕什麼氣……

岩井的眼中浮現凶暴的神色。

透過衣服也能夠看到他的肌肉開始緊繃。

岩井「喝」一聲貫注精神。

——好可怕！

敦子被震飛了。

自我的恐懼把敦子震飛了，她撞上建築物。岩井背後的眾人見狀，一擁而上。岩井的聲音響起：「殺掉。」

——哥哥！

敦子閉上眼睛。

不祥的邪氣凶猛地逼近上來。

接著鈍重的聲音響起，一次又一次。

呻吟，怒罵，巨響。

然後……

笑聲響起。

「你、你是什麼人！」岩井怒吼。

「哇哈哈哈！竟然不認識我？怎麼會有這等蠢蛋？連猴子都認識我！你肯定連猴子都不如！好，從今天開始，你的名字就叫做猴子不如！聽見了沒？你這個猴子不如！」

——榎……

「榎木津……先生……」

傲然站立在巷口的，正是偵探本人。三名男子昏倒在他的腳下。

「沒錯！就是我！喏，益山，不要卡在巷子裡掙扎了，快點去救可愛的小敦！聽好了，小敦，偵探就是這麼工作的！看仔細啦！」

榎木津話一說完，踢起倒在地上的男子。接著他有如一陣旋風，跳進空地中央，一瞬間踢倒包圍上來的另外三個人。

「哇哈哈哈！弱得要命嘛！」

「可惡……！」

岩井擺出架勢。

雜碎姑且不論，岩井好歹也是道場的代理師範。另一方面，敦子從來沒聽說榎木津練過拳法。她嚥下唾液。

岩井壓低身體，逐漸逼近偵探。榎木津臉上浮現幾乎是瞧不起人的嘲笑，一派輕鬆自在地看著岩井。「喝！」岩井吸氣，緩緩地舉起手臂。

榎木津彷彿趕蒼蠅似的，滿不在乎地拍上岩井的臉頰。「啪！」的一聲，一道令人錯愕的聲音響起。

一剎那，岩井露出一種食物從眼前消失的飢餓野狗般的表情。

接著，他就這樣從敦子的視野中消失了。

榎木津的迴旋踢擊中了他的側臉。

岩井倒下去，榎木津狠狠地踹上他的側腹部。

接著榎木津揪住他的後領，把他拖起來，拳頭打進他的心窩。然後他轉向敦子。

「這是小敦的分！」榎木津說。「還有這是你不認得本大爺的懲罰！」

鐵拳擊上左臉頰，岩井真的──彈飛了。

他被重重地毆打到飛去出的地步，非常符合道理。

「弄清楚了沒，這個蠢蛋！以為要打上來的時候不打上來，不就是武鬥的基本嗎？以為要打上來的時候真的打上來了，那是搞笑的基本！打架是愈卑鄙的贏面愈大，明文化的卑鄙就叫做武術！」

榎木津回頭一瞪，抓住布由雙肩的兩個人鬆開了手。榎木津輕快地大步走去，接二連三地把那兩個人也撂倒了。

「笨蛋！我不是才說了嗎？你們就是以為對方應該不會再動手了，才會被打倒。給我記清楚啦！喏，那邊的小姐，走吧。」

榎木津牽起布由的手。

「去哪裡……？」

「哪裡都好。還是妳打算就這樣永遠住在這塊空地？我是不會阻止啦，不過要是下起雨來，會淋濕的。」

「敦、敦子小姐……！」益田窩囊地叫道，渾身沾滿蜘蛛網，總算掙脫出小巷子了。「敦子小姐，要不要緊！妳站得起來嗎？我也來幫忙……」

敦子說：「我站得起來。」她只是腿軟了而已。結果敦子只是自己往後彈去，根本連一下都沒有被打到。益田伸手扶起敦子後，望向布由說：「啊，那位小姐就是華仙姑處女吧？」

「益田先生，你怎麼會知道……？」

「我從榎木津先生那裡聽說的。」

「榎木津先生怎麼會……」

這麼說來，剛才……

榎木津攻擊岩井等人的順序，和敦子遭到暴徒攻擊時的順序似乎完全相同。

榎木津果然……

敦子開口詢問前，榎木津先開口了：「這太簡單了！只要看看小敦的傷和動作，妳受到了什麼攻擊，可以說是一目了然嘛！還有這個人我也從益山那裡拿到照片了！」

「從益山先……不，從益田先生那裡拿到照片？」

榎木津都把益田叫成益山。

益田搔了搔頭。「前天我接到華仙姑失蹤的消息……，我一直在找她，其實鳥口委託我協助他調查。他在調查中，懷疑起華仙姑處女似乎是受人操縱。」

「受人操縱？」

「沒錯，鳥口當面見過這位小姐一次。大約十天前，他偽裝成推銷員潛入，得以確認。」

「確認……什麼？」

「嗯，在本人面前說這種話有些冒昧，不

過有一名男子幾乎每天都會出入華仙姑住處。那個人似乎也負責與諮詢者斡旋，但是華仙姑本人似乎不知道有這麼一個人……。妳不知道吧？」

布由似乎不明白益田在說什麼，她本來睜圓了一雙玻璃珠般的眼睛看著榎木津，不久後才注意到益田，應了聲：「嗯。」

益田接著問道：「大概十天前，有一個兩眼距離很近的輕浮男子到府上拜訪對吧？」

「咦？哦，販賣尼龍牙刷的……」

「沒錯，推銷員。那個人有沒有讓妳看一張模糊的照片，向妳打聽賣藥郎的事？」

「哦……說是六年前他借錢給那個賣藥郎……」

「妳認識那個賣藥郎嗎？」

布由微微偏頭。「他長得很像一個我認識的人……，不過那個人早在十五年前就已經過世了……」

「妳認識的那個人是不是叫做尾國誠一？」

布由臉色蒼白。

「你……你怎麼會知道……？」

「尾國先生**還活著**。而且這十年之間，他**頻繁地出入妳的住處**。」

「怎麼可能……我……」

「妳不可能記得。因為尾國這個人，是個技術高超的催眠師。」

「催眠師？」

那麼……

布由的預言是……

「沒錯，敦子小姐應該明白。我本來不知道，所以相當吃驚。催眠術裡不是有一種叫做後催眠的嗎？」

——原來如此……是後催眠啊。

「可是，能夠做得那麼……巧妙嗎？」

「可以的。」益田說。「找來諮詢者的也

是尾國。所以諮詢者早已經經過詳盡調查，尾國根據那些資料，想出適切的預言，然後告訴這位小姐——當然是在催眠狀態當中。接著再指示她在特定的契機下發言，並消除催眠中的記憶。大概是讓她看諮詢者的照片，然後讓她預言。接下來再動手腳，讓事情照著預言所説的發生。這個時候，似乎也會使用催眠術。」

「為什麼要那麼大費周章……」

「當然是有許多目的。像是掌握大人物的把柄、收取斡旋費用——不，只要讓對方深信不疑，就能夠利用預言控制對方了。搞不好還能夠左右國家的未來——連這種誇張的事都有可能。」

「尾國先生……還活著？」布由半透明的皮膚逐漸失去血色。

「騙人……這怎麼可能……」布由摀住嘴巴。

她不斷地重複著「太荒唐了」。

「沒錯，真的很荒唐。但是尾國真的活著，而且有許多證人。」

布由將憔悴的臉轉向益田。

「華仙姑女士……，我不知道妳的本名，不過妳每天都會見到妳以為已經過世的男子。光是這樣，就足以讓人精神錯亂了，不僅如此，妳這十幾年間還不斷地受到催眠，這不可能撐得住的。聽說視情況，甚至可能會引發分裂症狀或抑鬱症狀呢。」

事實上，布由的精神狀況已經變得十分不安定了。

她現在的狀態相當危險。

「鳥口覺得事有蹊蹺，暫時不公開好不容易到手的獨家新聞，重新展開調查。因為要是隨便公開，可能會讓幕後黑手給溜了，而且世人的眼光一定會集中在這位小姐身上吧……」

沒錯，非議和中傷都會集中在布由一個人身上。要是在這種狀態遭遇到那種事，布由的

精神或許真的會崩潰。這得感謝鳥口過人的見識才行。

「而且，」益田接著說。「不管怎麼逼問這位小姐也沒有用。因為她是在潛意識領域受到指示，完全不記得。這太巧妙了，俗話說，欺敵必先欺己……，但是這也太殘忍了。」益田最後這麼說。

敦子走近布由。布由一看到敦子，身體晃了一晃，求救似地將那張面無表情的臉靠在敦子的肩膀上。

「敦子小姐……」

「已經……不要緊了，這下子……」

名為不明的謎團……

布由好像在哭，敦子感覺到淚水滲到了肩口。

「益田先生……真的謝謝你，還有……」

敦子轉頭一看，榎木津拿著好像是撿來的鐵絲，正緊緊地捆住氣道會成員的手腳，把他們綁在木樁上。

「真是大快人心，這下子他們絕對沒辦法自己解開。很有趣吧？不管怎麼吼怎麼叫，也不會有人來這裡救他們。啊，這傢伙醒了。」

男子抬起頭來，榎木津狠狠地敲上他的後腦勺。

連叫的機會都沒有。

「暴力這玩意兒真是愚蠢，什麼都不必想，太輕鬆了！可是手會痛，肚子也會餓，虧大了。喂，你們要在這裡站著聊天到什麼時候？益山，都是你一直囉嗦，大家才回不去。還有，喂，那個女的……」

榎木津站起來，順便踢了踢兩三個人的腦袋後，迅速地走到布由面前，又像剛才在事務所那樣盯著她的臉看。

「妳又被騙了哪。」

「咦？」

「雖然不曉得是怎麼回事，不過騙不了我

的。那是家人嗎？那麼**根本沒少**哇。那個怪東西是什麼？我知道了，是水母對吧？」

「水母……啊！」布由短促地一叫，眼睛睜得幾乎連眼珠子都要掉出來了。

我把父母兄弟全家人不我把全村的人都……

殺了……

「榎木津先生！你說的……你說的是什麼？你看到了什麼？」敦子問。

榎木津瀟灑地站在小巷口，叫了聲「小敦」，說道：「……京極那個笨蛋擔心死嘍。」

敦子這才發現自己在流淚。

＊

第六個夜晚來臨了。

我應該筋疲力竭，然而不可思議的是，我並不感覺有多疲勞。

今天發生的事和昨天一樣，昨天發生的事和前天一樣，所以我可以輕易地想像出明天的自己，而且應該大致吻合。反正明天一定也和今天一樣。那麼就算明天不來臨也無所謂，但是夜晚無論如何都會過去，所以不管怎麼抵抗，相同的一天總是會再次開始吧。永遠地、一次又一次地。

我這麼感覺。

我已經無法想像不同的早晨了。

這麼仔細一想，我開始覺得對我疲弱的人生而言，早晨這個玩意兒——即使不是身處如此特殊的環境也一樣——似乎都沒什麼改變。一覺醒來，我總是感到有些不安，為了驅走不安，我盡可能像昨天一樣行動，一心祈禱不會有任何事發生，然後再次害怕明天來臨，顫抖著入睡。

悲傷的事、難過的事、高興的事、愉快的

事、討厭的事——喜怒哀樂的差別相差甚微。不管再怎麼悲傷，肚子一樣會餓，不吃飯就會死。

傷心地滿嘴東西吃飯的模樣十分滑稽，但這就是人。雖然有「難過得要死」這種說法，但是不管是難過還是悲傷，生命之火也不會只因為情緒就滅絕。相反地，不管再怎麼高興，跌倒還是會痛，不管再怎麼有錢，也不可能一口氣吃下十幾二十碗飯。

結果，人生就只是起床、活動、睡覺。不管身處何處，做些什麼，又或者什麼都不做，也毫無改變。像我這種人不管存不存在，太陽依舊升起，依舊西沉，沒有人——沒有一個人會感到困擾，不是嗎？

不……

我想起妻子。

妻子會怎麼想呢？

會覺得困擾嗎？一定覺得平添了許多麻煩吧。

——可是……

我有種把什麼給忘在哪裡的感覺。

連日來，偵訊官糾纏不休地述說妻子的事。

你也想想你老婆啊……

你老婆在哭泣呀……

你老婆很傷心哪……

所以快點招了吧……

對於這些話語，我的回答全都是些陳腔濫調。當然，那是我的真心話。雖然是我的真心話，卻彷彿照本宣科，所以那應該是來自於我過去所見聞的事物。

好寂寞。

我愛她。

原諒我。

想見她。

這種話，不是我的話。

是過去有人在哪裡說過的話。

我這個人，形同打從一開始就不存在。

結果我只是過去所拼湊起來的東西。

所以我是個廢物。

真希望早晨不要來臨。

我在堅硬的地板上翻身。

肩膀好痛，背好痛。被拳頭毆打的下巴隱隱作痛。

因為……我還活著。肉體的疼痛，是現在的我唯一剩下來的、最後的生存證明。

還覺得痛就不要緊啦……

是身體想活下去的證據啦……

——木場。

只剩下兩個人敗逃的夜晚。

在前線聽到的戰友的話。

然後我……朦朧地想起了朋友的臉。

休喀拉——

此地亦行中世陰陽家之説，與守庚申之事（中略），故民間亦廣為流布，今亦多祭祀於路旁。《拾芥抄》載：「庚申夜誦彭候子、彭常子、命兒子，悉入幽冥之中，去離我身。」註云：「今按，每庚申向寢而呼其名，三尸永去，萬福自來。」此誦文不知源自何處，三彭之名亦異，此誦為未守庚申而寢之歌，説法多異，今俗傳彭申之夜誦歌云：

悉悉蟲離我床，去我床，
未寢但臥，雖臥未寢。
此悉悉蟲或稱休喀拉。

——《嬉遊笑覽》卷七／喜多村信節
文政十三年（一八三〇）

1

「我的記憶力比別人好。」女子說。

那又怎樣？——木場修太郎心想。

木場完全提不起勁。雖然不到心不在焉的地步，但鑽進耳朵裡的話全都停留不了多久，一下子就溜到別處去了。停留時間太短，所以無法領會話中的意思。女子愈是滔滔不絕，木場就愈覺得無所謂。也不知道是真心這麼想，還是裝出來的。他連去分辨的力氣都沒有了。

就像為了消磨時間而進經典電影院，看著已經看過好幾次的老電影。不管銀幕中的女子是哭是叫，甚至被殺害，身為觀眾的木場也莫可奈何。無論銀幕裡發生多麼重大的事，老實說，木場一丁點兒都不在意。視網膜雖然倒映出有人在傾訴的模樣，但他的腦袋是一片空白。

說到那個時候木場在想些什麼，他想的只有被簡慢地端到面前、用豆腐渣做成的**像是**壽司的東西上頭擺的燻鯨魚肉而已。

那麼巨大的鯨魚究竟是切下身上的哪個部位，才能變成這麼寒酸的東西呢？這件事怎麼樣就是讓木場在意得不得了。

「絕對錯不了的。」女子有些激動地說。

——煩死人了。

在一旁托著腮幫子的酒店老闆娘倦怠地開口：「連一丁點兒幹勁……都感覺不到哪。」

就像貓撒嬌的叫聲般，完全無法捉摸。

老闆娘說的一點都沒錯，所以木場沒有回話。

「怎麼啦？真拿你這個木屐刑警沒辦法……」

老闆娘——貓目阿潤瞇起一雙杏眼瞪著木場。

然後她瞧不起人地罵道：「沒出息的懦夫。」原本熱心傾訴的女子看到阿潤此舉，突然變得萎靡不振，一臉索然地望向褪色發黃的櫃臺。

木場總覺得有些內疚，可是他一想到自己就是在這種時候心軟，才會每次都倒大楣，於是故意冷酷地皺起眉頭應道：「囉嗦。」

木場是東京警視廳的刑警。

處理了好幾個月的重大案件在今年春天總算告一段落，接著好不容易解決掉悔過書、報告書等他不擅長的文書工作，木場厭煩到了極點，回過神時，他人已經接近鬧區了。然後……他來到了這裡。

貓目洞——完全就是家落魄的小酒店。昏暗，空氣也不流通。連客人都沒有。沒有說些無聊廢話的陪酒小姐，也沒有自以為是地說教的酒保。

只要能喝酒，去哪裡都無所謂，但木場會特意迢迢遠路來到與住處反方向的池袋這一帶，或許是因為他已經沒有力氣投身人群之中。木場懶得迎合社會的時候，就會來到這家店。

——大失所望。

不該來的——木場有點後悔。

的確。

不，如同猜想，當木場來訪時，地下的這間小店沒有半個客人。

不僅如此，老闆娘一看見老熟客木場，早早就打烊了。這都是老樣子了。與其說是生意不好，倒不如說老闆娘根本無心做生意。

「我在等你呢。」老闆娘裝出笑容，睜眼說瞎話。

不去的時候，木場半年都不會光顧，老闆娘不可能會等待這種不良客人。木場理都不理：「別說那種無聊的奉承話。」

然而……

沒多久，阿潤就叫木場看店，離開了店裡。木場什麼也沒想，打定了主意專心喝酒，

自斟自酌時，阿潤帶來了一個說是熟人的女子。

「讓她商量一下吧。」阿潤這麼說。

原來睜眼說瞎話並不是奉承，而是別有居心。女子頻頻傾訴她被人偷窺還是怎麼樣，讓木場覺得煩躁。他不想聽，不想思考。

所以木場連女人的臉都沒細看，只是盯著缺了口的酒杯，看著賣相極差的小菜。

——竟然得寸進尺。

木場把像是壽司的東西扔進嘴裡。

吃進嘴巴後他才想：這年頭哪裡還在做這種鬼玩意兒？

豆腐渣壽司，是無法隨意吃到壽司的年代才會產生的替代品。豆腐渣用來代替米飯，而鯨魚肉則代替鮪魚。

換言之，這是在沒有米也沒有魚的年代才吃得下去的東西，木場以為水產品的管制廢除以後，應該不會再有哪個笨蛋去吃這種難吃的東西，也不會再有哪個笨蛋端出這種東西給客人了。

食物卡在喉嚨裡，難吃極了。

木場在豐島的轄區任職時，好幾次到販賣這種鯨魚壽司的黑市壽司店進行查扣。

雖說比鮪魚容易弄到手，但鯨魚仍然是水產品，也就是違禁品，所以不能在市面上光明正大地販賣。

木場偷吃過好幾次查扣的鯨魚壽司。

當然，這不是一個公僕應有的行為。可是警察就算查扣了壽司，結果也只能扔掉。實際上是販賣違禁品的黑市不對，但是將黑市查扣來的貴重食物不當一回事地扔掉的警察，又算是什麼？

木場總覺得難以釋懷。

就算是違法的東西，當時的人過的也是有一餐沒一餐的生活，甚至有人餓死，而應該要守護社會的警察竟然將能吃的東西扔掉，這怎麼行呢？要扔掉，倒不如吃掉——當時木場是這麼想的。

每次偷吃都卡在喉嚨裡，每次木場都嗆得厲害極了。

事隔幾年後再吃到，他又噎住了。

木場急忙把酒杯中的液體灌進喉嚨，結果嗆得更慘了。

杯中的廉價酒不僅度數高，而且不知道原料是什麼。

阿潤見狀，像洋貓般的臉笑歪了。

「你啊，這樣也算是刑警嗎？空有個大塊頭。」

「我告訴妳，刑警可不是小鎮的煩惱諮詢員哪，喂！」

「幹嘛？警察不是站在百姓這一邊的嗎？」

「警察是站在守法者這邊的，我們只負責取締違法者。」

「偷窺不也是違法行為嗎？你神氣個什麼勁啊？」

「我是搜查一課的，辦的是殺人案……」

這是藉口。

他只是覺得煩。

「就算是失敗了，但你這種塊頭活像個大佛的男人悶悶不樂個沒完沒了，實在是難看到了極點哪。」阿潤說道，用力撇過臉去。

——失敗啊……

的確。

上次的事件裡，包括木場在內的搜查人員的行動——不，本部的搜查方針本身就有著無法彌補的過失。儘管布下了天羅地網，被害人卻不斷地增加，而且這還是東京警視廳與轄區——國家警察千葉縣本部傾全力進行的搜查行動。

有五個人在木場面前喪命。

即使不是木場本人犯下了致命的過失，殺

人事件在身為警官的木場面前大剌剌地發生也是事實。當然，木場對於這件事並非不感到自責。他也覺得要是自己行事再聰明一點，或許能夠挽救一兩條生命。

然而，他也覺得這麼想是自命不凡。他認為區區一介警官，能夠做的頂多就只有那麼一點程度了。

他絕不是自卑，也不是為了卸責而逃避現實。而且以結果來說，木場比搜查本部更接近真相，就算被責備擅自行動，他也自認為在有限的狀況中，盡了最大的努力。對於這一點，他並不後悔。

但是……這種情況，問題並不在於努力、判斷或對錯。

有意義的只有結果。

不管是做出正確的選擇，或是真摯地努力邁進，結果失敗的話，一切都是枉然。但是即使做錯還是偷懶，只要結果順利，一切都皆大歡喜。

確實是有疏失，許多人犧牲了。

但是兇手被逮捕，案子結束了。

無可奈何。所以木場不感到滿足，也不覺得失望。他十分淡然處之，也不覺得自己像阿潤說的悶悶不樂。只是……

硬要說的話……

木場不中意淡然處之的自己。總是驅使木場往不必要的方向橫衝直撞的莫名衝動，現在卻不可思議地沉靜下來了。一點都不像自己。結果木場到現在仍對事件沒有任何感想。他覺得這種情況，自己應該更情緒不穩、更激憤、更興奮地做出莫名其妙的行動來才對。

那樣比較像自己。

當然，一切都已經結束了，就算木場一個人大吵大鬧，死人也不會復生，但是他覺得如果不至少大鬧一下，被殺的人似乎會死不瞑目。這不是講道理，木場認為自己的行動規範並不是道理。說起來，不管死了多少人，卻只有一句「哦，這樣啊」的話，那簡直……

——簡直就像戰爭。

木場這麼感覺。他不願意這樣，他覺得這樣是不對的。但是……

儘管眼前有那麼多人死去，結果木場卻無法有任何特別的感想。

這種達觀而成熟的自己，讓木場有些無法接受。只是如此而已。

他並不是在為失敗而後悔。

木場只是嫌麻煩。

此時，木場進來後第一次正視阿潤的臉。

鮮明的五官，玫瑰色的口紅。

自己看起來應該完全是在瞪人，木場非常明白自己的容貌會帶給對方不必要的威嚇感。

細小的眼睛，粗獷的臉龐，健壯的脖子。

阿潤意興闌珊地撇著臉。

「呃……」女子消沉至極，無力地開口。

「我還是……」

「妳……要去那個叫什麼的怪孩子那裡嗎？」

阿潤撇著臉，慵懶地問道，女子苦惱了一會兒，應了一聲：「嗯。」阿潤小巧的嘴唇銜住香菸。

「這個嘛，我是不太贊成妳去啦，不過總比這個笨蛋……」

笨蛋是指木場。

阿潤點燃香菸，吸了一口，把煙吹向木場，接下去說：「可靠吧。」

「喂……」木場有點介意。「……妳說的那個怪孩子是什麼？」

「幹嘛，那跟你無關吧？笨條子。」阿潤罵道。「對啦，跟我沒關係啦。」木場凶回去。凶都凶了，這下子也不能求人家告訴他，這次換成木場撇過臉去了。

女子見狀想要開口，但阿潤制止她，結

果自己說了起來：「通靈少年啦。嗯？可是那也不叫通靈吧。我想想，是神童吧。叫什麼來著？對了，他用的是什麼照魔之術吧。」

「嗄？什麼照摸？」

「好像是照出魔物的意思吧，可以識破壞事和謊言。」

「哈，那豈不是太方便了嗎？」木場不屑地說。

什麼靈啊魔的，木場最痛恨那類東西了。細微的差異他根本不在乎，那類東西在木場眼中全是一丘之貉，全數排斥。

「警察裡最好有一個，不，閣員裡應該要有一個吧。」

「好像……也有人提出這樣的意見。」

「妳說什麼？」

木場當然是開玩笑的。

老闆娘只是望著天花板，悠然自得地回答：「內閣怎麼樣我是不知道啦，不過我聽說那孩子在某件案子裡大顯身手，揪出了罪犯。要是能夠識破偽證，那一定很方便嘛。」

「混帳東西，警察才不可能相信那種東西。我看八成是抓到偷咬沙丁魚的野貓罷了吧？我不曉得什麼神童還是通靈少年，就算是神明還是佛陀，要是司法人員照著神諭行動，豈不是世界末日了？要是警察真的相信那種小鬼的胡說八道，這個國家就完蛋啦，混帳東西。」

「那麼……」阿潤哆聲哆氣地說。「……這個國家差不多要完蛋了吧？」

「什麼意思？」

「因為我聽到的不是那孩子協助犯罪搜查這麼簡單的事，而是對逮捕罪犯做出實質貢獻這樣確實的傳聞。這表示警方在搜查還是逮捕行動時，採納了那個孩子的意見吧。一般民眾是不能逮捕罪犯的。」

「只是傳聞吧。」木場說。

阿潤答道：「人不是說無風不起浪嗎？隨便什麼都好。管他是小孩還是小狗，總比動也不動、像塊醃泡菜石的刑警要來得有用多了吧？」

「妳很囉嗦耶，知道了啦。」

「你知道什麼了？」阿潤說道，煩躁地摁熄香菸。「聽好了，我可不是因為這位春子小姐要去依靠你說的那個死小孩的胡言亂語才這麼說的。全都是因為你像頭小便的馬似的呆杵著不動。」

「妳這個女人啊……」

「什麼女人不女人的，別亂叫。」

「欸，我是客人耶！」

「我不記得這陣子有收過你的酒錢呢，請不要擺出一副大爺樣好嗎？」

「都倒酒給人喝了，還在那裡說什麼大話。每次來都關店，妳上次還在裡頭呼呼大睡對吧？妳在睡覺對吧？喂，別以為妳騙得過刑警哪。而且妳每次都淨拿些莫名其妙的東西給我吃，說什麼試吃，每次都害我拉肚子。聽好了，阿潤，事情要講順序，工作要論職責。我不曉得這個人住在什麼地方，但這種事得先……」

「你這人就會滿口廢話，這我當然知道。不就是因為附近的警察根本靠不住，才會像這樣拜託你這個遲鈍的笨蛋嗎？你連這都不明白嗎？你以為誰喜歡沒事來找你這種長得像廁所踩爛的木屐的人商量啊？」

「呃……」女子——阿潤叫她春子——怯生生地開口。「潤子小姐，可以了，我……」

阿潤無可奈何地看了木場一眼，無力地說了句：「對不起。」聽起來也像是在對木場說。

「……呃，也不是這一兩天就會怎麼樣的事，而且也沒有生命危險，所以我還是去請示藍童子大人……」

「等一下。」木場忍不住插口。「那類通靈的騙子絕對不是什麼好東西。」

——我幹嘛插嘴？木場心想。

「所以最好不要和那種人扯上關係。」

多管閒事。說起來，這根本不關木場的事。只是他有個怪癖，別人用力推他，他就會狠狠地頂撞回去，但是對方一縮回去，他就會伸手拉過來，教人傷腦筋。木場天生就是個愛唱反調的人。

——不對，我是三歲小鬼啊？

應該是吧，這不是大人的反應。

阿潤垂著頭，她一定正暗自竊笑。

「妳笑什麼笑？我最痛恨占卜這類鬼東西了。我幹的這一行，也認識很多被害人。和那種人扯上關係，沒一個有好下場。那種人就算妳不去碰，也會自己找上門來，沒必要去自投羅網。那豈不是叫什麼撲火嗎？」

阿潤露出少女般的表情，把笑意給嚥回去似地說：「可是我說你這個人啊，實在是太好笑了。不過……嗳，算了。春子小姐，只有這件事，這個傻瓜說的完全沒錯。我也告誡過妳不知道多少次了，妳最好還是打消這個念頭。」

春子虛脫地「哦」了一聲。「我也這麼想，可是……」

「可是？」

「以前曾經有一次……是碰巧的，呃，我得到藍童子大人的忠告……，怎麼說呢，是和我有關係的……」

「和妳有關係？」

「嗯，所以我想……應該可以信任吧……」

「喏，那邊的刑警，都是你不好好地聽人說話，春子小姐才會這麼想不是嗎？這小妮子就是不乾不脆的，要是放任她這樣下去，一定會去找那個小鬼的。和那種人扯上關係，不是準沒好事嗎？」

「那妳是要我怎麼樣？」

——結果不又是這樣了嗎？

木場重新聆聽女子的說明。

女子——自稱三木春子。

她今年二十六歲，說是靜岡人，因故戰後來到東京，前年開始在東長崎的縫製工廠上班。沒有家人親戚，獨自一人住在工廠的宿舍裡。

春子這個人的外表一點特徵也沒有，就算往後在別處再度碰上，也令人懷疑是否能夠認出她來。乍看之下，她並不像耽於玩樂的女人，服裝也十分樸素，這樣的女子怎麼會認識酒家老闆娘？木場對這一點感到有些詫異，不過女子沒有述說她上東京的理由，也沒有說明她與老闆娘的關係。

「很纏人。」春子再三強調。

看樣子似乎真的很纏人。

讓春子評為纏人的，是住在附近的一個派報員，名叫工藤信夫。

春子說，工藤從去年秋天開始就一直糾纏不休，讓她不勝其擾。說白一點就是追求她，這並不是什麼稀奇事。

「妳……不喜歡那個人嗎？」為了慎重起見，木場問道。

因為這是最重要的一點。

實際上，這類糾紛很多時候是旁人理不清的情侶吵架，沒有人被別人喜歡會感到不快。雖然其中有些人會覺得煩，但那只是不中意追求者或狀況，對於受人喜歡這件事本身並不感到厭惡。

不過世上也有許多情欲勝過愛意、只是出於性衝動而追求異性的無恥之徒，那類情況，只是一種偽裝成愛意的性騷擾，不過就連這種豈有此理的求愛，也有人覺得沒那麼糟糕。

而這類情形，女方不願意的態度大部分都

只是裝裝樣子而已，所以更棘手了。像木場，總是對此感到困惑不已。

當然，無論是男是女，如果自己的人格遭到漠視，只被視為性衝動的對象，不可能會覺得高興。即使如此，仍然有些人覺得不壞，這並不是因為他們好色或淫蕩，只是他們受虐的心理受到刺激吧。木場這麼想。

不過……

木場既未追求過別人，也沒有被追求過，當然無法斬釘截鐵地斷定。雖然無法斷定，不過向對方傾訴「我喜歡你」，應該很接近臣服於對方，向對方說「我任憑你吩咐，請你收我為小弟」吧。如果這樣的話，被追求的一方對於追求的一方是不是會萌生出優越感呢？因為對方奉上無條件的恭順。一個人只要稍微有點支配欲、或自尊心稍微強烈一點，即使對方的色欲顯而易見，還是不會覺得不愉快吧。

反過來也是有可能的。被追求的一方若是有被虐傾向，在不同的意義上，也會有不同的感想吧。

不管怎麼樣，嘴上說討厭，也是喜歡的一種表達方式——男人這種可笑的邏輯能夠行得通，也是因為有這些複雜棘手的例子存在吧——木場心想。

不過對於不擅長處理感情問題的木場來說，這些或許都只是自以為是。

但是，木場唯一可以確定的是，這種事終究只能讓當事人自己解決。木場知道幾個事例，表面上雖然不斷地說煩人、討厭、很困擾，但是攤開來一看，別說是討厭了，根本是兩情相悅。碰上那種事，被找來調停的第三者簡直成了再可笑也不過的小丑。

多管閒事不合自己的性子，所以木場要確認春子是不是真的覺得不快。

「妳真的討厭他到作嘔的地步嗎？」木場再次詢問。

一時沒有回答。

隔了一會兒，春子斷斷續續地回答：「其實……也不是……討厭啦……」不出所料。

「那樣的話，妳就應該聽聽那個人……」

「可是……」

木場就要開始諄諄教誨，春子似乎察覺，立刻打斷他接下來的話。

「可是他成天監視我。」

「監視？」

「如果只是冥頑地糾纏不休，那還沒什麼。不，這樣也不好，可是我對他一點意思也沒有，所以真的、真的一點都沒有把他當成對象來考慮。所以說，與其說覺得煩，我更覺得……呃……有點恐怖。過年時，我曾經拜託廠長，請他制止那個人繼續糾纏我。」

「然後呢？」

「原本他在我的公寓附近徘徊、或是在工廠後門埋伏等我下班、或晚上站在窗外的行為……」

「他做到這種地步嗎？這……這傢伙真難纏哪。然後呢？」

「嗯，廠長人很親切，還擔任町內會的幹事，所以也很有影響力。我和廠長商量後，廠長便說交給他，不過因為擔心當面說會起衝突，便去找提供工藤先生住宿的派報社老闆申訴，說他那樣造成別人很大的困擾。於是工藤先生那些奇怪的行為……」

「收斂了嗎？」

「是的。」

「那不就好了嗎？沒有任何損害嘛。叫人家連想都不能隨便想，再怎麼說也太過頭了吧？」

木場這麼說，阿潤便揶揄似地說：「你是專門單戀的嘛。」

木場惡狠狠地瞪她，卻沒有半點效果。

「你真的都沒在聽呢。聽好了，春子小姐

從剛才就一直在說**後來的事**。只有那樣的話，連犯罪都稱不上。誰會為了那種事去找刑警商量啊？」

說的也是。

她是說……被偷窺嗎？

——被偷窺啊……

「喂，總不會是二十四小時隨時都有人在偷看妳吧……？」

二十四小時隨時都有人在看我——不久前落網的連續殺人犯這麼訴說。那當然是妄想，不可能有那種事。

不過，木場知道就算那個兇手例子特殊，平常人也很容易萌生那類妄想。他聽過以前是精神科醫師的朋友詳細的解說，強迫性神經症、精神分裂症，並不是什麼特殊的疾病。如果說是，包括木場在內，每一個人都是精神病患。一聽之下，才知道那似乎只是程度的問題。

但是就和占卜、通靈一樣，木場也非常痛恨精神分析和心理學。對木場來說，這些東西只是根據的理論不同，其實性質根本相同。要是這麼說，醫師一定會生氣地要他不許混為一談，但占卜師應該也一樣會抗議吧。雖然占卜不合道理，但自古以來就深植民間。另一方面，精神醫學雖然符合道理，卻還是開發中的學問。若論有沒有公民權，占卜搞不好還占了上風。

木場將不祥的預感完全表現在臉上，阿潤似乎馬上察覺出來，在木場抱怨前牽制說：

「你又在想什麼沒用的事了吧，你也差不多該自覺到自己腦子那麼笨，想再多也沒用。」

這已經不是揶揄，根本是唾罵了。

「妳這女人也真教人火大，不好意思，我就是笨，才會去當刑警，妳不懂嗎？而且我的腦子是我的腦子，要想不想輪不到妳來指揮。」

「我說啊，你那顆四方形的腦袋裡頭在想些什麼，我全都看透啦，我早就從降旗那裡聽說了。反正你又在想上次那個潰眼魔的事了吧，誰不知道你把這女孩想成強迫性神經症還是自我意識過剩……」

完全被看穿了，阿潤高明多了。

降旗就是那個灌輸木場一些有的沒有的知識的罪魁禍首——前任精神科醫師。木場一時忘記了，不過這麼說來，降旗也是貓目洞的常客。

「……可是，不是那樣的。」阿潤說道，噘起嘴巴。

木場怎麼樣都無法信服。

「不是那樣，那是哪樣？她剛才不是說她整天受到監視嗎？不是說一直有人在看她嗎？她覺得有人一直在看她吧？那不就一樣嗎？」

「呃……」春子發言了。「……不是那樣的，**我完全不覺得有人在看我**。不，**不可能有人在看我**，所以、所以我才覺得恐怖……」

「那到底是……」

——怎麼回事？

木場將視線從阿潤母貓般的臉轉向春子平凡的臉。由於照明昏暗，春子的五官印象變得更薄弱了。

「工藤先生從那以後，突然就再也沒有出現了。」

「突然嗎？」

「是的。據說，他似乎深自反省，每天早晚認真地送報，我也放下心來，可是過了一個月左右……我收到了一封信。」

「信？情書嗎？」

「說是情書……也算是情書……」

「怎麼這麼模稜兩可？不是嗎？」

「嗯，上面……呃……詳盡地寫著我的日常生活……」

「什麼？」

那封信上以小小的字跡密密麻麻地寫滿了文字。

（前略）春子小姐／

為何疏遠小生／為何做出如此殘酷之事／為何妳不順從妳的真心／小生了解妳的真心／妳讓小生在雇主面前出盡洋相／即使如此小生還是願意原諒妳／因為小生知道／那並非妳的真心／小生知道的不只如此／小生知道妳的一切／讓小生證明／這不是謊言，也不是幌子／例如那一天／那一天／

妳……

「接下來……仔細地記載了我某一天的行動。那真的是鉅細靡遺、詳細入微，整張紙滿滿的，寫得極為詳盡。」

「那……」

「是的，全都說中了。」

「不會是……碰巧的吧？」

木場覺得就算隨意猜想，也不會相去太遠。工廠的上下班時間一定，而且工藤這個人以前曾對春子糾纏不休，應該也掌握了她上班以外的生活作息——例如用餐時間或就寢時間。

那樣的話，除非有什麼相當特別的事，鎮工廠女工一天的生活應該不難想像。木場這麼說，春子的表情一暗。

「要是這樣就好了……不，我一開始也這麼想。不，應該說我努力地這麼想。可是……」

「不是嗎？」

「嗯，呃，例如說……」春子垂下頭去。

「這很難啟齒呀，遲鈍鬼。」阿潤斥責木場。「喏，像是內衣的顏色啊，有很多啊。」

「哦……」

「哦什麼哦。春子她啊，手腳冰冷，胃腸也不是很好，所以呃……我說出來沒關係嗎？」

「嗯，我也不是會為這種事情害羞的年齡了。」

「說的也是，反正這個男的對女人一點興趣也沒有，滿腦子只知道吃。聽好嘍，這女孩會穿一些什麼毛線襯褲啊、纏腰布啊、針織襪等等。喏，當時還很冷嘛。」

「好了，我知道了。要是不遲鈍，哪幹得來這粗魯的職業啊？可是，那個叫工藤的傢伙連這種事都……」

「嗯，當時還是初春，氣溫也不一定，我有時候穿，有時候沒穿，可是當天穿的……呃……例如說顏色，連這都……」

總覺得話題變得太真實，木場從春子的臉上別開視線。

他盯著褪成米黃色的牆壁問道：「上面寫的……唔，都說對了嗎？」

「都說對了。」春子回答。

會不會是她記錯了？

說起來，幾天前穿了什麼顏色的內衣，會一一記得嗎？木場首先懷疑這一點。

像木場，連昨天自己穿了什麼都記不太清楚了。因為他的衣服大同小異。木場雖然不能拿來當標準，但他並不認為自己與一般人相差多遠。雖然木場無法想像女性的貼身衣物有幾種顏色，不過也不可能多到哪裡去。頂多只有兩三種顏色吧。只有這幾種顏色的話，就算其實不是，但別人如此斷定的話，也會誤以為說中了，不是嗎？

我的記憶力比別人好……

——原來如此，那是在說這件事啊。

木場搔搔下巴。

這事也真詭異。

「那……也就是說，那傢伙……偷窺了妳的房間。」

「算是偷窺房間嗎……？呃，像是用餐什麼的，是所有工人集合在工廠的餐廳一起

吃……，連我在那裡吃了些什麼都……」

「連這也說中了？」

「嗯。菜色雖然是固定的，但可以挑選。種類雖然不多，不過我並不會特定挑選什麼，連這也……」

換言之，工藤這個人與其說是偷窺春子的房間，更接近緊跟著春子行動。

二十四小時整天都被黏著，光是這樣就教人受不了了。不僅如此，連回到房間以後也被偷窺，確實會教人發瘋。

「所以妳才會說監視啊……」

就連處在組織監視下的軍隊生活，也有獨處的時間。關在單人房的囚犯，也不會被二十四小時監視。即使是生活邋遢隨便得被人偷看也不在乎的木場，也不願意在獨處時被人盯著瞧。雖然春子已經不是少女了，但她畢竟是個未婚女子，一定感到忍無可忍吧。

而且還不只是被看而已。

還將看到的內容寫成書面報告送過來……

——到底是在打什麼鬼主意？

「你這人真是腦袋轉不過來呢，春子一開始不就說她在煩惱這個問題了嗎？」阿潤恨恨地說。

她說的沒錯，但木場當時沒在聽，有什麼辦法？缺少線索的話，本來懂的事也聽不懂了。要是以成見來填補缺少的部分，故事很容易就會變形的。

寫了一大堆後，信件這麼作結：小生全都知道／千萬小心……

好陰險。

不，不是這種問題。

「看到這封信，我真的嚇壞了，可是又無從回覆。就算想和別人商量，一想到我隨時都被他監視著，也不敢去找人。不知不覺間，一個星期過去……我又收到信了。」

「內容是什麼？」

「我這七天以來的行動。」
「然後內容全部都……」
「全部都說中了。」
「全部……？後來收到的信，也和一開始的信一樣，呃……所有的事都詳盡地……呃，寫得一清二楚嗎？」
「嗯，一張信紙一天份，用小小的字寫得密密麻麻的……，總共有七張……」
「從早到晚？」
「從起床到就寢。」
「那表示那個叫工藤的人一整天……不，一整個星期都緊跟在妳身邊，連眼睛都不闔地……？」
就算是充滿執念的刑警，也不會單獨一個人像那樣如影隨形地盯梢。
「那妳怎麼做？」
「我……無可奈何。我也試著委婉地找廠長商量，但是因為那種內容，我覺得不好意思，不敢拿給他看……」
上面寫滿了自己的私生活，這很難啟齒吧。
「結果就這麼不了了之，同事也沒有半個人當成一回事。就在這當中……又……」
「又收到信了嗎？」
「是的，後來也每隔一星期收到一封。」
「每隔一星期？意思是……信件還一直寄來嗎？」
到了這種地步，只能說是脫離常軌了。
「那些信一直……難道現在也還繼續收到嗎？」
「嗯……，上星期的……還有收到。」
「這……唔……我想想……」
雖然莫名其妙，但相當棘手。
木場撫摸著下巴的鬍碴，阿潤眼尖地看見他的動作，馬上插嘴說：「喏，你看，這件事很不尋常吧？一開始認真聽人家說話就好了嘛。」

「哪裡好了？不管這個，到目前為止，總共收到了幾封信？」

「從二月開始就一直收到，嗯，前前後後已經收到七週份了。」

七週份——四十九天，將近兩個月。

「那麼，工藤那傢伙在這麼長的時間裡，一直……監視著妳？」

「問題就在這裡……」春子雙手手指在吧檯上交握。「……我剛才說過了……，我……不覺得被人盯著。」

「可是……不盯著妳，就不可能知道那些事吧？」

「是的，可是……」

「哪有什麼可是不可是的？他都寫得那麼詳細了，肯定是看得一清二楚。那表示他躲藏在建築物的某處吧。」

「可是……並沒有那種跡象。」

「我想想……妳房間的隔壁是不是空房？」

嫌疑犯住在公寓的話，警方通常會租下鄰室，進行盯梢。

「呃，我住的公寓是工廠宿舍，兩邊都有住人，是和我年紀差不多的女工，工藤先生實在不太可能潛伏在裡面……」

「可是有天花板吧？或是地板下方。」木場說道。

阿潤從旁邊探出頭來，簡慢地說：「又不是忍者。而且這又不是說書故事，可不可以講點像刑警的有用意見啊？你那種話路邊的小孩也會說。」

「可是地板下面和天花板裡面是潛伏的慣用地點，其他還能從哪裡進去？喂。」

「呃，我的房間在一樓，沒有地櫃。而且那是二層樓公寓，我想天花板裡面也不太可能，上面的房間也住著同事……」

「公寓對面是什麼？」

「是工廠。」

「那就是潛進工廠裡面，拿望遠鏡之類的偷看嗎？」

「這……自從收到信件以後，我也開始警戒，用布和報紙貼住窗戶，外出時也記得檢查門鎖，而且工廠也只是一棟簡陋的木造房屋，沒有可以躲藏的地方……」

「可是啊，隙縫是到處都有的。」

「這個刑警真是滿口蠢話。聽好了，假設——只是假設——假設那個叫工藤的人真的就像你說的，像石川五右衛門(註)似地躲在某個地方，一整天監視著春子好了。到這裡都還不打緊，問題是，那樣工藤自己要怎麼過活啊？他要睡在哪裡？要怎麼吃飯？要怎麼洗澡？」

「我怎麼知道？那個人累的話就睡覺了吧，醒來就起床了啊，飯哪裡都可以吃，人不洗澡也不會死。」

「兩個月不洗澡？」

「前線可沒有澡堂。」

「工作呢？工作怎麼辦？」

「笨蛋，要是繼續工作的話，怎麼可能做出這種偏執狂般的事情來？」

「他繼續在工作。」

「繼續在工作？」

「是的，工藤先生似乎非常守本分地繼續配送報紙。因為是廠長替我申訴的，他自己也很在意，說有時候會去派報社看看。他說工藤先生在那裡夾報，或計算份數，工作得相當賣力，所以……工藤先生**不可能成天監視著我**。」

註：石川五右衛門（？～一五九四），安土桃山時代的大盜賊，一五九四年被捕，在京都三条河原被處以鍋煮之刑。後來成為許多戲劇的題材。

「這確實……」

——不可能吧。

那樣的話，是做不到這種事的。

「會不會是有人假冒工藤，做出這種事？」

「是的，我也懷疑過這一點。可是問我會是誰？我完全沒有頭緒，而且也沒有任何證據。再說，我剛才也說過了，就算不是工藤先生，我身邊的環境也不可能讓人偷窺。」

「同事呢……？」

這並非不可能，就算同是女人，也不能信任。

因為，春子來自山區，可能沒見過什麼世面，或許她並不適合都會生活，也難保在職場中不曾發生過什麼磨擦。

「……如果是同宿的同事，就可以監視了。」

「這……我倒是沒有想過。」春子沉默了。

有這個可能。

木場覺得除此以外別無其他可能了。

結果木場也沉默不語，酒吧瀰漫著些微尷尬的沉默。

木場總覺得有些困窘，用拇指指腹撫摸變長的鬍鬚。沒多久，阿潤催促起來：「怎麼樣嘛？沒有什麼好主意嗎？」

「欸，不就是妳這個醜八怪說我是笨蛋，想也是白想的嗎？妳不是早就看穿我四方形的腦袋在想什麼了嗎？那妳幫我說一說不就得了？」

「你生氣了？」

阿潤睜圓了眼睛，從正面盯住似地望向木場。阿潤的表情就像貓眼般變化個不停，這就是店名的由來。木場將視線落向裝豆腐渣壽司的盤子上。

「才……才沒有。反正就像妳說的，我不

擅長思考。我啊，是靠腳走、靠眼睛看、靠手摸來搜查的。是那種吃苦耐勞，把破鞋子都給磨光的類型。」

阿潤懶散地攤開虛脫的雙手。「多麼落伍啊，這種的現在早就不流行了。」

「搜查哪有什麼流行落伍的。總之，不去到現場看看還是實地搜查一番，現階段沒辦法斷定什麼。妳去過轄區……不，派出所了嗎？」

「我遮住臉……偷偷去過了。」

「然後呢？」

「我被嘲笑了一番。呃，警察說：『工廠就在派出所附近，我也經常巡邏，從來沒見過什麼可疑人物。』我也把信件拿給警察看，但警察說不用在意，反正沒有生命危險。」

「沒用哪。」

沒用是沒用，不過這就是警察一般會有的應對。換成木場值班，一定也會做出相同的反應。

「至少人家還聽了春子的話，比你好多了。」

「妳這女人真的很囉嗦，不要一直打岔。總之，至少得去現場看過一次才行。遇上這種情況，現場是……沒錯，得去妳房間參觀參觀。」

「你要去？」

「叫妳閉嘴。那個叫工藤的人，是個怎麼樣的人？」

春子聞言，平凡的臉暗沉了下來。她一皺起眉毛，臉就變得有點特徵了。

她之所以看起來沒有個性，或許是因為沒有表情，要是笑起來，五官也許會給予他人不同的印象。春子想了一下，手放在眼前比畫著。

「嗯，他膚色很黑，臉像這樣，鼻子……」

春子思考過後比手畫腳地形容起來。

她做出壓扁鼻子的動作。

「我不是說他的長相，是性格。」

「我不太清楚，感覺很纏人。」

「纏人這一點確實錯不了吧。妳說妳不太清楚，但人家對妳可是一見鍾情。妳們是在哪裡認識的？」

「哦……」春子的回答很不起勁。

是緊張隨著呼吸溜走了嗎？緊迫的氣氛突然消失了。

那聲「哦……」之後，遲遲沒有接話。

「有什麼不好啟齒的嗎？」

「是在長壽延命講（註一）……」

「什麼常售鹽命講？」木場完全不懂她在說什麼。

「長生不老的長壽，延續生命的延命，講課的講。」

「那啥啊？宗教嗎？」

「不是宗教。呃，您知道庚申講嗎？」

「更生講？像標會那樣的東西嗎？」

「庚申啦，庚申。」阿潤說。「你不知道嗎？你家不是石材行嗎？」

「庚申？哦，妳是說那個立在路邊的石地藏嗎？」

在木場的認知裡，那應該是像石佛般的立像。木場記得位在小石川的老家旁邊，也立有一尊石地藏。不過木場這一年都沒有回過老家，不知道地藏是不是還在。

「那才不是地藏哩。」阿潤噘起嘴巴說。

「庚申塔的話，是猴子吧？那是不見不說不聞（註二）。」

「猴子？是嗎？不對，那才不是猴子。阿潤，妳不要在那裡信口開河。以猴子來說，那手也太多了吧。」

「地藏的手也只有兩隻啊。」

「猴子裡了不起的只有孫悟空吧？」

木場還要繼續沒有意義的爭論，春子阻止了他。

「他們祭祀三猿……還有四隻手的神明的畫像。」

「祭祀？妳說那個長壽延命講嗎？那還是宗教嘛。」

「那與其說是宗教……呃，算是講習會嗎……？不，和講習會也不一樣，有時候會傳授健康法，有時候會開藥，或講述一些教訓……。所以說，就像自古以來的庚申講……」

「等一下。」

聽到這裡，木場唐突地恢復了舊時的記憶。

那段記憶還滴水不漏地伴隨著線香味，是那種已經發了霉的記憶。不對，不是記憶，應該是回憶的殘渣。

「……庚申講，庚申講啊……，對了，我想起來了。小時候我參加過，不過我祖母死了以後應該就沒再辦過了。那是很久以前的事了，晚上的時候，附近的住戶聚在講堂喝酒作樂，這麼說來，那好像叫什麼待庚申講之類的。」

「就是那個。」春子說。「庚申之日，每六十天就有一次。那一天不能睡覺，必須醒著才行。所以從以前就有個習慣，住在附近的人會聚在一起，彼此監視著不能入睡，直到黎明來臨……。我不太清楚，不過這就叫做庚申講。」

「為什麼不能睡？」

註一：「講」是日本一種民間組織，近似「會」。像老鼠會（鼠講）、標會（賴母子講）等等，在日文中皆為「講」的一種。由於與情節中提到的習俗傳入演化有關，故譯文中保留「講」字。

註二：從雙手遮住眼、耳、口的「三猴」衍生而來的諺語。「不見不說不聞」的「不」，日文中與「猿」音近。

「說是害蟲會離開身體。」
「那不是反倒好嗎？」
「不好。人一睡著，那種蟲就會離開身體，使人的壽命縮短，所以必須醒著才行。要是人醒著，蟲就沒辦法做壞事……，我不太會說明，我總是說不好。」
「唔，真的是聽不太懂。妳說的長壽延命講就是那個嗎？也是晚上不睡覺，整夜吵鬧嗎？」
現在還有人會為了那種騙小孩般的理由熬夜嗎？
「可是……要是熬夜的話，別說是延命了，豈不是成了短命講嗎？我不太懂，不過想要長生，不就該多睡覺嗎？」
春子再一次「哦……」發出分不清是嘆息還是回答的聲音。
「我剛才也說過，不只是醒著而已，那裡有個執事，叫做通玄老師，會為大家做健康診斷。然後指示在下次的庚申之日來臨前該怎麼度過，或是不可以做哪些事……」
「指導如何改善生活習慣嗎？」
「呃……大概就像那樣。接著他會傳授許多健康法，然後再配合健康法，調配藥劑……」
「那個叫什麼的老師是醫生嗎？」
「聽說是漢方的調劑師。」
總覺得很可疑。
「要收錢嗎？」
「會收參加費和藥錢。」
「這……不是詐欺嗎？藥錢什麼的是不是貴得嚇死人……？」
聽起來不像宗教也不是靈媒，但總覺得不太正派。這是刑警的第六感嗎？
或者是厭惡這類事物的木場的天性？
春子點了幾次頭。「是的，非常貴。所以……嗯，應該是詐欺。」

「啥？妳明知道還……」

「我已經沒去了。就像潤子姊剛才說的，我長年罹患胃病，家父和家母都是死於腸胃疾病，家兄則是死於肺病，家族的人都很短命。所以我真的十分渴望健康的身體，才一不小心就參加了。」

「那……也就是沒有效果嘍？」

「有效果，因為完全說中了。」

「說中了？」

——又是說中啊。

「是的。……老師會指導從庚申之日到下一個庚申之日之間的生活，他的指示非常瑣碎，像是幾月幾號以前不可以吃芋頭，早上要幾點起床，可以吃烤魚，但不可以吃燉魚，然後會進行像易的活動……」

「易？看卦嗎？」

「說不可以去這個方位，要穿紅衣服之類的。這些指示很容易忘記，不容易完全遵守，可是沒有遵守的話，下一次的庚申之夜診察時，老師一眼就會看穿沒有遵守什麼，然後說：你就是因為沒有遵守什麼，哪裡才會不好。一語道破。」

「完全說中？那還真是個神醫哪。」

「是的，可是老師處方的藥劑價格非常不合理。可也是因為沒有遵守指示，才要花那樣的價錢買藥。如果遵守老師的話，身體會變得健康，也不需要吃藥了。」

「他開的藥有效嗎？」

「呃……只要遵守指示，乖乖吃藥的話……確實就有效果。那些藥非常昂貴，當然治得好宿疾，可以增強體力，使人健康。而且聽說身體裡面的……呃，蟲會衰弱，然後就能長壽。」

「哦？我這個人胸無點墨，當然也不懂醫學，不過寄生蟲衰弱的話，宿主自然長壽吧。嗳，比起肚子裡養蟲，沒有蟲當然是比較

好……。可是，先不提戰爭剛結束的時候，最近蛔蟲啊蟯蟲的不是也大為減少了嗎？」

「不是那種蟲，是**悉悉蟲**（註）……，雖然不知道長什麼樣，不過聽說是會讓壽命縮短的害蟲。」

「果然……還是很可疑哪，妳也這麼覺得吧？」木場看也不看地徵求阿潤同意。

「這女孩不就說她已經不再參加了嗎？對吧？春子。」

「嗯。今年……過年時有初庚申，然後這個月的十日有第二次的庚申，我去參加了。可是，後來我再也沒去了。今後也不會去了。」

「因為工藤也在那裡嗎？」木場問。

「這也是原因之一……。工藤先生在去年的終庚申第一次參加，一開始並不是很熱中的樣子。怎麼說呢？感覺動機不純正。」

「原來如此。」

換句話說，說好聽點是尋找邂逅的機會，說難聽點就是去釣女人吧。工藤就是在那裡對春子一見鍾情，春子被他的有色眼光給相中了。

「去年的終庚申是在十一月，那個時候他找我搭訕，然後就開始糾纏不休。初庚申是過完年的一月九日，那時他也非常纏人，所以我才……」

「去找雇主商量是嗎？結果就開始收到奇怪的信……，喂，等一下，妳說妳最後一次去庚申是三月十日吧？那妳豈不是短短半個月前才在那個聚會跟工藤見過面嗎？」

春子小聲地說：「對。」

「可是那個時候妳不是已經收到奇怪的信了嗎？而妳竟然還敢去？妳不覺得恐怖嗎？」

「我當然覺得恐怖，可是……」

木場心想：這個女人根本是飛蛾撲火。原本以為她的個性樸實而慎重，沒想到出乎意外地少根筋，竟然呆呆地跑去參加糾纏自己的變態也會出席的聚會……

不，人都是這樣的吧——木場轉念想道，或許她有她的理由。

「妳覺得健康和長壽更重要……是嗎？」

春子用蚊子叫似的聲音答道：「那時是這樣的，我被搞得神經衰弱，胃也痛得要命，本來想說去拿個藥就好，而且我覺得他總不可能在眾人面前亂來。可是工藤先生即使看到我，臉色也絲毫不變。反而更讓我覺得恐怖了。」

「他什麼都沒對妳說嗎？」

「他只是看著我。」

「真噁心的傢伙。可是那樣的話，妳當時就應該當場揪住他，清楚地告訴他：『不要再繼續做這種變態的事了！』大部分這樣就可以嚇阻對方了。如果這是有人冒用工藤的名字寄信行騙，這樣做應該也可以弄個水落石出。」

「要是她敢那麼做，就不必煩惱啦。」阿潤說。

說的也是——木場也這麼想，所以沒有反駁。

「那，妳對健康長壽那麼執著，明知道危險還去參加，為什麼最後又不去延命講了呢？」

「這……」

看樣子，春子不再參加的理由相當難以啟齒。

春子用手掌按了幾下臉頰。「……是因為藍童子大人……」

「通靈小鬼的神諭啊？」

原來是在這裡連上的啊。

「延命講過了深夜，男女就會分別到不同的房間，一直持續到天明。早上我要離開的時候，工藤先生就站在門口。我猶豫著要不要

註：此為音譯，原文作「シシ虫」（shishimushi）。

出去……」春子雙手按著臉頰，愧疚地說。

「結果……一輛漆黑的自用轎車開了過來，停在工藤先生的前面，然後……藍童子大人從裡面……」

「走了出來？」

總覺得太湊巧了。是木場想太多了嗎？

「藍童子大人對工藤先生說了什麼，結果工藤先生瞄了我一眼，快步走掉了。我呆在原地，於是藍童子大人走了過來，對我說：『那個人很邪惡。』」

「那是，呃……叫什麼去了？照魔之術？」

「是的。然後大人又對我說：『這也不是正派的集會。』」

「哈！」

感覺是用靈能去對付另一個靈能。

「不正派……？真敢說哪。」

能夠大言不慚地斷定他人正不正派的傢伙，大部分都不能相信。嚴格地來說，正不正派，沒有任何人能夠決定。就連世間公認的法律，頂多也只是個參考標準，有時候也會被判斷為是錯的。

「可是……我也沒有對大人的話照單全收。因為那時我完全不知道藍童子大人的事。就算我是鄉下來的，也不會一下子就相信第一次見到的小孩說的話。如果不是他為我趕走工藤先生，我想我也不會理他吧。」

這是當然的吧。

「可是一聽之下，他的話十分通情達理。大人說，這些集會活動全都是為了賣藥而設的局，這一點我也隱約感覺到了。」

「設局……，可是你們明明早就知道才……」

「若說早就知道，的確是如此，不過仔細想想，剛開始時，我的目的並不是買藥，而是以為只要參加就可以變得健康。不，我想每個人都是這樣的。然而不知不覺間……才參加了幾次，就變成是為了買藥而參加的了。當然，一方面也是因為藥有效果……」

「可是啊……」

木場覺得就算這樣，也沒有什麼不好。

「嗯……沒錯，所以每個人都是主動參加的，說是詐欺，我想是有點不一樣……。可是就算藥再怎麼貴，也沒有人敢當場拒絕老師處方的藥，說太貴了我不要。只要聽到不吃藥就會危及健康，每個人都……」

「都會買嗎？」

「都會買。可是仔細想想，來參加的人雖然都不是很健康，但也沒有罹患絕症，頂多就是有些宿疾。宿疾這種東西，任誰都有一兩種症狀，所以仔細想想，其實每個人的身體狀況都算一般。然而大家為了比現在更健康、活得更久，竟爭先恐後地去買藥。這不是有點奇怪嗎？」

這麼一說，確實是有點奇怪。藥這種東西，一般是生病的人才會吃，或是為了治療惡化的部位而使用。可是在延命講，不吃藥也不會死。就算不吃藥，也能維持過去的健康。吃藥是為了**比現在更好**，那麼……

「這……不是迫於需要才買的，說起來算是一種奢侈品嗎？」

阿潤說：「可是，本來就是這樣呀。近代西洋醫學是對症療法，但漢方的基本是改善體質吧。所以現代的醫學是等出了毛病才用藥，但漢方是預先處置，預防惡化。根本上的想法就不同。」

不過是個酒店老闆娘，卻有著奇怪的學識。

春子聽到阿潤的話，想了一會兒，說：

「雖然這麼說，可是如果只說吃了可以長壽，一般人也不會去買那麼昂貴的藥吧。現在這種時代，誰都沒錢那麼奢侈。藍童子大人所說的

圈套就在這裡。」

意思是製造非買不可的狀況嗎？

就像春子說的，現在這種時代，沒有人是完全健康的。無論什麼人，或多或少都有點小毛病，這才是常態。長壽延命講看準的就是那輕微的病痛。他們說：「讓我來治好你那小小的病痛吧。」

就是這點讓人上鉤。

因為不是什麼嚴重的問題，每個人都只是想要過得更健康一些罷了。但是那小小的心願不知不覺間被掉包了，不依照指示身體力行，健康狀況就會惡化，變得比現在更糟……

這種說法委婉，態度也很柔和，但骨子裡卻是威脅。長壽延命講且同時悄悄告訴你說：只要照著吩咐的做，身體就會愈來愈好，能夠過得更快樂，可以活得更久……

於是每個人都主動希望，爭先恐後，拋卻錢財去買藥。不斷地買。

因為每個人都想長壽。

──這是沒辦法的事吧。

度過非生即死的艱困時代，社會好不容易總算安定下來了，任誰都不想在現下死去吧。戰爭時，每個人只為了不在戰火中喪命而拚命。戰爭結束，復興也告一段落，才總算可以擺脫死亡威脅，也才有了思考活下去這檔事的餘裕。

話雖如此，社會依舊不景氣。若只是唐突地標榜「這是長生妙藥」，也不會有人買吧。每個人都自顧不暇了，哪能把買米的錢拿去買藥？沒飯吃的話，再怎麼健康都沒用。有時候飢餓遠比生病更要嚴重，無論是生活在後方的人，還是穿越火線歸來的人，都非常清楚這一點。所以庶民的錢包管得很緊，為了讓他們打開錢包，需要各種技巧吧。

強制無效，懷柔也無效。

推銷和宣傳也沒有意義。

可是，這個東西的話，人人會買。

既不強制也不懷柔，不推銷也不宣傳。商家連一句「請買吧」都不說，可能也不曾說它有效。但是，不照著他們說的做，就會出現許多小毛病。不遵照指示去做……會損及健康。

如果照著指示做，就不會這樣。

——相信嗎？

相信吧。而只要相信，就會買。

一旦相信，錢包就會打開。就算有些勉強，也會湊出錢來。

因為這是自己根據親身體驗，做出來的判斷。客人相信的不是商家，而是**自己**。

無自覺地被強制，無自覺地被懷柔——自發性地湧出購買欲望。

木場了解了。

春子繼續說：「更高明的是，就像我剛才說的，沒有人能夠完全遵照那些複雜瑣碎的指示生活。再怎麼說，六十天很長。所以每次過去，身體就會有哪裡變差。而那又是不遵守指示的自己害的，所以就更……」

「而且對方又是態度親切地加以指示。」

「再加上六十天的藥分量也很多。」

「要大量地、整批的買下來是嗎？」

「是的。所以光靠我的薪水實在不夠，不過我還有一點父親遺留下來的財產……」

「財產？」

原來她有財產啊。

「明明有財產，妳何必在工廠工作呢？」

「說是財產，其實也只是一塊土地，所以……」

春子說，就算要賣，也相當麻煩。

「是土地啊。」

「嗯，雖然是沒什麼用的鄉下土地……。不過最近法律改變了，似乎會被徵收很多稅金，所以我賣掉了一些……，我差點就要整個賣掉了。幸好藍童子大人及時忠告我，我才沒

有那麼做。」

「所以妳才會感謝那個小鬼啊。哎，也是他幫你趕走了工藤嘛。可是啊……我得重申，那些傢伙都是半斤八兩，全都是一丘之貉。就算其中一邊是壞人，另一邊揭露了這邊的底細，也不代表揭露的一方就是好人。聽好了，曾經在類似情況下受騙的人，大多數都會一而再、再而三地受騙。」

「一而再、再而三……？」

「是啊。因為原本相信的事物不能相信了，為了填補這個空洞，會去相信別的東西，騙人的傢伙也會不斷地出現。所以不管在哪裡，都一樣會被騙。依我看哪……妳也是那一型的。」

春子第三次「哦……」發出沒勁的回答。反應很不可靠，不曉得她到底明不明白。

「那要怎麼辦？」阿潤說話帶著鼻音。

「你就不管人家了嗎？只會神氣兮兮地忠告。說起來，都是你們官吏不牢靠，國民才會去相信一些怪東西。不過，才剛被硬逼著相信什麼國家至上，吃了大虧，這也是沒辦法的事啦。警察靠不住，要是你不能幫這女孩，她也只能去向那個通靈少年求救啦。」

「囉嗦，閉嘴。」

木場的臉變得極其凶暴。

2

「記憶力比別人好？」京極堂說到這裡，停下話來，一臉索然地望向木場。「……是那個小姐自己說的吧？」

「噢。」木場愚鈍地應了一聲，反正他不可能明白這個乖僻的人在想什麼。木場沒有接話，沉默不語，於是瘦骨嶙峋的舊書商從粗壯的竹林間，送上有些疲倦的視線。

木場交抱起雙臂。「問這幹嘛？這怎麼了

嗎？」

木場明白問了只是白問。反正對方一定會說什麼線索不足、不確定要素太多、沒辦法斷定云云，和他打迷糊仗。即使如此，這個時候還是該問一下，因為這是木場的立場，是木場的職責所在。

不出所料，沒有回答。

木場默默無語地跪下，抱起並排在地面的一堆竹竿。這是孱弱的朋友砍倒的，京極堂說要拿來掛門簾。

「搬到簷廊去就行了吧？」

「啊……是啊。哎，在這裡談也不是辦法……，大爺，你有空嗎？」

「今天我休假。倒是你，書店哩？」

「今天不開門。」著和服的舊書商說道，抓起放在地面的鐮刀，從懷裡取出布來層層裹上。

「下午鳥口會過來。在那之前要辦妥的事，只有將這些竹子鋸成恰當的長度而已。」

「一早來了個刑警，下午又跑來一個事件記者，生意都甭做了哪。」木場揶揄道，京極堂鼻子哼了一聲，說：「就是啊，連看書的時間都沒有。」他好像本來就無意做生意。

「你的傷好了嗎？」木場低聲問道。

約十天前，京極堂——中禪寺秋彥與木場共同參與了那場悽慘事件的落幕，他被捲入慘劇當中，額頭受了傷。不僅如此，京極堂應該也以證人的身分被傳訊了好幾次，應該真的是好一陣子都沒有開店營業才對。

京極堂只是再次笑笑，說：「不巧的是，內子不在，只能拿我泡的難喝的茶招待你。」

穿過稀疏的竹林，緊臨著就是京極堂的住處。木場打開後面的木門，穿過精心整理的中庭，把竹子放在簷廊上。主人說外頭很冷，請他進客廳，但木場應說簷廊比較舒服。

一月二月還很溫暖，過了三月以後，風卻

突然冷了起來。木場豎起外套衣領。窮忍耐正適合自己。

等了一會兒，熱茶送來了。難得不是泡乾了的茶渣。就像主人說的，夫人不在時，會端給客人的都是幾乎一點顏色也無的茶水，和熱開水沒兩樣。是因為大清早來訪的關係嗎？

「好冷。」

「那就進來呀。」

「這裡就好了。」

老實說，木場有所顧忌，不願意和京極堂面對面。因為木場覺得，京極堂應該比他更深陷在之前的事件裡，難以自拔。

至於為何會有這種感覺？其實木場自身也不清楚。

不過，木場強烈地感覺比起毫無感想、吊兒郎當的自己，這個人一定有著更確實的想法。

木場轉頭窺看朋友的模樣。

身穿和服的舊書商正打量著砍來的竹子。

京極堂在平素，也總是一臉不悅，難以看出表情，所以乍看之下，他似乎總是穩如泰山。這也是當然的，京極堂並非事件直接的當事人。說起來，他是受人請託才勉強出面的，而且出面解決時，也並未犯下任何過失。木場認為他的行動十分適切，而且是最妥善的選擇。再加上既然京極堂是平民百姓，不必像木場一樣感到自責。最重要的是，如果京極堂沒有插手，事件可能根本不會結束，不結束的話，有可能繼續出現犧牲者。以這一點來看，京極堂不應感到有何憾恨才是。

——不，不是這樣的。

不管怎麼樣，犧牲者的數目都不會改變。或許只是原本會拖上十天的事，一天就結束罷了。那麼，也可以視為由於急著解決而產生的扭曲，在一夜之間奪走了許多條人命。

在身後打量竹子的朋友，或許正在為此後

悔。不管怎麼說，硬是吹熄了原本不會結束的事件燈火的，不是別人，就是京極堂。

木場再度窺看他的表情，沒有特別不同。

——就算如此，他果然還是……

感到後悔吧——木場心想。

雖然這或許只是木場的願望，希望京極堂感到後悔罷了。

「你是說……庚申嗎？」冷漠的主人徐徐地開口。

木場脱掉一腳的鞋子，把腳抬放到膝蓋上，扭過身體說：「噢，我想這種事問你最快。老樣子，又來聽你無聊的長篇大論啦。那是宗教嗎？」

「不算宗教，是習俗吧。」

「可是他們會拜拜吧？」

「拜拜？」

「拜那個什麼猴子啊，還有很多手的佛像。」

「哦，你說三猴和青面金剛啊。那不是膜拜，是祭祀，那與其說是本尊……，是啊，比較接近紀念碑或供養塔吧。如果講確實地舉行了一定的次數，就會做為紀念，將它們祭祀在集會的場所。」

「那樣還不算是宗教嗎？」

「不是宗教。又沒有教義，沒有開山祖師，也沒有固定的本尊。」

「你剛才不是說會祭祀嗎？」

「所以說……是啊，大爺，過年時你也會在神龕上擺神酒和點燈吧？那算信仰嗎？」

「說信仰也算是信仰吧，不過我也不是特別相信什麼。唔，算是討吉利吧，是一種習俗……嗯？這樣啊，原來如此。那，就像傳統習俗嗎？」

「唔，算是吧。古時候就有叫做待日、待月類似的習俗。即使只論待庚申，也可以追溯到平安時代吧。《續日本後紀》、《西宮記》

裡，就記載了宮中庚申御遊的情形。」

「哦……」木場敷衍地應聲，反正他聽不太懂。「隨便啦。也就是說，跟過年一樣，沒有什麼特別深奧的意義嘍？」

「也不能說沒有意義。」京極堂說著，走近木場身邊，在他旁邊坐了下來。

「習俗和慣例不會毫無意義地形成。」

「徹夜喝酒作樂，除了解悶以外，我想不到其他還會有什麼意義。可是，就算是為了解悶消愁，比起幾個鄰居呼朋引伴定期來上一次，倒不如各自等到鬱悶夠了再一起來吧。」

木場這麼說，京極堂笑了。

木場也微微地笑了。

「說起來，為什麼是庚申啊？庚申就跟丙午什麼的一樣，是一種曆法吧？」

木場問得很籠統。但朋友似乎也聽懂了。

「是十干十二支。」

「老鼠和老虎什麼的十二支嗎？」

「就是所謂的干支。甲乙丙丁戊己庚辛壬癸——這十干，與子丑寅卯辰巳午未申酉戌亥——這十二支組合起來，共有六十種搭配，可以用來紀年或日，所以庚申每六十日，或每六十年就會碰上一次。大爺喜歡的戊辰戰爭（註二）和壬申之亂（註二）的戊辰和壬申也是干支。不過丙午不念做heigo，而是念做hinoe uma（註三）。因為十干對應金木水火土的五行和陰陽——兄弟的組合（註四），丙相當於火之兄，故又讀做hinoe。照這樣推斷，庚是金之兄（kanoe），所以庚申會是庚申（kanoe saru）（註五）之日。」

「所以……才會拜猴子嗎？」

「是啊，不過不只如此。庚申會的根源是比叡山的守護——日吉大社。日吉山王七社裡，神明所使役的動物就是猿猴，而坊間流傳三猴就是天台宗開祖最澄的創作。此外，庚申塔和道祖神（註六）也被混淆在一起。道祖神是塞之神（註七），對應到記紀神話裡的神明，就是猿田彥（註八）。此外，猴子也是帝釋天的使者。」

「帝釋天，你是說柴又那裡的嗎？跟這有什麼關係？」

「並非沒有關係。柴又的帝釋天寺院，過去曾因庚申參拜而名噪一時。它甚至還有一個相當可疑的傳說，說原本下落不明的本尊帝釋天，就是在庚申年的庚申日被人發現。不過這應該是趁著庚申信仰在江戶大流行時，杜撰出來的故事。」

「以前很流行嗎？」

「很流行啊。原本帝釋天在佛教裡，是守護佛法的十二天之一，不過其實祂也被視為天帝。所以……」

「不懂，天帝是啥啊？」

「簡單地說，就是中國的神明。天帝住在北斗紫微宮中，可說是所有的神明當中地位最高的一個吧。」

「哎，我管祂住在哪裡。這跟天帝什麼的有什麼關係啊？那不是鄰國的神嗎？」

「中國最偉大的神，就等於是宇宙最偉大的神啊。所以天帝也算是……宇宙的創造神。」

註一：指一八六八年至隔年發生的明治新政府軍與江戶舊幕府軍之間的一連串戰爭。

註二：六七二年，天智天皇死後，大友皇子與大海人皇子為爭奪皇位而發生的內亂。後來大海人皇子戰勝，即位成為天武天皇，開創集權的律令體制。

註三：heigo為照漢字字音來念的音讀念法，hinoe uma則是依日語語意來讀的訓讀念法。午（uma）對應十二生肖的馬（uma），故訓讀讀音與馬相同。

註四：在日本，將陽視為兄(e)，陰視為弟(to)。另外，干支的日文唸法eto，即是出自於兄弟（eto）。

註五：申（saru）對應十二生肖的猴（saru），故訓讀讀音與猴相同。

註六：多為立於路旁及境界處的石像或石碑，據信可阻止外來惡靈入侵，並守護旅人。

註七：起源於日本神話，伊奘諾命至黃泉之國尋找伊奘冉命，逃回來的時候，為阻止黃泉醜女追上來，擲出去的手杖化成了塞之神。為旅人的守護神。

註八：日本神話中，天孫邇邇藝命（瓊瓊杵尊）降臨時，在前方開路的神明。中世以後，猿田彥與道祖神、庚申信仰結合，成為嚮導之神。

木場「啊」了一聲。中華思想木場也知道。記得有誰說過，中國這個名稱，意思就是世界中心的國家。不過再進一步的事，木場就不清楚了。

「可是……等一下。喂，那帝釋天就是全宇宙最偉大的神嗎？你說那個柴又的帝釋天？」

木場實在不覺得那是全宇宙最偉大的神。

「不是這樣的。」京極堂說道，露出苦笑。「在佛教裡，嗯……，帝釋天一旦加入神佛的序列，地位立刻就大幅降低了。」

「為什麼？」

「比問訊還嚴格哪。」京極堂嘆道。「嗯……例如說，不管天帝再怎麼偉大，對基督教徒來說，也沒有半點神力吧？因為基督教裡只有一個神，沒有序列可言，因此其他的神明都是假的、騙人的，再不然就是惡魔。另一方面，佛教不管任何事物都會接納進去，所以其他宗教裡的高位神明，全都成了神佛的屬下。不過，這當然沒有經過對方同意。天帝也不能例外。這麼一來，佛陀就變成比最偉大的神還要偉大，自然是偉大得不得了了。」

「哦，大概懂了。就像在戰爭裡，是要殲滅敵國、還是納為屬國對吧？只要降服在軍門之下，就算是敵方大將，也會變成一介家臣哪。」

似乎有點不太一樣。

「啊，隨便啦。先不管這個，你說那個天帝怎麼樣了？庚申裡祭祀的可是猴子跟青、青、青……」

「青面金剛。」

「就是啊。」

「這個嘛……，唔，可能有點難懂吧。因為庚申這個玩意兒沒有切確的實體。剛才我也說過了，庚申沒有本尊，也沒有教義。只有習俗長久流傳下來，在某個時期爆發性地流行開來，又馬上退燒了，所以它有非常難以說明之處。像柳田國男，到最後也等於是放棄說明了。」

「放棄了嗎？那個叫什麼國男的。」

「不，他只是提出主張，但無法構築出理論。柳田翁將庚申與二十三夜的石塔信仰（註）連結在一起談論，把它定義為以村子為中心的習俗，並假設信仰的對象是作物神。這不能說是錯的，卻搞錯了方向。」

「到底是怎樣？」

「只能說是『也可以這麼說』的程度。另一方面，折口信夫從道祖神導出了遊行神的形姿……」

「我不曉得那是誰，他說的不對嗎？」

「我沒說不對。」京極堂傷腦筋似地回答。「只是庚申這個東西，以傳統的民俗學方法論，怎麼樣都無法完全解釋。之所以這麼說，是因為同樣是庚申，各地方的做法卻完全不同。」

「做法不同？不是只是不睡覺嗎？」

「對，若是以這種籠統的標準來看，各地是一樣的。但是如果仔細觀察小地方，就知道細節完全不同。像是講的進行方式、禁忌、咒文、咒具、供品等等，全都不一樣，祭祀的東西本身雖然有個共同傾向，卻不統一，很不明確。而且也有許多像是三寶荒神、岐神等等類似的信仰，事實上它們不但相似，還被混淆在一起，或是被視為相同。採集這些細節部分，累積之後分類整理，建立系統，導出推論，這就是民俗學。」

「所以呢？」

「這就像是拿著破了洞的勺子在汲水，

註：石塔信仰是在陰曆二十三日當天晚上等待月亮，祈禱心想事成的習俗。二十三夜講的參加者所建立的塔，就稱為二十三塔。

不管再怎麼汲，都沒完沒了，所以也無從分類起。」

「無從分類啊……」

木場說道，京極堂露出詫異的表情。

「你聽得很認真呢。」

「我總是很認真啊。」

「是啊……」舊書商說道，啜飲了一口茶。「也不是不行，只是資料整理的速度追趕不上而已。不過大部分的民俗學者都是浪漫主義者，往往會以一廂情願的認定去填補缺損的部分。卓越的思想有時候的確需要超越邏輯的跳躍，但是一廂情願的認定和靈光一閃是似是而非的，不過想到的人自己無法區別。不管什麼樣的情況，意想不到的結論是可以相信，但符合預期的結論都是很可疑的。」

「你說的認定，就像犯罪搜查中的預測嗎？」

若是不代換成自己的語言來咀嚼，木場就完全無法理解。京極堂說：「我覺得大爺說的預測，和一般人說的預測有點不同。」他把茶杯放回茶托。

「**希望**會變成這樣、或是**應該**會變成這樣——這是一廂情願。大爺說的預測，頂多是『**或許**會變成這樣』吧？這是靈光一閃。」

「原來如此啊。」

「柳田翁的〈二十三夜塔〉是一篇優秀的論文……，但是柳田翁把待庚申當成我國固有的習俗了。關於這一點，折口老師也相去不遠。感覺他們不太願意把它當成大陸傳來的風俗，太過於一廂情願，視野就會模糊。事實上，儘管待庚申在江戶或畿內等都市地區大為流行，而且許多文獻都看得到這樣的紀錄，柳田翁和折口信夫卻滿不在乎地把它當成村落社會固有的民俗神。一旦弄錯出發點，累積資料的行為就沒有用了。」

「也就是初期搜查失敗了嗎？」

「是的。」

「意思是待庚申不是國產的嗎？」

「……是啊，它不是國產的。」

「所以才會講到天帝啊。唔，複雜的事我聽了也不懂哪。那麼那個……蟲嗎？叫悉悉蟲的……」

記得春子說肚子裡的蟲叫悉悉蟲。

京極堂「哦」了一聲，接著說：「既然你知道，那就容易說明了。」

「容易說明？」

「是啊。可以說，那就是庚申的源頭。悉悉蟲應該對應什麼樣的漢字，我也不曉得，不過它還有其他別名，叫悉亞蟲、休其拉或休喀拉（註一）。」

「那是日本話嗎？」

聽起來像舶來點心。

「休喀拉有時候會配上流精靈（註二）的精字，還有蟲螻蛄（註三）的螻蛄兩字，表記為『精螻蛄』。此外，休其拉有時候會在青鬼後頭加上一個『們』，寫做『青鬼們』（註四），可是大部分都是用平假名來寫。這些字，多半只是借用漢字來表音而已。」

「表音……？有記載在什麼文獻上嗎？」

「有啊。像是全國各地有庚申塚的寺院，或是庚申堂中流傳的『庚申緣起』。此外也被當成咒文，口耳相傳。」

「咒文？為啥啊？有什麼經文嗎？」

「只是保平安的咒語而已，在庚申的夜裡**不守規矩**的時候念的。」

註一：以上皆為音譯，原文各為：シヤ虫（shiya mushi）、ショキラ（syokira）、ショウケラ（syōkera）。

註二：日本於盂蘭盆期間的十五日或十六日，將供品或燈籠放入河川或海中送走精靈的習俗活動。

註三：蟲螻蛄（虫螻）在日文中是蟲的低賤說法，多用在罵人。

註四：原文為「青鬼ら」，發音為syōkira，意為「許多青鬼」。

「不守規矩？」

「沒錯。也就是不熬夜，早早入睡時念的咒語。藤原清輔所寫的《袋草子》裡，記載沒有待庚申而入睡時，要念誦：『悉亞蟲，去我床，離我床，雖臥未寢，未寢但臥。』」

「什麼？」

聽不清楚他在念些什麼，幾乎像繞口令了。京極堂以清晰的咬字再念誦了一次咒語，但木場還是聽不懂意思。

「噯，看字比較好懂吧。不過在《嬉遊笑覽》裡，喜多村信節說《袋草子》中提到的悉亞蟲應該是悉悉蟲，並補充說它也叫做**休喀拉**。不過就算參閱其他文獻，也難以判斷正誤。」

「隨便啦，那是哪種蟲？」

「這種蟲。」

京極堂無聲無息地站起來，拿來堆在客廳壁龕的一本線裝書，翻開後出示給木場看。

上面畫著圖。

磚瓦屋頂，是倉庫還是商家？

總之，是屋瓦上，屋頂上。

建築物的另一頭畫著一棵松樹。

屋頂上有個像天窗的開口。

那裡趴伏著一個異形之物。

全身漆黑，白色的線條沿著肌肉分布，看起來有點像剝了皮的人體。

肩頭上有著鱗片般的紋樣。

白髮倒豎，嘴巴裂至耳邊，口中露出銳利的牙齒。不僅如此，連眼珠子都凸了出來。那雙眼睛就像魚類，無比渾圓。前腳有三根腳趾，生著像鷹爪般的鉤爪。

怪物攀在天窗上，目不轉睛地窺視著裡頭。與其說是窺視，感覺更像在監視。

——監視啊。

這……在看什麼嗎？

木場把手放到後頸上。

「這才不是什麼蟲哩，是鬼（註一）嘛。」

「是鬼，可是……這是蟲。」

「哪裡是蟲了？這不是你最拿手的妖怪嗎？」

不管怎麼看都不像昆蟲，也不像寄生蟲。

「是啊，的確，這不是蟲，不過這也是這次的重點所在。這本書的作者鳥山石燕，為何要把它畫成這樣的形姿？就是我這次要長篇大論的無聊事。」

京極堂說完，沉默了一會兒。

冷風吹過，竹林沙沙擺動。

——他看穿了什麼？

木場確信，朋友可能從自己提供的一點線索想到了什麼。但是在目前這個階段，就算追問也沒有用。

木場從內側口袋裡挖出壓扁的菸盒，裡面是空的。捏扁。旁邊恰好遞來一根紙卷菸。

「大爺知道閻魔大王（註二）吧？」

「知道啊。」木場一邊叼菸一邊回答。

「那麼你知道閻魔王的工作是什麼嗎？」

京極堂劃著火柴，點燃自己的菸，接著默默地將小小的紅火湊近木場的臉。

深吸一口氣，一陣滋滋聲響。木場吸入嗆人的煙，朝上噴吐出去。

「我當然知道，是制裁死人的罪孽吧？生前做壞事的人會下地獄，好人就分到極樂世界去。這種事隨便抓個臉上還掛著鼻涕的小鬼頭都知道。」

「是啊。這個蟲，就是閻魔王的同夥。」

「蟲是閻魔王的同夥？」

「是的。依據善行惡行裁處死人的，並不只有閻魔王一個。閻魔原本是印度的冥王，例

註一：日文中的鬼指的多是佛教中地獄的獄卒形象，而非中國一般認為的幽靈。

註二：為梵語Yama的音譯，即閻囉。

如說，陰陽道裡司掌生死的是泰山府君。《和漢三才圖會》裡，彼岸這一項中除了閻魔以外，還有帝釋、大將軍、行役、司命、司祿等司管生死的八尊神明。後來閻魔和泰山府君被佛教吸收，成為十王，降下冥界，才會成了在死後審判的神明，除此以外的裁判官不是另一個世界的神，所以在人還在世時就下判決。或者說……」

京極堂說到這裡，將菸灰缸拉了過來。

「……會端看人的行為來決定壽命。」

「壞人又不會比較短命，那樣的話，根本不需要警察啦。如果只有好人可以長生，世上豈不是美滿無比？以這樣來說，這世上胡作非為的壞蛋也太多了，就連死刑犯也是，要是沒有行刑，也可以活上很久哪。」

「或許是冤獄也說不定啊。」

「呿！你的口氣怎麼那麼像誰啊？可是……唔，或許吧。要是真的有罪，或許早就行刑了吧。」

「問題不在那裡。由人來審判人，是有極限的。目前死刑是合法的行為，所以在社會一般觀念上不會被視為問題，但是殺人就是殺人吧？用不了多久，一定會有人要求廢除死刑的。」

「會嗎？」

「會的。因為不適合社會，就加以排除，這種想法太草率了，更何況是奪去一個人的生命——也有人持這樣的看法吧。所以才會認為由人類以外的事物對那些行為做出懲罰，這樣的看法健全多了。」

「但就是因為不會有那種東西來懲罰，才需要警察。哪能等到上天來處罰啊？」

「社會正義不也靠不住嗎？嗳……這先姑且不論，不管是掌權者還是民眾，都渴望一個能夠對壞事做出正當而且超然審判的超越者，這就是司掌生死的司命神、司祿神。」

「這我可以了解啦。」

做壞事時，就算沒有人在看，也會感到內疚，這是因為木場的內心某處也認定有這樣一個超越者存在吧。即使他自己沒意識到。

「那麼這個鬼……不，蟲也是嗎？」

「對，這個蟲也是管理壽命的神的屬下。在中國，將寄生於人體的蟲稱為三尸九蟲。九蟲是蛔蟲、蟯蟲等等，一般我們所知道的寄生蟲。不過三尸就有點不同了。因為是三，所以有上尸、中尸、下尸三隻，各自棲息在頭、腹、足三處。這就是大爺所說的悉悉蟲，這裡畫的休喀拉。」

肚子是懂，但木場無法想像頭和腳會長蟲。

「這……呃，應該是傳說吧，那實際上有對應的蟲嗎？」

頭上長蟲，總教人內心發毛。京極堂苦笑。

「應該是來自於蛆蟲等食腐肉的蟲吧。蛆蟲不管是頭還是腳，一律都會長嘛。」

「哦，原來如此，死後長蟲啊……」

「話雖如此……不過也不盡然。蛆蟲當然是從卵裡孵出來的，不過過去的人不這麼想，他們覺得蛆是自然冒出來的。」

「說的也是……，蛆蟲感覺就是突然冒出來的。」

「換句話說，古人認為那些蟲原本就住在身體裡面。附帶一提，上尸名叫『彭倨』，使人面皺、患眼病及牙周病。中尸名叫『彭質』，侵蝕內臟，使人急躁健忘，帶來惡夢、不安，誘人做惡事。下尸名『彭矯』，會擾亂感情，令人好色。」

「根本不是什麼好蟲嘛……」

要是體內真有這些蟲，誰受得了？

可是仔細想想，就算沒有這些蟲，人一樣會年老、患病、痛苦、煩惱、做壞事。不管有

沒有都一樣。

「……不是什麼好東西哪。」木場重複道。

如果只是蟲子離開，就能夠擺脫這些，那不知道該有多好。

京極堂接下去說：「嗯……這些蟲光是存在就令人大傷腦筋哪。中國的古書《抱朴子·內篇卷六微旨》中有這樣的敍述。作者葛洪首先引用《易內戒》、《赤松子經》、《河圖記命符》，說：『天地有司過之神，隨人所犯輕重，以奪其算』，接著又說，體內的三尸沒有形體，屬鬼神之類。在中國，鬼指的是靈魂，這種情況，意思是說三尸就像幽靈一樣。然後，這些蟲希望宿主早死……」

「為什麼？」

「聽說宿主一死，三尸就會化成幽靈穿出來，吃掉葬禮上的供品。」

「就算是長在肚子裡的蟲，這也太貪吃了吧？」

「就是啊……，不過三尸這種蟲，就算食欲再怎麼旺盛，似乎也不會狠毒到吃掉宿主。」

「那會怎麼做？釋放毒素讓宿主漸漸衰弱嗎？」

「不是的。三尸會在庚申之日偷偷升上天宮，向司命神打小報告。說我們的宿主做了怎麼樣的壞事、做了多麼殘忍的事。」

「哦。」

春子說，睡著的話蟲就會溜走，蟲一溜走，壽命就會減少。原來是這麼回事啊。木場拍了一下膝蓋。

「書上說：『大罪奪紀，小罪奪算。』所謂紀是三百天，算是三天。罪狀分得很細，據說有上百條。」

說到這裡，京極堂揚起單邊眉毛，不懷好意地一笑，問道：「話說回來，大爺，你想長生嗎？」

木場……皺起了鼻子。

「哈！噯，是不會想死啦。既然都活著回來了，當然要活夠本才行。你咧？」

「我也暫時不想死，我想看的書還多得是。以這點來說，我對壽命非常執著哪。剛才大爺說，要是以行為的善惡來決定壽命，那麼世界上全都是好人了，不過想要長生不死的心情，壞人也是一樣的。比起好人和窮人，毋寧說壞人和富人對這個世界更戀戀不捨，愈壞的傢伙愈想長命。說起來，欲望和邪惡是哥倆好，如果說物欲、色欲、貪財欲算是欲望，那麼想活下去也是一種欲望。貪婪的人應該也比別人更渴望長壽。所以呢……」

京極堂從衣襟裡伸出手來，搔了搔下巴。

「……會渴望長生不老……」

「長生不老？」

「對。不想衰老、不想死掉——不必舉徐福這個例子，許多當權者都真心如此渴望。無論在哪個時代，富貴利達之人最後希望的都是長生不老。對於長生不老的憧憬，特別鮮明地反映在中國的民間信仰——道教——這裡說的是廣義的道教——上面。」

「道教？道路的道、宗教的教的那個道教嗎？」

「是的，道教裡有著形形色色的祕法。人藉著煉製祕藥，努力修行，想要成為神仙，想要獲得長生不老的肉體。從閨房指南到飲食療法，做盡各式各樣的努力，就是想要長壽。以此為目的的人，不可能放過三尸。」

「是啊。就像你說的，想要比別人多活一分一秒，這種想法太狂妄了。這種妄念要是被那個什麼東西給知道，延長的壽命也會給縮短了。」

「完全沒錯，於是道教得想出各種封住三尸的祕法。像是《老君三屍經纂》和《紫微宮降太上去三尸法》等道教經典中，便詳細地記載了驅除三尸的方法。可是，看樣子三尸九蟲是不會消滅的，服藥和斷穀似乎怎麼樣都沒有效果。」

「吃驅蟲藥拉不出來嗎？」木場打諢說，京極堂大笑起來。

「嗳，拉不出來啦，不過驅蟲藥原本也是用來對付三尸的。總之，最後想出來對付三尸的終極方法，就是不睡覺這個辦法。只要醒著監視，三尸就沒辦法穿透身體離開了。」

「所以才要整晚不睡覺嗎？那不睡覺的理由……」

似乎不是為了飲酒作樂。

「是的，熬夜最早的理由，是**人們為了要監視蟲**。徹夜監視蟲，是儀式原本的目的。在這裡值得注意的是，《抱朴子》以及其他的經典中，都明記了庚申這兩個字。顯而易見，三尸會在庚申之夜離開身體，是來自於中國的傳說。換言之，這無疑就是日本待庚申的源頭。」

「所以你才說是外來的。」

「是啊，納入三尸說，才能夠說明為什麼會特別指定庚申這一天。這在中國叫做守庚申，據說庚申這一天，是天帝開門，聽聞諸鬼神陳述眾生罪狀之日，傳說因為庚與申都是金之日，所以天帝會在這天下裁決。把這個傳說與三尸說組合在一起，才能夠看出庚申夜晚不能入睡、必須熬夜這個儀式的本質。至少佛教與神道教中沒有這樣的思想。這不能脫離陰陽五行來討論。至少作物神和遊行神，沒有理由特地選在庚申這一天來祭祀。庚申的習俗應該視為源自於三尸才對。」

「原來如此……」木場彷彿嘆氣似地說。對木場來說，這些事全都無所謂，不過對於眼前這個人來說，這種事才是最重要的吧。

「那……帝釋天嗎？那些蟲去打小報告的

對象，就是那個叫天帝的神是吧？」

「比起司命神，直接告訴天神比較有用啊。」

「要是不採用舶來說，也無法說明為什麼會冒出帝釋天。」

「這也是理由之一。帝釋天的使者是猴子，就是猴子與庚申的申連結在一起——我認為這種解釋是**本末倒置**。應該想想為什麼帝釋天的使者非是猿猴不可才對。什麼因為很像所以一樣，或是要素相同所以融合在一起，這種籠統的看法不好。如果被視為相同，就應該有被視為相同的根據才對。柳田翁和折口老師對於庚申這個問題，都在**入口處**就折回去了。不管是作物神還是遊行神，確實都是構成日本型庚申信仰不可或缺的要素，但是並不代表那就是庚申信仰本身。因為作物神和遊行神都是日本自古就有的，所以庚申信仰也是日本古來的習俗——這樣斷定的話，我不得不說這是相當恣意的解釋。」

「本末倒置啊……」

就像抓到犯人以後，才來思考動機嗎？

不，或許比較接近以別的嫌疑逮捕犯人——抓到的雖然是真兇，但逮捕的理由卻是與主案毫無關係的瑣碎罪狀。在能夠證明殺人罪嫌之前，就算再怎麼可疑，嫌疑犯也不是殺人犯。最後只能證明不法侵入罪的話，頂多也只能罰罰款而已。

要是就這樣釋放，即使逮到的是真兇，也不能制裁他的殺人罪了。

照木場的說法來說，那個叫什麼的學者，就像難得逮到了殺人犯，卻讓他以輕罪釋放了。的確，要是真的犯了罪，就算是小罪，也應該加以懲罰，可是要是因為這樣而放過殺人重罪，那也太愚蠢了。

木場將內心率直的想法直接說出來，於是京極堂撫摸了下巴一會兒後，說：「大爺的思考回路真是與眾不同。」

木場心想：那是你才對吧？

「可是，這個三尸説，確實並未以原本的形式滲透到民間，進行待庚申的人，是否明白自己在進行道教儀式形式的活動，也不得而知。民俗學者在山村蒐集到的民俗語彙中，沒有三尸這種字眼，所以學者無法信服。因為民俗學的基本是田野調查，必須前往當地，親眼看見，親耳打聽，蒐集資料。」

「去現場觀察聆聽啊……」

簡直就像在説木場。

「沒錯……。當地實際蒐集到的，是常見的佛陀或神祇的名字，而那些是後來才覆蓋到原本的民間信仰上的——到這部分還能看透，而這也是事實。佛教説穿了是外來宗教，神道的體系確立，也是近年的事。可是……」

「可是怎樣？」

「尋找隱藏在面紗底下的真實時，學者幻視到了日本古來的信仰——祖靈信仰或異人信仰。以形態來看，雖然十分完美，但現實並沒有那麼單純。現實很少會那樣完美整齊地聚攏在一起。」

「是嗎？應該吧。不過讓我站在刑警的立場説句話，要是沒有證據，就算逮捕了，也沒辦法進一步送檢哪。」

「證據是有的。雖然沒有證據能夠證明三尸説在古代傳到了日本，不過有一部類似經典的紀錄叫《庚申經》，顯然是以剛才提到的道教經典為藍本所撰寫；而且各地流傳的《庚申緣起》中，也能夠看到例如彭候子、彭常子、命兒子云云的咒文，甚至是三尸九蟲為害的記述。」

「有這麼多證據，學者們還是不肯點頭同意嗎？」

「不肯。剛才我也説過，民俗學的基本是田野調查。偏重文獻主義的歷史學者固然很令人傷腦筋，不過太偏重實地見聞也教人頭痛。」

「就算文獻中有紀錄，也不肯相信嗎？」

「那要端看相信紀錄還是記憶。」

「紀錄或記憶？寫的和記得的不一樣嗎？」

確實，物證所顯示的事實與目擊證詞彼此矛盾的情況所在多有。不過證詞有可能是誤會或看錯，但物證卻是鐵證如山。

木場這麼說，中禪寺便回答：「這種情況，物證反而是記憶。民俗活動和慣例被記憶、流傳下來，這是絕對不會動搖的物證。以這個意義來說，紀錄沒辦法成為確實的物證。」

「沒辦法？意思是不能相信嗎？」

「不是不相信，或許該說無效比較妥當吧。首先，這些文獻不但集中於都市地區，而且製作的年代也距離當時相當久遠，不可能是農村地區自古流傳的習俗。而且紀錄這種東西，無論形式如何，都一定會反映記錄者的主觀。再說過去和現在不同，主筆者是特定社會階層的人士。能夠寫下這類紀錄的，應該都是文化水準極高、擁有宗教素養的知識分子，所以即使他們知道外來的三尸說也不奇怪。那麼對於不明白意義的民間習俗，也可以輕易地加以解釋。」

「也就是說……事後找來原本根本沒關係的事物，**牽強附會**上去嗎？」

「應該說，這類證據也有可能只是牽強附會出來的。既然有這樣的可能性，就不能當成證據採用——就是這麼回事。當然，這只限於民俗學。」

「原來如此啊。寫紀錄的人很聰明，消息靈通是嗎？換言之，可以在事後想像編造出動機或理由。證據有可能是捏造的，那法庭當然不會採用。」

「是啊，不過這也是個陷阱。」

「陷阱？什麼意思？」

「意思是……**大逆轉不止一次**。」

「大逆轉？」

「沒錯。假設有一個莫名其妙的習俗，表面上它採用的是佛教的儀式，事實上卻不是──這是民俗學者所調查出來的。那麼它到底是什麼呢？接下來就是問題了。這裡出現了一個謎團，在尋找答案過程中，找到了一個疑似是道教的證據，而且具有整合性。絕對就是道教沒錯──這是第一個解答。但是學者懷疑道教與當地的氛圍格格不入，發現了證據或許是捏造的可能性，結果顛覆了第一個解答，得到原來這是日本自古以來的習俗這個答案。這就是大逆轉──第二個解答。但是呢……」

「……我懂了。」

把它想成有一個案子，為了隱蔽真相，故意捏造出導出真相的證據。這種情況中，證據是捏造的事實曝光以後，證據就失去了效力，同時真相本身也被湮滅了。

「簡直就像偵探小說嘛。」

木場這麼說，京極堂便無動於衷地說：

「愈是虛構，就愈現實。事實上，《庚申緣起》等文獻應該是後世所製作的。而且也不得不承認，這些東西書寫的意圖十分明顯，也難說是照實寫下習俗的紀錄。話雖如此，但也成不了否定三尸說的根據。」

「可是沒辦法證明的話……」

「可以證明，因為全國各地都大剌剌地流傳著非知識分子語言所述說的三尸蟲。」

「等一下，你不是說民間沒有流傳類似三尸的名稱嗎？我記得你剛才這麼說，還說因為這樣，學者才不相信……」

「民俗學者儘管蒐集到了，但是因為已經失去原義，所以無法理解。而且流傳的民俗社會本身就不知道它的意義，這也難怪。沒有人知道那是什麼、為什麼會這麼稱呼，就這樣使用……」

「那到底是什麼？」

「就是這個啊。」京極堂指著擺在簷廊上的書本。

「哦，悉悉蟲啊。這麼說來，你一開始就這麼說了嘛……」

說起來，這就是這番話的出發點。話題雖然沒有偏離，木場卻幾乎忘記了。的確，因為說到悉悉蟲，才會有三尸蟲登場，最後還冒出道教來。

「……悉悉蟲……就是三尸蟲吧？」

可是木場沒辦法整理清楚。

「對。民間流傳的庚申傳裡，記載了許多我剛才念誦的庚申咒文。此外，即使沒有被記錄下來，各地也都有咒文流傳。這些咒文大同小異，雖然並不完全一樣，但大部分都是以『悉悉蟲啊』、『精螻蛄啊』等等，對莫名其妙的東西呼喚開始。所以也可以把它視為複雜繁多的庚申信仰中唯一的共同點。可是如果待庚申是祭祀作物神的習俗，那麼為何要因為早睡，就念這種對蟲說什麼我要睡了還是沒睡的莫名其妙咒文呢？而且只限於那天念誦，更是令人不解了。不管祭祀的是青面金剛還是不動明王，不熬夜的時候，念的咒文都很相似。別的部分姑且不論，但是只有這個地方，以作物神來解釋，完全解釋不通。而唯有這個解釋不通的地方，可以挑出來當成共同點。要是不採用三尸說，就完全無法說明這一點了。」

「那個像繞口令的咒語，是源自中國的痕跡嗎？」

「我是這麼認為。悉悉蟲是什麼？精螻蛄是什麼？沒有人知道切確的答案。連念誦的人自己都不曉得了。不過有些庚申傳，在『休其拉啊』云云的咒文之後，緊接著明確地記載：『休其拉，蟲也，一說為三尸。』」

「那不就是三尸了嗎？」

「即使如此，若說文獻不可信，也成不了證據了。不過把這個和一開始提到的《嬉遊笑覽》的附註放在一起來看，可以知道至少在江戶時代的都市地區，是將悉悉蟲、精螻蛄、三尸視為同一種東西的。中國的文獻裡，三尸的名稱和形體也不一定。不管怎麼樣，現在雖然稱呼已經帶有地方色彩，原形受損，連原義都已經消失，但是在遙遠的過去，三尸說曾經膾炙人口，這一點是錯不了的。」

「原來如此。」

「悉悉蟲、精螻蛄，這種稱呼已經面目全非了。道教色彩也消失，連一丁點兒都感覺不到。即使如此，這還是三尸。三尸變更為日本式的名稱，化成意義不明的咒語，留存了下來。」

「蟲啊……」

木場望向書本。

怎麼看都不像蟲。

「真複雜哪。我這是門外漢的看法，雖然我不知道什麼道教不道教的，不過……呃，三尸蟲直接向天帝報告這種複雜的事，會傳到深山僻野的村子裡嗎？這對老頭子老太婆來說，不會太難了點嗎？城市裡那些和尚啊老師之類的知識階級知道，這還可以理解。那些學者無法信服的心情，我可以了解。」

「我剛才也說過了，我國也不能免俗，先想到要長生不老的，就是富裕的權力者。所以三尸說最先傳入、流行的不是農村，而是京城，而且是宮中吧。」

「這樣的話我懂。」

「一開始是貴族們的遊戲——這我也說過了。貴族極度崇尚外來的知識，他們透過知識分子，積極地加以吸收。道教的健康法肯定大受歡迎。」

「然後逐漸地滲透到百姓，固定下來——

不，不對。在百姓間傳播開來，與自古就有的類似習俗融合在一起了嗎？」

「也有……這種看法。」

「其他還有什麼看法？」

「上流社會大為風行，庶民就會不加思索地上行下效，我覺得這種看法太草率了。那樣的風潮是不會落地生根的。就像大爺剛才說的，複雜的解釋無法融入村落社會。就算宮中流行，也不可能輕易地在農村傳播開來——除非有什麼人特意去推廣。而且日本過去就有柳田翁說的，傳統的不眠的風俗存在……」

「那不就混在一起了嗎？不是很像嗎？」

「也有學者這麼認為。不過我覺得因為很像，所以混同在一起這種說法缺乏論據。」

「是嗎？」

「是啊。」京極堂略略加重了語氣說。

「人才沒有那麼笨。一般人不會因為荒神（kōjin）和庚申（kōshin）發音相近，就把它們搞錯吧？如果說因為稱呼相近，就會不知不覺中混淆，那太奇怪了。這就像把竹竿搞錯為豬肝一樣，太滑稽了。能當成笑話一笑置之還好，要是人家叫你報警，你卻抱緊人家，那可不是一句玩笑就能了事的。況且人絕對不會把自己信仰的事物搞錯。我是這麼認為的。」

「那……」

到底什麼才是對的？

「這個嘛，就舉荒神信仰來當例子好了。三寶荒神這個神明，是修驗道與日蓮宗、天台宗主要祭祀的神明，本地佛為大聖歡喜天或文殊菩薩、不動明王，並不一定。做為民俗神，祂有時候是作物神，有時候是火伏神或生產之神，也不統一。可是與這些無關，荒神做為信仰對象時，大多被視為灶神。為什麼會變成灶神？這個考察就暫且擱一邊吧。接著我們來看看庚申信仰，待庚申所祭祀的本尊為灶神的例子很多。灶神就等於荒神，因為荒神與庚申的

發音相似，所以融合在一起——這樣的論述根本不值一提，不過想想灶神信仰早於庚申信仰，這也容易變成支持庚申國產說、斥退三尸說的理由。不過事實上，這完全相反。」

「相反？」

「沒錯。灶神會變成待庚申本尊的理由完全不同，而且這個理由不僅無法排除三尸說，反而可以證明三尸說。」

「證明？」

「剛才我提到的《抱朴子》中，會向司命神打小報告的，並不只有三尸而已。書上說，灶神也一樣會升天，報告各人的罪業。」

「灶神會升天嗎？」

「據說灶神是在晦日（註一）升天。換句話說，灶神這種神明，原本就是『告密者』之一，具有和三尸相同的性質。現在民間還留有在除夕夜熬夜的習慣，這個習慣在過去應該也有監視灶神，不讓灶神去告密的含意在。這麼一看，灶神與庚申相關的理由，有可能單純地只是日期上的統合。」

「同樣的事不用分成好幾次做，乾脆一次解決是嗎？」

「每個晦日、每個庚申都要熬夜的話，次數太多了。而且除夕夜時，迎接正月神（註二）的意識更強烈。這類統合的情形不只如此。在中國，除了守庚申以外，似乎還有守甲寅，但在我國都統一在一起了。祭祀大黑天的待甲子也被視為相同。」

「那麼荒神會混進來，不是因為名字相近，而是因為灶神會做和三尸一樣的事，荒神又被當成灶神，所以才混在一起嗎？這也是本末倒置嗎？」

「沒錯，是本末倒置——徹底的本末倒置。」京極堂說。「大爺剛才說的，以某種意義來說是正確的，不過這麼一來，接下來就會碰到剛才擱置一旁的問題——荒神為何會被視為灶神？在這裡，必須再本末顛倒一次才行。」

「什麼意思？」

「我認為，荒神原本就具備可以成為庚申尊的性質，所以才會與同樣是庚申尊的灶神混同在一起。」

「什麼？」

「我剛才也說過，似乎沒有哪一個單獨的神明叫做荒神。我認為應該把荒神當成一個總稱來看。所謂荒神，顧名思義，是狂暴的神明。但是荒神的性質不一，分歧太大。實在不可能有一個叫做荒神的便利神明，具備多種屬性，可以視情況給予各種庇佑。所以我認為達到一定標準的各種神明，可能都被統稱為荒神。像是山的荒神、田地的荒神、道路的荒神、家的荒神，當然，也有灶的荒神……」

「那跟灶神不一樣嗎？」

「不一樣。會向天帝報告的灶神，顯然是來自道教——源頭在中國。但是灶的荒神源流不同。有些地方會將荒神與灶神並祀在一起，所以兩者是不同的。」

「那個灶的荒神也和庚申有關嗎？理由不一樣嗎？」

「是啊。就像我剛才說的，荒神信仰的背景是修驗道與日蓮宗，另一方面，**驅除荒神**是盲僧——天台宗的琵琶法師（註三）的職務。」

「驅除神明？」

「鎮壓狂暴之神的荒魂，這是民間宗教家的工作。這麼一看，感覺上教團只是順勢在利用民間信仰而已。說起來，佛教裡並沒有荒神這種神明。那麼荒神是哪種神？有人說是麤亂神，有人說是大日尊，眾說紛紜，不過有一個

註一：即陰曆每個月最後一天。
註二：即歲德神、年神，為新年時祭祀的神明。
註三：以彈琵琶說故事為業的盲眼僧人，自平安時期開始出現。

說法是奧津彥、奧津姬以及陰陽道的歲神三神合併的稱呼，也有人說是護持佛法僧的三寶的三面六臂神。」

「很多手的神嗎？」

「很多。多手的神佛非常多，但說到狂暴的神，怎麼樣都會聯想到天部雜尊——來自印度的神。但是就算尋遍各種資料文獻，也找不到決定性的證據。不過，天台宗所進行的『回峰行』這種修行當中，唱誦的真言裡有天部雜尊的名字。說到這裡，稍微轉個話題，大爺知道『角大師』這個名號嗎？」

「角大師？我只知道聖德太子哪。」

「這樣啊。角大師是據說會在陰曆十一月二十三日的夜晚前來的神明，外表十分駭人。在京都一帶，也稱之為元三大師。」

「元三？沒聽過哪。」

「那是比叡山延曆寺中興的功臣良源——慈惠大師的別名。因為他在元月三日圓寂，所以稱為元三。」

「無聊，幹嘛這麼簡稱啊？」

京極堂笑了。

「那個和尚就是角大師嗎？」

「沒錯。良源也以神籤的始祖聞名，在應和年間（註）的宗教論爭中，和南都法相宗爭論，將對方一一駁倒，也是個有名的理論家；而這個高僧良源某一天被厄神襲擊了。但是高僧不愧是高僧，他將自己的形相變化為夜叉，趕走了厄神。隔天良源召集弟子，在鏡子前禪定，命令弟子們畫下倒映在鏡中的自己。據說鏡子上倒映出一個頭上生角、渾身漆黑的怪物。良源看了畫好的像，說『置有吾像之處，邪魅災難必破』。良源死後，他長角的降魔之姿就被印刷在護符上了……」

「等我一下……」京極堂說道。

他站了起來，打開書架中間的抽屜，翻找著裡面的紙張，最後抽出一張符咒。

「哦，就是這個。」

那似乎是一張印有黑色圖樣的和紙。

「這是角大師的護符。全國的天台系寺院裡，現在依然會分發這個。在東日本則是以鬼守的名義，大大地貼在門口。大爺沒看過嗎？」

「喂，你家裡總是備有全國社寺的符咒嗎？你家怎麼搞的啊？你到底是什麼人？嗯？這啥啊？哦，我看過。」

那是一個渾身漆黑、削瘦的裸體男子的版畫，眼睛瞪得圓滾滾的坐著，頭上長了兩根像山羊般的角。

「可是，這怎麼看都不像是什麼保祐的符咒，感覺很像西洋的惡魔。真不吉利。」

「不像嗎？」

「像什麼？」

「像這個啊……」京極堂指向簷廊上攤開的書。

精螻蛄正從天井偷窺。

「這……你說精螻蛄嗎？哦，說像的話，的確是像，只差有沒有角而已。喂，可是你不是說這是三尸蟲嗎？怎麼會跟這個長角的和尚扯在一塊？」

「可是很像吧？我想我一開始就提過了，為何精螻蛄會被畫成這種外形呢？這就是我這次要談的主旨。」

「原來如此，你說這個嗎？」

「可是，嗯……只說像的話，完全算不上說明。不過關於這個角大師的形姿，有一個說法，認為這也是比叡山的山神形姿。」

「山神？」

「那麼，比叡山的山神是什麼呢？比叡

註：平安中期的年號，九六一～九六四。

山的守護神社，就是神佛習合（註）的天台神道——山王一實神道的日吉大社。換言之，比叡山的山神就是日吉大社的祭神——山王權現……」

「日吉大社，我記得……」

「沒錯，這我也在一開始提過，日吉大社正是全國庚申講的大本營。」

「噢，你好像是這麼說的。」

「那麼，這座日吉大社所祭祀的山王權現是什麼神呢？日吉大社的前身小比叡社的祭神，是大山咋神，這已經是定論了。這個大山咋神，根據《古事記》記載，是大年神之子。同樣被併記為大年神之子的，有兄神奧津日子神與姊神奧津比賣命。根據一說，奧津彥與奧津姬，加上父神大年神，三神合併就是——荒神。」

「嗯？那樣的話，日吉神社的祭神的哥哥、姊姊，加上爸爸——就變成荒神嗎？」

「是啊，很難認為沒有關係對吧？而且不只如此，大山咋神的姊神奧津比賣命，《古事記》曰：『亦名大戶比賣神，此諸人祭拜之灶神也……』」

「是灶神啊？」

「是的，就是灶神。那麼，現在回到剛才說到一半的天台的回峰行。」

「啥？噢，你好像有說吧。」

「是的，所謂回峰行，是一邊在山中的各處靈所祈禱，一邊繞遍比叡山，並持續千日，是一種苦行。在叡山奧之院——**慈惠大師**的靈廟前，是結九頭龍印，並唱誦真言：『佛法僧**大荒神**魔訶迦羅耶莎訶』。」

「念經啊？裡面有荒神這兩個字。」

「沒錯，裡面提到的魔訶迦羅，就是大黑天的真言。」

「大黑大人嗎？你說那個背袋子、七福神裡面的……」

「對，荒神後面接的是大黑天的名字。或者說，這段咒文指出大荒神就是大黑天。而這些真言，是對變化成比叡山山神的慈惠大師所念誦。」

「完全不懂。」

「大黑天這個神明，在我國與大國主命習合在一起，因此容貌和性格完全改變了，不過祂原本是印度的戰神，名叫莫訶哥羅。飲人血、吃人肉，是夜叉的總大將，死神。更進一步補充的話，《大日經》和《仁王經》裡描述的大黑天，**與閻魔同體**，是**冥界之神**。」

「閻魔啊……」

「是三尸的同類，司掌壽命的神明之一。此外，大黑天傳到中國以後，又被附加了某個性質。義淨所撰寫的《南海寄歸內法傳》，記述中說大黑的黑，是因為**被祭祀在廚房**，經常被油垢所染，才會變得漆黑。而事實上，中國寺院的廚房裡，大多祭祀著大黑天。我國也是一樣。在佛教裡，大黑天被視為廚房的守護神。大黑大人做為糧食的守護神，被祭祀在廚房裡，**並列在灶神旁邊……**」

「荒神就是大黑大人嗎？」

「不是的。日本民間信仰中的大黑大人，完全是福神。形姿和性格也都變得福相和藹。披著大黑頭巾、背個袋子、拿著萬寶槌，站在米袋上，這才是我國的大黑大人。這不管從哪個角度看，完全是個福神，已經不是狂暴的神了。正因為如此，祂以原本的狂暴之姿登場時，一般人不會以為祂是大黑大人，而會以不同的名字稱呼。其他也有類似的例子，這些具有憤怒相的駭人神明，全都被統稱為荒神

註：也稱為神佛混淆，是將日本神道信仰與佛教信仰折衷融合的現象，顯示出佛教與神道教的同化。從這裡發展出本地垂跡思想，認為神道教的神明即是佛與菩薩改變形姿，在日本的顯現，即「權現」。

了。」

「原來如此，荒神和灶神都因為不同的理由，與庚申有關係。不是因為有點相像，所以混淆在一起，也不是因為名字相似，所以被當成一樣……，不是這麼隨便的啊……」

——本末倒置。

「……祂們反倒是透過庚申而混淆在一起，是嗎？」

「或許是。大黑天以日本神明的名字來稱呼，就是大國主——大己貴命，這個大己貴命的和魂——大物主，在大比叡社——現在的日吉大社的大宮，與剛才提到的大山咋合祀在一起。不知為何，以開山祖師最澄為首，天台宗與大黑天十分有緣。延曆寺裡祭祀著三面大黑天。這是《叡嶽要記》中一段有名的故事：最澄進入比叡山時，大黑天現身在他眼前，說『**我為此山守護**』。最澄聞言，回答說他有三千眾徒，但大黑天一日只能供養千人，這該如何是好？於是大黑天立刻變化為**三面六臂**之姿，說他可護養三千——這就是三面大黑的緣起，不過這段逸事中，該注意的是它提到比叡山的守護神是大黑天。那麼，這表示這張符咒上所畫的角大師也是大黑天了。」

「這的確是黑的沒錯，可是大黑大人沒有角啊。」

「在中國，大黑天像騎在牛上。俳諧中有這樣的說法：『守元三之心，今年仍為丑角大師』——元三大師頭上的鬼角就是牛角（註一）。我認為這漆黑而令人忌諱的形姿，就是原本的死神大黑天的形姿。就像大爺說的，這個模樣並不吉利。這是夜叉的本性，連荼吉尼天（註二）都能夠收伏的惡魔之姿。」

以比鬼更恐怖的鬼來驅鬼……

就是這麼回事吧，就像刑警的長相比犯罪者更恐怖一樣。

「這個元三大師——良源，生前十分熱

中於山王權現信仰，到了連死後都要借用這個形姿的地步。山王的使者是猿猴，不過自古似乎就有崇拜猿猴的跡象。我想，將庚申的三猴——不見、不語、不聞——說成是最澄發明的人，可能也是良源這個理論家、詭辯家。」

「那也是良源幹的嗎？」

「據說三猴海外也有，那麼不可能是最澄發明的。是良源針對天台止觀的三諦——不見不聞不言來構築理論，當成是開山祖師最澄所作的吧。所以庚申尊會畫上三猴的圖，並不是因為申與猿同音，而是別有意圖。說因為是猿猴所以是山王、因為是猿猴所以是帝釋天……」

「是本末倒置嗎？」

「沒錯。」

全都是本末倒置。以為是結果的東西其實是原因，以為是原因的東西其實是結果。

「可是，你說的我大概懂了……」木場望向圖畫。「……那麼這個精螻蛄是元三大師，是比叡山的山神，是大黑天，然後也是三尸蟲嗎？這東西……」

不管怎麼看都是個詭異的鬼。

「……隨便啦。大黑天是閻魔，閻魔與三尸是同類——這我大概懂了。然後還有天台宗嗎？天台宗和庚申信仰關係匪淺，這我也懂了，不過……」

「嗳，問題就在這裡。」京極堂說道。木場聽得很認真，所以順從地點點頭，不過仔細想想，也覺得這好像算不上什麼問題。

「天台宗說明延曆寺所祭祀的三面大黑天，左右兩張臉分別是弁財天與毘沙門天。延曆寺守護著京都的鬼門，想要將同樣負責守護

註一：丑對應牛，故丑角即為牛角。

註二：佛教鬼神之一，或稱荼吉尼，能在六十天前預知人的死亡，而食其心臟。

「喂，那個樣子，呃……」

不知道叫什麼名字。

京極堂看出來了。

「你想起了青面金剛——庚申講的本尊中最有名的神明，對吧？真的非常相似，不過臉的數目不同。」

「對啊，你講了一堆，可是完全沒提到那個叫什麼青面金剛的神。」

雖然不知道名字，但木場也知道那個有許多手的神像，那麼那一定是個有名的神。既然如此……

「那個叫青面什麼的神，又是什麼立場？」木場問道。

京極堂回答得十分簡單：「遺憾的是，並沒有什麼叫青面金剛的神佛。」

「沒有？」

「沒有。青面金剛被視為『青色大金剛夜叉辟鬼魔法』修法的本尊，但頂多就只有這須彌山北方的毘沙門天找來，這種心情也不是不能理解，不過這不管怎麼想都只是穿鑿附會。大黑天的形姿原本就是三面多臂，這只不過是回歸了原本的荒神之姿罷了。」

「對對對，我記得手也很多吧。」

「很多。四臂、六臂、八臂，形形色色。一般大黑天被描繪的外形就像剛才說的，戴著烏帽，穿著直垂（註一），外形很和風，但曼荼羅（註二）上所畫的大黑天，則是以接近原本的形姿來呈現。那種情況，是三面六臂，頭髮倒豎，正面的臉是憤怒相，有三眼，攤開象的生皮，舉著劍，提著山羊角和裸女的頭髮。」

「那是什麼鬼樣子啊？比角大師和精螻蛄還糟。」

比鬼更恐怖。

——等一下。

那個模樣似曾相識。

樣，其他像是被當成帝釋天的部下、毘沙門天的屬下……，再來就只剩下祂是庚申的本尊這樣的記述而已。」

「這才豈不是本末倒置吧，調查庚申的本尊是什麼，答案竟然是庚申的本尊……」

調查的人簡直像傻子。

「嗯。金剛指的應該是執金剛力士等等的金剛，金剛夜叉、金剛童子等等，名字裡有金剛的佛尊很多，但名字有金剛的時候，指的是持有金剛杵這個武器的佛尊之意，大部分外貌都是戰鬥性的。這種情況，連臉都是青黑色的，所以這類金剛系的佛尊，或許全都可以稱為青面金剛。」

「可是還是有形體吧？像是衣服啊，手上拿的東西之類的。」

「嗯，當然了。像是各地庚申堂祭祀的掛軸上都畫有青面金剛的畫像，庚申塔上也刻著祂的形姿。佛典中提到青面金剛的，頂多只有《陀羅尼集經》，不過祂做為庚申尊的形姿，大致符合上面的記述。一面四臂、或六臂、八臂，持有劍等武器，而且一手提著**裸女的頭髮**……」

「喂，這跟大黑大人一樣啊。」

京極堂只有眼睛帶著笑意。

「確實……一樣，除了臉的數目外，可說是如出一轍。那麼，這個青面金剛手中提的裸女……究竟是什麼呢？」

「別賣關子啦。」木場粗魯地說。

「那麼我就說出答案吧。」京極堂一派輕鬆地回答。「雖然不是全國各地都能看到，不

註一：鎌倉時代武士的官服，配合烏帽及長褲裙穿著，方領，有胸鈕。

註二：曼荼羅（梵文Mandala的音譯，藏名dkyil-hkhor），又譯「曼陀羅」、「滿荼羅」等，古代印度指國家的領土和祭祀的祭壇，但現在一般是指將佛菩薩等尊像，或種子字、三昧耶形等，依一定方式加以排列的圖樣。意譯為輪圓具足、壇城、中圍、聚集等。

過有個地方，將半裸的女性像祭祀為庚申尊，這似乎叫做休咯拉。所以……青面金剛所提的女子，就是休咯拉。」

「嗄？」

「休咯拉啊，剛才不是說過了嗎？休咯拉、精螻蛄，就是三尸蟲的和名。」

「這我知道，可是……」

「消滅三尸蟲的就是青面金剛，就算青面金剛拖著三尸也不奇怪。道教的文獻中，有些說法認為三尸呈小人的形狀。」

「等一下……」

木場混亂了。

大黑天的原形──荒神，與青面金剛十分相似，兩者同樣都是庚申尊。庚申尊能消滅三尸──精螻蛄。精螻蛄就是角大師，而角大師似乎是大黑天的原形。

意思就是……

「……這不是自己消滅自己嗎？」

「沒有錯，虧你看得出來。」

「別瞧不起人了，你這是在耍我尋開心嗎？」

「才不是。」京極堂說，再次拿菸請木場。接著他說：「不管怎麼樣，就是這種**扭轉**，使得庚申信仰的真面目變得模糊不清。」

「扭轉？」

「扭轉。」京極堂又說了一次，正色問道：「話說回來，大爺，你知道這個俗說嗎？在庚申之夜受孕的話，生出來的孩子會變成小偷。」

木場忘了是不是庚申之夜，不過他曾聽過這樣的說法。他記得是在說書還是古裝電影之類，聽到大盜石川五右衛門就是這樣。

木場告訴京極堂。

「大爺說的是《釜淵雙級巴》吧。不過就像大爺記得的，簡單地說，這個俗說是為了警告男女不能在庚申之夜同衾，往前回溯，就成了五右衛門的受胎日。甚至有首川柳（註）說：

『庚申加**不幹**，三猿變四猿。』」

「好沒品的川柳。」

「川柳本來就很沒品。不管怎麼樣，這些習俗顯然是來自於庚申之夜不能睡覺這種三尸說。儘管如此，卻已經背離了原來的儀式。有一種說法認為這是源於道教的房中術，不過原本的守庚申，並沒有禁止燕好的禁忌。請回想一下原本的三尸說。原本的三尸說是人一睡著，蟲就會離開身體升天，所以人必須醒著，不讓蟲離開……對吧？」

「我記得是要醒著監視蟲吧？」

「沒錯，可是……就像這樣……」京極堂伸手指示。「……**精螻蛄在看**。」

沒錯，精螻蛄在看。

鬼從天井目不轉睛地注視著。

「如果精螻蛄真的是三尸蟲，這張圖就奇怪了。如果已經脫離身體，馬上去天帝身邊報告就是了。然而精螻蛄卻像這樣，瞪大了眼珠全神貫注地看著。牠在看什麼？……沒錯，牠在**監視人們是否醒著沒睡**。」

「這……本末倒置嘛。」

「完全是本末倒置，這張圖一定是在揶揄本末倒置的庚申信仰。」

「揶揄？是在嘲笑……不……」

是諷刺的意思吧。

「我認為三尸說傳入的時期非常早。或許可以追溯到室町以前，甚至奈良時代。所以幾乎可以肯定江戶時期，三尸說一定滲透在知識階級當中，許多文獻也證明了這一點。但是庶民當中的庚申信仰又如何呢？庚申信仰確實是以三尸說為基礎。但儘管是以三尸說為基礎，

註：川柳為江戶中期開始流行的一種諷刺短詩歌。多使用口語，形式與內容皆十分自由。但流行到後來淪為低俗。

樣貌卻完全不同了。睡著了就會發生壞事——這一點是沒錯，但是睡著了鬼就會來，或睡著了蟲就會做壞事，這根本是完全顛倒了。做壞事的應該是人，蟲只是去打小報告而已。然後不僅是禁止同衾而已，方法條規變得愈來愈複雜，變質成一種只要遵守就可以實現願望的、以現世利益為中心的民俗活動。所以庶民會徹夜歡鬧，只顧著許願。這真的是莫名其妙的信仰……」

「這是在嘲笑庶民的愚蠢嗎？」

「不是的，這是在揶揄天台宗利用庶民的組織，試圖擴大勢力吧。」

「擴大比叡山的勢力嗎？」

「沒錯……，推廣庚申的……就是天台宗。」

「這樣……啊？」

「天台宗計畫性地意圖使它流行起來。唯一能夠聯繫庚申活動中各式各樣、雜亂不一而且表面上毫無關係的事實與現象的，只有天台宗而已。庚申堂幾乎都是天台系的，寫下庚申緣起的也大多是天台僧。山王一實神道的緣起，與庚申緣起在細節上非常相似。」

「所以才會出現元三大師嗎……？」

「嗯，角大師和元三大師也分別以不同的形象受到信仰，叫做大師講的活動也很盛行。說到大師信仰，一般都會聯想到弘法大師（註一），但大師講卻似乎不會。」

「不會嗎？」

「大師講有時也祭祀弘法大師。不過例如說，各行業的師傅所舉行的大師講，字面就變成了太子講，是以聖德太子為本尊，也與真言宗無關。」

「聖德太子？」

「沒錯。不過大師講和太子講（註二）或許原本就是不同的東西。不，聖德太子的話還好。除了角大師以外，在大師講中被做為本尊祭祀的還有單足多子的客人神，有時候單足上連趾頭都沒有。最後甚至還有人說太子大人是女人，是個**削瘦的裸女**。」

「裸女……女人嗎？大師是女的？」

「對。大師是裸女時，說法是大師是個有許多孩子、歷經滄桑的寡婦。為什麼有許多孩子的半裸女子會被稱為大師？這真的很有意思。而且說到裸女，也不得不聯想到大黑天和青面金剛手中提的休喀拉。螻蛄這個字在古時候似乎泛指所有的蟲，在和歌山一帶，傳說螻蛄是神佛的使者。此外，《搜神記》裡也有個故事，說螻蛄被當成長壽之神來祭祀，所以從螻蛄這方面來探討或許比較有效。」

「螻蛄啊……」

「不管怎麼樣，在大師講中，有作用的只有太子這個名稱。這個太子，有可能原本是道教中的神——中檀元帥（註三）。中檀元帥是哪吒太子的名字，也是一般人所熟悉的《西遊記》中活躍且受歡迎的角色，不過有些傳說認為哪吒太子是單足，這與單足來訪神的傳說吻合。我認為青面金剛有可能也是這個哪吒太子。庚申緣起中，青面金剛起初是以童子之姿出現。在成為青面金剛以前，甚至被稱為青光**太子**。哪吒太子也多以童子外形呈現，而在戰鬥中的形姿，多被描寫為三頭六臂。在民間，哪吒太子因為消滅惡龍而廣受信仰，同時在《封神演義》裡，也是托塔天王的兒子。」

「托塔天王是誰啊？」

「托塔天王被視為哪吒太子的父親，在佛教中，是對應毘沙門天的神明。」

「毘沙門天……不就是剛才提到的三面大

註一：即空海，真言宗的開山祖師。

註二：日文中「大師」（daishi）與「太子」（taishi）發音十分相近。

註三：臺灣多稱作中壇元帥，因其統帥宮廟五營神兵的中壇。

黑的其中一個臉嗎？」

「是啊。就像剛才說的，毘沙門天一名多聞天，是守護須彌山北方的四天王之一。在負責守護北方的天台宗裡，是很受重視的神明。此外，毘沙門天也被視為夜叉之長，這也與大黑天的屬性相重疊。一定是由於這些原因，毘沙門天才會被拿來當成延曆寺的三面大黑的其中一張臉。此外，毘沙門天所守護的須彌山中央，就鎮坐著帝釋天——天帝。」

錯綜複雜。

「可是這東西怎麼會……？」

就算京極堂說是受歡迎的角色，木場對這個名字也完全陌生。

「哪吒太子是中國著名的神明，我的朋友多多良現在正對這個哪吒太子進行十分有意思的研究——這先暫且不提。根據他的考察，哪吒太子在相當早的時期就傳入日本，是個不容忽視的存在。」

「是誰帶進來的？也是那個天台宗嗎？」

「比叡天台的本山中國天台山，是道教十分興盛之地。不只是開山祖師最澄，叡山的僧侶肯定也都學習了道教，一次又一次地帶回本國。江戶時代庚申會大流行，只要想想德川幕府與天台宗之間密切的關係，也不是什麼不可思議的事。」

「哦……你說天海僧正（註一）啊。」

「對，結果庶民只會被現世利益所吸引。原本應該是個人健康法、長壽法的待庚申，不知不覺間極為巧妙地被改變為特定的信仰。沒有任何人發現，應該監視的人，不知不覺間受到監視……」

「監視的是天台宗嗎……？」

「不過沒有人發現就是了。這是自然而然扎下根來的，可以說是再成功也不過了。流行神（註二）與傳統宗教乍看之下似乎無關，但我們可以輕易地在稻荷神社與真言宗、白山神社與曹洞宗當中看出對應關係。這並不是什麼稀奇事。表面上似乎毫無效果，但其實相當有用。雖然是繞遠路，但可以做為一種資訊操縱。」

「原來如此。」

木場在想長壽延命講的事。

不知不覺間，目的變成了買藥……

春子這麼說。

有什麼……

——有什麼線索。

木場覺得京極堂不是只顧著絮絮叨叨地說個沒完。這場漫長的演說當中，一定安插了什麼謎題。這個人看穿了什麼。木場和他交情不淺，看得出這點事。

只是不知道線索不足，還是不確定要素太多，這種時候，這個乖僻的朋友是絕對不會開口的。這或許是慎重，也可能是狡猾——雖然這兩者說不定是一樣的。

而這種時候，這個愛拐彎抹角的傢伙會設下迂迴曲折的謎題。

——記憶力比別人好……

——還有……

監視的人，不知不覺間被監視了。

大逆轉不止一次。

本末倒置……

「不懂。」

「不懂嗎？」

「不，你的說書是懂了。」

京極堂望著竹林，津津有味地吐出香菸的煙，說道：「去找落空的部分。」

「落空？什麼跟什麼啊？」

「落空，錯誤，不符合事實的記述。」舊

註一：天海為江戶初期的天台宗僧侶，是江戶幕府宗教行政的中心人物。
註二：指民間信仰中，一時性、突發性地受到熱烈信仰，卻也急速被人遺忘的神佛。

書商說道，在菸灰缸裡摁熄香菸。「唔，我和大爺做法不同。你可以先試試現場調查吧？看看那個房間是不是真的無法偷窺……」

「怎麼，不是在講庚申嗎？」

「那件事我已經說累了。」京極堂說出不像善辯家會說的話，闔上精螻蛄的書。「要是發現窺孔，事情就好辦了吧？」

「你想說**沒有**是吧？」

他說偏重現場也很令人傷腦筋。木場露出不痛快的表情一瞪，京極堂便打馬虎眼說：

「這我怎麼知道呢？」

「你就是知道。就算有洞孔，那個叫工藤的傢伙也沒時間偷看。」

「他有不在場證明。」

「是啊，所以我反倒是覺得長壽延命講很可疑，所以才會來找你……」

「當然，那裡最好也去看看。依我看，那個叫什麼通玄老師、取這種亂七八糟名字的調劑師相當毒辣。大爺最好也向那位小姐仔細打聽清楚，看看名為診察的個人面談花上多久時間、那段期間都在做些什麼。」

京極堂站了起來。

「喂，等一下，你說的落空到底是什麼意思？」

「哦，你說那個叫工藤的人寫來的信，內容十分詳盡，那麼上面有沒有什麼**沒有寫到的事**呢？——是這個意思。」

「這……應該沒有吧……」

再怎麼說，連襯褲的顏色都寫了。

木場說道，京極堂便說：「襯褲就算不說也一樣會穿啊。」接著他想了一會兒，說：

「是啊，這樣的話，你去問問工藤的信裡面有沒有寫到那位小姐讀工藤的信這樣的記述吧。」

「什麼意思？」

「就是我說的意思。不管工藤有沒有偷

窺，既然全部都寫了，那麼當然春子小姐收到他的信、還有讀信的事應該也會記錄上去吧？」

「呃……是這樣沒錯……」

「如果沒有那些記述，到時候就叫工藤自願接受偵訊。只要說他有竊盜嫌疑，他應該會老實聽話吧。大爺只要擺張恐怖的嘴臉嚇嚇他，他馬上就會乖乖束手就擒了。就算很纏人，他應該也只是個懦弱的傢伙。」

「你在說些什麼啊？」木場再一次擠出沙啞的聲音。「要是上面有的話怎麼辦？」

「上面有的話？這個嘛，要是有的話，應該也是落空的。春子小姐看信的時間或地點有一邊落空，或是兩邊都落空了才對。唔，就算有個萬一……，或許頂多會有一次說中吧。」

京極堂急匆匆地站起來，抱怨說：「真的變冷了。」將書本收回壁龕。

「喂，你就不能說得更清楚一點嗎？到底是什麼意思！」木場用力轉過身子吼道。

「所以說，這個世上沒有任何不可思議的事啊……，大爺。」京極堂頭也不回地說。

木場的表情變得極其凶暴。

3

「記憶力比別人好啊……」木場呢喃道，然後環視天花板，視線從潮濕變色的牆壁沿著褪色的窗簾轉向女子的臉。

「……我記得妳這麼說過吧？」

春子一副難掩困惑的模樣，握緊作業服的衣角，答道：「我這麼說過嗎？」「妳說過啊。」木場回道。春子有點嚇著了。

「既然妳都這麼說，應該有根據吧？」

「根據……？這……那我撤回好了。」

「我又不是在罵妳。」木場說著，背向春子，摸摸自己的臉。想必表情應該很恐怖。

——結果不是惹人嫌了嗎……

不該來的，木場又後悔了。

他冷冷地說：「我突然跑來，打擾到妳了嗎？」

這與其說是道歉，聽起來更像在鬧彆扭。

木場拜訪春子工作的工廠時，謊報自己的身分。他想一個長相凶狠的刑警大搖大擺地闖進來，可能會給春子添麻煩，所以才說了謊。他自稱是春子的遠房親戚，但是那種騙小孩的謊話一下子就露出馬腳了，工廠裡似乎沒有一個人認為木場是春子的親戚。因為春子無依無靠是眾所周知的事實，而且容貌魁偉的木場怎麼看都不像是長相平庸的春子的親戚。木場這張臉簡直就是天生當刑警的料，如果不是刑警，完全就像個地痞流氓。

——所以……

不僅是廠長，許多女工都對木場投以好奇的視線。

木場心想，這些女工看到長相凶惡的來訪者，腦中一定正描繪出這樣的情節：來自山區的鄉下女孩春子，被吃軟飯的小混混給纏上，陷入了困境。沒有其他可能了。那麼說不定率直地表明身分對春子比較好，況且木場和春子本來就沒做任何虧心事。

「打擾到妳了嗎？」

「不……你能來……」

語尾曖昧地消失了。好像是「我很感激」還是「我很高興」這類的話，但是不確定。

木場再一次掃視房間。

春子的房間樸素過了頭，幾乎是殺風景。老實說，木場相當吃驚，因為幾乎沒有家具。

木場住處的東西還比這裡多。

——不能拿來比較吧。

不能吧。

木場與他的外表相反，會細心地剪貼報紙

和雜誌，也會無意識地去蒐集無聊的小東西，所以和其他男性的住處相比，東西應該更多，堆滿了許多沒用的家私。但是木場也和外表相反，雖然不擅長清理，卻善於整理，相當一絲不苟，所以起居環境絕非一般形容男性住處那樣「髒得生蛆」。話雖如此，再怎麼說也都是大男人的住處，木場的房間仍然是缺少裝飾、殺風景的男人房間。他覺得沒辦法拿來和女人的房間比較。

但是……

春子的房間……連可以整理的東西都沒有。

小茶櫃一個、矮桌一張，就這樣而已。連坐墊都沒有。

不過矮桌上放了一個奇形怪狀的壺，由於房間空無一物，顯得特別醒目。仔細一看，那是個小花瓶，裡面沒有花。

木場心想：樸素也該有個限度。確實，女工的工資應該少得可憐，但是春子說她繼承了遺產，也有積蓄，生活應該不至於過得太窮困才對。

「至少插朵花吧。」

妳好歹也是個女人吧——木場本來想接著這麼說，但打消了念頭。沒道理說因為是女人就得插花不可。不論男女，總之木場只是想說，凡事都有個限度。殺風景成這樣，實在太過頭了。

「哦……」一如往例，春子沒勁地應了一聲。「是啊，您說的沒錯。其實我很喜歡花。」

「那幹嘛不插個花？不會連朵花都買不起吧？」

「唔，您說的沒錯。不，我本來有插的，一星期前還……，可是……」

「可是怎樣？」

「我丟掉了。」

「枯掉了嗎？」

「不……呃……」

木場不待回答，開始檢查牆壁的角落有沒有洞孔。

「……我買來第二天就丟掉了。」

京壁（註）土牆頗為骯髒，牆上別說是洞，連道裂痕也沒有。只是舊得發黃，出現污漬罷了。相當老舊，這可能是在空襲中倖免於難的建築物吧。

木場接著查看柱子。

柱子也沒有傷痕，只是磨擦得十分光亮。

「喂！」木場出聲，沒有回應。木場回頭。

春子出了神似地凝視著木場的背。

「……幹嘛？」

「我……為什麼會把花丟掉呢？」

「我怎麼知道啊？話說回來，妳收到信了嗎？」

「呃，明天大概會收到……應該。」

「哦。」

牆壁和天花板沒有可疑之處。

木場望向榻榻米。

看起來灰塵很多，不是因為疏於清掃，而是這裡的採光和通風都不佳。看樣子從收到信以前開始——或者更久以前開始——春子就完全沒開窗戶。

望向窗戶。

一塊素色布料掛在上面，樸素到令人懷疑這真的能夠叫做窗簾嗎？木場走近窗邊，粗魯地把布左右拉開。

窗玻璃上嚴絲合縫地貼滿了泛黃的報紙。光線透過報紙射進來，整個房間看起來都偏黃了。

透過陽光，照映出反過來的鉛字，形成莫名其妙的花紋。漿糊暈開來，只有那幾個部分變得漆黑模糊。

看不見外面。

「我開窗嘍。」

很難開。

封印起來似的，窗框都用紙糊在一起了。

「這幹嘛啊？小心也該有個限度吧。」

「有人叫我……最好不要開窗……」

「誰？廠長嗎？」

木場用指甲剝開紙，捏起一邊撕下。很難撕。可能是因為乾燥，紙張變脆，一點韌性也沒有。

「還是同事？」

「是……通玄老師吩咐的。」

「哦。」木場停止撕紙，轉過頭來。「這樣啊。」

春子依然背對門口，杵在原地。

「妳遵守著那個老師交代的話啊。」

「嗯，算是交代嗎……？老師說……西北西方位不好之類的。還說那個方位有開口的話，氣會從那裡流走，所以最好塞起來，我回來一看，窗戶就對著西北西……」

「我撕破了，怎麼辦？」木場說，春子當下答道：「沒關係，我並不相信那種說法。」

「什麼不相信？看妳封得這麼嚴密……，哦，現在已經不相信了是嗎？妳沒參加了。」

「不，我一開始就不相信。」

「那妳貼這幹嘛？」

「咦？哦，其實也不是完全不信……，對，我半信半疑，所以……，不對，還是我根本不相信……？」

「到底是哪邊？」

「我也不知道。」春子悄聲說，垂下頭去。「這種像迷信的事……怎麼說呢？每個人都相信嗎？像是早上剪指甲會發生壞事，晚上

註：京壁是一種傳統的和式土牆，表面呈粗糙沙狀。

吹口哨會有鬼來……，鬼不可能來，所以我不相信。可是即使如此，晚上我還是不會吹口哨。與其說是怕，更覺得內疚。就像違反了約定似的，會有罪惡感……」

「我了解，那種算不上相信吧，我覺得。」

但是會受到左右。

顯然，迷信控制著行動。

——會在意神明……不，監視者的視線嗎？

依據行為，決定壽命的司命神。

在體內監視著人的三尸蟲。

操縱人的命運的超越者。

是誰在看？

「……噯，就算知道是騙人的，只要聽到，還是會在意，人都是這樣的。所以妳才把這裡堵起來是吧，封得這麼密……」

木場重新撕起紙來。可能是因為歷時已久，紙很難撕下。紙屑塞滿了指甲縫，讓木場感到不快。撕到八成時，木場的忍耐已經到達了極限，接下來他幾乎是自暴自棄地，以蠻力打開窗戶。

拉窗發出嘰咯聲，開了一半左右。

看見一棟骯髒的木造房舍。

面窗的部分全是牆壁。

沒有任何障礙物，沒有地方可以躲。不管是爬上屋頂還是趴在地面，全都可以看得一清二楚。就算春子沒有注意到，行人也不可能不起疑。

而且最重要的是，工廠出乎意外地遠。以這樣的相關位置來看，就算拿著望遠鏡，也不可能清楚地窺看到室內的情況。

「那裡……」

注意到時，春子來到身邊。

「工藤先生就站在那裡。他把送報用的腳踏車靠在工廠後門那裡，然後站在這邊的水溝蓋上，臉幾乎都快碰到窗玻璃……」

「什麼時候的事？」

「去年年底左右。我尖叫起來，當時又是黃昏……」

「然後呢？」

「沒有怎麼樣，工藤先生……只是默默地看著裡面。我嚇得要命，逃到隔壁廣美的房間——她是我同事——然後帶了幾個人回來，但是工藤先生已經不見了。」

「這種事發生過好幾次嗎？」

「我被偷窺了……嗯，大概有五次吧。有時候一拉開窗簾，工藤先生的臉就在那裡……，我真的嚇壞了。那個時候……我心想幸好我貼上了剛才刑警先生撕掉的封紙。也因為發生過這樣的事，所以雖然我不相信方位占卜什麼的，卻也沒有把它撕下來。」

「用來防變態啊，封上紙的話，歹徒就沒辦法侵入了嗎？欸，這不過是紙罷了，能拿來防什麼？連個撐棒都算不上。對手又不是蚊子還是蒼蠅，要不然順便掛張捕蠅紙算了。」

「可是……沒辦法一下子就打開吧。」

「可以啊，玻璃打得破，木框也折得斷。就算裝了再怎麼堅固的鎖，想進來的人還是進得來，太簡單了。」

「可是工藤先生他……沒有進來……」

工藤沒有進來，應該不是因為窗子被紙封住的緣故。

照春子的說法來看，工藤根本連窗子都沒有碰。那樣的話，他連窗戶打不打得開都不曉得。那麼就算沒有貼紙，甚至就算窗戶開著，工藤也不會進來吧。他的目的應該不是侵入，只能說，他享受著站在外頭的行為。

「反正，妳要把工藤當成特例，這世上有太多人不是那樣了。因為這樣就放心，反而危險哪。這一點妳千萬記著，這是警察給妳的忠告。嗯？喂喂，這窗子本來就有好好的鎖不

是嗎？喂。」
仔細一看，窗子上附有簡陋的栓鎖。
但是似乎沒有鎖上。
真是的……哪裡少根筋。
「那……廠長去罵人之後，工藤就再也沒有來了嗎？」
「是的。不過當時天氣寒冷，也不會開窗……，所以那些紙就這樣貼著沒管了……，呃……」
「我說妳啊，就算天氣冷，一天也該開個一次窗戶吧。然後關起來鎖上。窗戶這種東西本來就是用來開關的，那就要讓它開關哪。」
我幹嘛在這種地方為了這種事對女人說教？——木場總覺得窩囊起來了。可是他一看到不乾不脆的人，就忍不住想多管閒事，這是老毛病了。木場重新振作似地，把窗戶完全打開。
「讓它開一下吧。我是不曉得什麼氣啊運的，可是會逃掉的東西就讓它逃了吧，就算積在裡面，也不會有好事……」
搞不好相反地會有惡氣惡運累積。
「那……妳是在收到信之後才貼上報紙的嗎？」
「嗯，在收到第二封信以後。」
「原來如此。」
在這個條件下，不可能從窗戶偷窺吧。
木場接著把手伸向壁櫃。抓住櫃門後，他才猶豫起來。
「我可以開嗎……？」
「可以。」
紙門的木框幾乎快要脫落，它滑過龜裂的軌道，輕易地打開了。
裡面有一組灰色的薄被組，一個行李箱，以及摺好的衣物。裡頭空空蕩蕩。木場把頭伸進裡面，首先望向天花板。
有霉臭味。

「這裡……打不開吧？」

壁櫃的天花板大部分都很容易拆開，但是這裡的卻堅固異常。木場敲了好幾下，細小的灰塵落向臉部。木場瞇起眼睛，用力背過臉去，摺好的衣物跑進視野當中。

木場急忙把頭抽了回去。

因為疊放在那裡的是內衣。

「裡、裡、裡面……」

「發現……什麼了嗎？」春子詫異地望向木場。

「什麼發現什麼……」

木場別過視線，然後在心裡罵道：「妳是女人吧？稍微害羞一下吧！」這個叫春子的女子，似乎真的有點遲鈍。

「這裡面……啥都沒有嘛。」

「哦……」回應很沒勁。木場已經習慣了，也不覺得生氣。

——沒辦法偷窺。

這個房間沒辦法偷窺。

木場關上壁櫃，坐了下來。

「就像妳說的，這裡的話，不必擔心被偷窺。」

「哦……」

「工廠和餐廳剛才也去看過了，沒發現什麼可以避人耳目偷偷監視的地方，不可能吧。」

「哦……」

就連這種時候，竟然也只有一聲「哦」。春子一開始就主張她沒有被人偷看。儘管沒有被偷看，卻受到監視——不，宛如受到監視般，個人資料洩露了出去。春子是這麼說的。

應該在看的人，不知不覺間被看。

那是精螻蛄。

不……說得更正確些，有點不同。畫的雖然是在偷窺的圖，但是在看的是看畫的人，所以雖然像是被看，但應該說是在看才正確。

被看……其實是在看……

這個扭轉隱藏了真相。

──跟這沒關係嗎？

「可以讓我看信嗎？」

「信……嗎……？」

「不方便嗎？」

春子垂下頭去。

如果就像春子所言，信上記載了詳細的日常瑣事，那麼應該也寫了一些令人羞恥的事吧。事實上，春子說她就是因為不敢把信拿給別人看，才沒有人肯相信她的話。

──但是……

木場也覺得，她明明就毫無防備地打開收著內衣的衣櫃讓男人察看，還滿不在乎，事到如今還有什麼好羞恥的？

「不願意嗎？」

「那些信……我不想被人讀。」

「我不會讀，只是看看而已。」

是一樣的。

木場硬逼著說看看信封就好，於是春子一副心不甘情不願的態度，打開茶櫃的小抽屜，拿出一疊信封。拿是拿出來了，春子卻遲遲不肯交出來，木場不耐煩，伸出手去，於是春子表情再度一沉，慢吞吞地遞出信封。

那是一束毫無奇特之處的簡素褐色信封，上面以捆包繩子確實地綁住。

木場想要解開繩子，春子「啊」的一叫。木場抬頭一看，春子正伸出手來。想必她非常不願意被人看到內容吧。木場不再解繩子，只算了算數目。恰好七封。收件人的字寫得很小，就算奉承也稱不上流利。翻過來一看，寄件人寫著工藤信夫，雖然有署名，但沒有住址。

木場好一會兒翻來覆去地觀察信封，結果也不能怎麼樣，把它還給了春子。既然沒辦法看內容，那也沒辦法。春子一收下，立刻把它放回原來的地方。

她很不願意讓別人碰，難道上面寫了什麼比內衣被人看到更丟臉的事嗎？

——會有那種事嗎？

確實，會對什麼事感到羞恥因人而異。木場也是，比起內褲被人看到，剪貼簿被人翻閱更教他難為情多了。可是……

這樸素的生活裡，能有什麼好隱瞞的嗎？

不……凡事都不能以外表來判斷。

——男人嗎？

例如說，假設春子有男人的話……

「我說妳啊，那個……怎麼說呢？呃……」

「我沒有……那種對象……」

以為她很遲鈍，有時候卻異樣地敏銳。

「那種對象是哪種對象啊？」木場粗魯地說。「我什麼都還沒說啊。」

「哦……」

春子惶恐起來，木場也困窘極了。

「那為什麼不能讓我看內容？有什麼好羞恥的？妳之前不也說過，已經不是什麼好難為情的年紀了嗎？」

「嗯，這……」

「說清楚點，有什麼別人看了不方便的事嗎？要是妳不全盤托出，教我怎麼幫妳？」

多麼強人所難的說法啊。

儘管沒有受到熱切的請託，木場卻在不知不覺間為春子設身處地了。事實上，就算對方嫌他多管閒事也無可奈何。

明明本來覺得不勝其煩的。

春子看了窗外一會兒。

接著她沒有看木場，說道：「想像……呃……」

「想像？」

「想像很下流……」

「不懂妳在說什麼。」

「工藤先生的想像……或者說感想……很……怎麼說，很下流。」

「什麼感想？」

「他對我的行動一一加以解說。」

「解說？」

「嗯……例如說，我為什麼要穿紅色的毛線襯褲……」

「喂，換個例子好不好？」

春子似乎這才發現到什麼，微微地紅了臉。

「呃……我為什麼要穿紅色的衣服……，這叫心理活動嗎？他對我的心理活動做出許多想像，綿密地……」

「寫在信上嗎？可是那種事……」

要從何寫起？——木場心想。因為木場無法想像女性挑選衣服的理由。就木場而言，穿衣服的基準只有一個，不是因為那件衣服離他最近，就是因為它擺在最上面。

所以不管是男是女，木場無法理解挑選要穿的衣服這種感覺。開襟襯衫全都長得一樣，長褲和西裝顏色也一樣，鞋子則是一雙穿到爛為止，無從選起。

——還是只有我這樣？

「什麼理由？」

「下流的理由。」

實在無法理解，選擇衣物和下流這兩個詞無法連接在一起。木場這麼說，春子便偏了一會兒頭，眼神到處游移，最後停在茶櫃上的花瓶，說：「對，像是那朵花……」

因為沒有其他東西可以看，這也算是自然而然的發展吧。

「……我為什麼丟掉那朵花……」

「信上也寫了妳丟花的事嗎？」

「嗯。我正好是一星期前丟掉的，所以寫在上次信件的末尾。信上寫道，我早上起床後，本來想為花換水，卻突然覺得花很可厭，就把還可以擺上幾天的花給丟掉了……」

「是這樣嗎？」

「是這樣沒錯。但是工藤先生說，我之所以把花丟掉，是因為我……強迫我自己禁欲。」

「禁欲？」

「嗯。他說花是……呃……性的象徵什麼的，我……其實有著強烈的性衝動，卻一直強自壓抑，所以看到淫蕩地綻放的花瓣，就、呃……怎麼說……」

春子的語尾變得含混不清。

「怎樣？他說妳發情嗎？」

春子沒有回答，只是低下頭說：「所以我才會把花丟掉……」

木場想起朋友降旗。降旗原本是個高明的精神科醫師，學習叫什麼精神分析的，後來遭遇到挫折。木場不管聽多少次都不太懂，不過他記得降旗說，只要深入分析，人的行動和意識全部都可以歸結為性衝動及壓抑。

或許是木場的理解方式有問題，不過降旗的話給了木場一種印象，那就是不管是走路還是坐下，全都會變成性的問題。

「原來如此，我了解了。信上把妳寫成不管是睡是醒，都是因為妳是個蕩婦，是吧？」

「嗯……信件的結論大部分都是：淫亂不是什麼值得羞恥的事，妳應該更坦率地活下去……」

「哈！」

多麼齷齪的人啊，發情的是工藤才對。

「可是，不管上面怎麼寫，妳都沒有什麼好羞恥的，不是嗎？被那樣亂寫，生氣的話我可以了解，可是不想讓別人看，這我就無法理解了。」

「哦……」

「哦什麼哦，那種騙人的精神分析，全都是工藤編出來的胡言亂語罷了，不是嗎？怎麼

可能說對嘛。」

「哦……」

「哦什麼哦……，難道他說中了嗎？」

春子沒有自信地垂下頭去，支吾其詞。

木場困惑起來。

春子垂著頭說：「我……並不是出於那樣的理由在行動，我自認為不是。可是被他那樣斬釘截鐵地斷定……，有時候我會忽地心想，我並非完全沒有那樣想過，或許就像他說的……」

「我說妳啊……」

「可是……」春子打斷木場的話。「……可是我的**所做所為**都被說中了，那麼……」

「那是因為他偷窺……」

工藤不可能偷窺。

「……我說啊，那是工藤的想像……」

會是工藤的想像嗎？就算被說中，但是以狀況來看，既然不可能偷窺，也只能推測是以想像撰寫的。

「……是碰巧說中的。」

連木場都覺得這話太虎頭蛇尾了。

春子無力地說：「是的。我不知道是他的想像猜中了，還是他有千里眼或天眼通，但工藤先生的確是透過某些手段，得知了我的日常活動，對吧？」

「唔，的確是被知道了。」

「而那些下流的解說，是針對那些被他得知的日常所說的，所以我忍不住覺得，或許只是我沒有自覺，實際上……」

「說的也是……」

說對是說對了——這類事情大部分都是這樣的。儘管是自己的事，卻沒有一個人能夠斷定絕對不是如此。就是這種手法。

「我想著絕對不是，但是想著想著，反而開始覺得絕對就是如此……，我失去了自信……。而且就算要把這些信拿給別人看，也得向別人說明上面寫的都是事實，所以……」

「哦，妳害怕有人讀了信，會認為妳其實是個蕩婦嗎？」

有這種可能。

實際上發生的事全都說中了，若是再加上煞有介事的解說，就更難以否認了吧。如果讀的人有性方面的偏見，就更百口莫辯了。而且世上的男性——包括木場在內——全都充滿了性偏見。

不管嘴上說得再好聽，也不知道心裡是怎麼想的。

「就連我本人都無法斷定了……。我沒辦法說明得很好，可是刑警先生，我……」

「啊，噯，聽好了，妳不是那種女人。」

多麼勉強的安慰啊。

「是嗎……？」春子說道，不安地再次望向花瓶。接著再說了一次：「真的嗎？」

「怎麼啦？」

「我為什麼丟掉那朵花呢？」

「這……」

剛才木場不當一回事地說他不知道。

「……是出於別的理由吧……？」

這種小事每一個都有理由嗎？木場的個性是行動優先於思考。他行動的時候，不會特別去想些有的沒有的理由。

「……才沒有什麼理由。」

「就是啊，我也這麼覺得……，可是，就連我在餐廳選菜的時候……，我已經被搞糊塗了……」

「哦，信上也有寫妳挑菜的事是吧？」

如果不斷地被人說挑選烤魚是因為好色、選擇燉菜是因為淫蕩，挑選時也不得不開始思考基準了吧。要是煩惱那種事，什麼都不能決定了。

「例如說，有一件事哪邊都可以，然後要選擇其中一邊的時候，到底是出於什麼樣的理由做選擇呢？像是有橘子和蘋果，要挑選一邊吃的時候，挑選橘子的理由是……」

「就跟妳說那種事沒有理由，是因為喜歡吧。」

「橘子和蘋果我都喜歡。這兩個東西不一樣，所以無從比較。」

「所以就是看情況，挑選的時候……呃，橘子比較……」

完全算不上說明。

「會挑選橘子，真的是我的意志嗎？」

「是妳自己選的，當然是妳的意志。」

春子「哦……」了一聲，應得更加無力了。

就連木場都有點被攪糊塗了，想必春子一定已經完全失去自信了吧。

——橘子和蘋果……

哪邊都好不是嗎？

不是什麼值得吹毛求疵的問題。

但是若要這麼說，或許這打從一開始就不是什麼值得在意的事件。春子只是收到詭異的來信而已，並沒有遭受到其他的實質損害。如果工藤沒有進行偷窺行為，那麼不管信件的內容有多麼吻合事實，那也只是他以想像書寫的東西，別說是逮捕了，連斥責都沒辦法。

——或許直接教訓教訓他比較快嗎？

那樣也比較有效果吧。

只要大爺擺張恐怖的嘴臉嚇嚇他，他馬上就會乖乖束手就擒了……

京極堂也這麼說。

只要說他有竊盜嫌疑……

竊盜……他是說竊盜嗎？

尋找落空的部分……

落空，錯誤，不符合事實的記述……

「喂，對了……，我說，工藤寄來的第二封信……」

木場突然大聲說道，春子嚇得肩膀一顫。

「第二封信裡有沒有寫到第一封信的事？」

「什麼……？」

春子瞪圓了眼睛。

她無法理解。

可能是木場的問法不對。

「妳收到的第二封信裡，也有寫到收到第一封信的那一天吧？那麼應該也有提到妳在讀第一封信的事吧？」

京極堂所說的應該是這件事。

話說回來……竊盜又是怎麼回事呢？

春子偏著頭，用一種支支吾吾的口吻答道：「是……有寫……」

「說中了嗎？」

「咦？也不是說中不中……，不，第二封信的開頭寫道：上次的信**妳讀了嗎？**」

——原來如此。

「那不是很奇怪嗎？如果工藤看透了一切，那麼他當然知道妳那天收到信，讀了之後大吃一驚才對。可是他卻偏偏不寫，還問**妳讀了嗎**？這是怎麼回事？怎麼反問妳呢？」

「說的……也是……」春子說著，急忙從茶櫃裡取出信封。

她以慢吞吞而笨拙的動作解開繩結，可是好像沒辦法順利解開，結果第二封信被她摺著抽出來了。春子取出裡面的信。那是一張褐色的、像草紙般的便箋。不，說不定那或許真的只是一張草紙。

「呃……上次的信妳讀了嗎？想必妳一定大吃一驚，小生似乎可以看到妳僵硬的表情……」

春子抬起頭來望向木場。

「……開頭是這麼寫的……，的確很奇怪。說的也是，刑警先生說的沒錯，上面說『似乎可以看到』，表示……」

「至少表示他**看不到**，工藤不知道妳收

到信之後的動向。怎麼樣？收到第一封信的那天，妳幾點收到信，幾分鐘以後在哪裡打開？妳記憶力很好的話，應該記得吧？」

「哦……是啊。信箱是共用的，下班以後會有人打開，分發郵件。那一天……對，濱子——住在二樓的同事——濱子她一臉稀奇地拿了什麼東西過來。有些人會收到老家寄來的信，但是我從來沒有收到過郵件，所以她覺得很稀奇吧。她逗留了一會兒，一直問我是誰寄的。那……是吃完晚餐以後，所以是晚上七點左右。我在房間裡收到以後，很快就開封了。」

「確定一下那部分的內容。」

春子翻開草紙，望向第二張。

「呃……妳就這樣直接回去房間，那是因為妳……啊，對不起……」

果然寫著相當寡廉鮮恥、猥褻的內容。春子只是看字，臉就紅了。

工藤那傢伙……

——實在是個不要臉到了極點的下流胚子。

「……呃，然後妳做好準備，準七點前往澡堂……？好奇怪。妳帶了水桶、絲瓜布和梅花花紋的手巾，換穿的內衣褲顏色是……嗯，這部分說對了。可是……」

「可是什麼？」

「沒有寫，完全沒有提到信件的事。濱子來的時候，我的確準備好要去洗澡，可是因為收到了信……」

「所以妳沒有立刻去洗，是嗎……？」

「我八點才去的，因為那封信讓我受到很大的打擊……」

「喂，為了慎重起見，也看看其他的信吧。我想只有妳讀信的事，連一行都沒有提到。」

春子接二連三地打開信封，取出許多草

紙，急忙確認內容。接著她誇張地說：「沒有、沒寫，真的……真的什麼都沒有寫……。這是怎麼回事？」

「這個啊，代表信上寫的**不是事實**。」

「可是……」

「只是寫得**幾乎就像**事實而已。」

木場站了起來。

「問題是，儘管不是事實，上面卻寫了幾乎如同事實的事對吧？但是有些內容顯然不符合事實，所以如果斷定信上寫的都是事實，就等於是把相似的東西說成一樣了。換句話說，工藤並沒有偷窺，而且他也不是用神通之類的能力獲知事實的。」

——但是……

那又怎麼樣呢？

要怎麼樣才能逮到他？

木場望向窗外，窗外也是一片殺風景的景色。

不管是開是關，都沒有多大差別。

木場撕掉的糊紙痕跡顯得髒兮兮的。

指甲縫塞滿了紙屑。

真討厭。

——等一下……

工藤所寫的，是**沒有收到信件的春子的人生**。但是由於工藤寄來的信，春子的人生改變了。但是……即使信件沒有寄到，完全說中的可能性也很大。換言之，工藤所寫的，會不會是春子**應該如此的人生**？工藤是不是事先知道了？

不，是春子的行動事先……

——原來如此，本末倒置嗎？

是本末倒置。

「喂！」木場吼得更大聲了。「我記得妳……不是曾經接受過那個老師的**指示**嗎？妳會封住那個窗戶，就是聽從老師的指示吧？」

春子愣了一下，睜圓了眼睛。

一旦有了表情，就不顯得那麼平庸了。

木場指著窗戶說：「就是這個！妳不是說妳接受了老師**非常詳盡的指示**嗎？」

「呃……」

「老師不是會吩咐，不可以吃這個、不可以吃那個嗎？妳會吃燉菜、吃烤魚，不也是因為**受到老師指示**嗎？喂！」

「呃……」

「不是嗎？我記得妳還說過，老師會用占卜叫妳穿紅衣服、穿褐衣服，不是嗎。」

「呃……」

「別呃了。」木場交換盤起來的雙腿。

「就是這樣，對不對？」

「就是哪樣？」

「可是，除此之外沒有別的可能了。怎麼一直都有沒發現呢？就是長壽延命講啊。工藤也有參加吧？」

「有是有……」

「那就是了。工藤在那裡聽到**老師對妳下的指示**，他偷聽了。聽得到吧？」

「這……診察是單人房……」

「就算是單人房，只要把耳朵貼在牆上，總聽得到什麼吧，就是這個了。這不是什麼神通，也不是偷窺，這……」

應該錯不了。春子在長壽延命講的活動裡，接受了六十天之間縝密的生活指導。如果工藤這個人得知內容的話——就表示工藤知道了旁人不可能得知的、春子在生活上的判斷基準了。那麼工藤只要照這樣寫下，**用不著偷窺**，也可以說中許多祕密了。

然後只要春子照著長壽延命講的教誨去生活，幾乎都可以說中。此外，再根據他之前固執地糾纏不休的時期所蒐集到的春子的生活作息與習慣，加以調味修飾，不就可以輕易地描繪出春子的一天了嗎？

木場有些激動地說出自己的推測。

不可能有錯，沒有其他答案了。

因為如果就像乖僻的朋友說的，這個世上沒有任何不可思議的事，那麼想要不偷窺而得知一切，是不可能的。

春子望著興奮的木場，以極其冷淡的態度聆聽。然後她等到木場說完，冷冷地說：「不是那樣的。」

「不是？哪裡不是了？」

不可能不是。

「我……呃……怎麼說呢……」

「怎樣啦？」

「我沒說過嗎？」

「說妳記憶力很好嗎？」

「不是的……，雖然這也說過……」

「快點說啦。」

「我並**沒有遵守通玄老師的吩咐**。」

「因為妳沒去了吧？」

「不是的。我從參加時起，就沒有完全遵守指示了。不是只有我一個人這樣，怎麼說……？六十天實在太長了。」

「嗄？」

「所以說，沒有人能夠完全遵守老師詳盡的指示，所以每個人都會買藥來彌補自己不注重健康的生活。我沒說嗎？」

春子說過。

「那妳也……？」

「對，那朵花……」

「花？……哦，花。」

「那朵花……其實也是通玄老師指導說要在幾號買花，裝飾在房間東北角，我才買的。雖然我已經不打算再去了，可是我還記得這個指示，不經意地想說既然如此，買個花或許比較好……。雖然當時我可能也想要一朵花吧……」

「然後呢？」

「所以說，通玄老師確實指示我要買花，

但是並沒有指示我要丟掉。老師說，花要一直擺著，從買花的那天開始，不要讓東北角少了花……，然而……」

「然而？」

「對，然而我卻把花給丟掉了，是我自做主張把花丟掉的，所以我並**沒有遵守指示**。然而……」

「噢噢。」

可是，工藤卻知道春子丟掉花的事。

從春子剛才的口氣來看，連丟掉花的日期和時刻都大致吻合。如果這不是在長壽延命講接到的指示，那麼工藤不管怎麼樣，都不應該會知道才是。

——不行。

木場抱起雙臂。

哪裡不對，但是他覺得答案應該就在這裡。沒有太大的誤差。只是有哪裡**扭轉**了。

就是這種**扭轉**，讓真面目變得模糊不清……

那是庚申。

木場再一次放空腦袋。

「我說，那……對了。妳可以更詳細一點告訴我長壽延命講的事嗎？」

京極堂也叫他打聽得更詳細一點。雖然照著那個愛賣弄道理的傢伙的話做，教人有點不爽快，不過木場覺得如果有什麼問題的話，肯定就在長壽延命講。

「那是……呃，規模多大的團體？」

「這個嘛……男性十五人，女性約二十人吧。有增有減，所以現在的人數我不清楚……」

「那是信徒——不，患者的數目吧？我不是問這個，我是說那個……通玄老師嗎？總不可能只有他一個人在主持吧？」

「哦……助手好像有七八個左右……，這有什麼關係嗎？」

「就是要研究看看有沒有關係。那麼，患者會在庚申之夜去那裡嗎？那是個像醫院的地方嗎？」

「像醫院嗎……」

春子說，那個地方像是道場，是間鋪地板的大房間。裡面擺了體重計和身高計。

那裡被稱為講堂。

其他的房間一樣鋪地板，陳列著大架子。上面分門別類地擺放了大量的藥草。

其他還擺了一些詭異的標本，或貼著人體圖，上面寫著奇怪的字──春子皺著眉頭說。

「其他還有調合藥物的房間，老師的弟子們總是在那裡進行研磨、混合。還有診察用的房間，那裡……嗯，感覺跟鎮上診所的診察室一樣。有桌子、椅子、穿脫衣服的籃子、可以躺下來的床，還有……」

「不用那麼詳細啦。」

「哦，其他還有叫修身房的地方。」

「修身？學校學的那個修身嗎？」（註）

「嗯，那裡是男女分開，所以應該有兩間。」

「那你們都做些什麼？」

「庚申那天下午四點，講就開始舉行。在開始前，參加者會在通玄老師位於三軒茶屋的診療所──条山房集合。一開始所有的人聚集在講堂，聆聽老師講話。」

「上課啊？」

「也沒有那麼嚴肅。」

春子說，是聊聊天，順便談談有關健康的事。

大家並不會正襟危坐，也不會排排坐，而是各自以舒適的姿勢圍著老師，自在地說話。

「大概會說上兩個小時……，我覺得主要

註：修身為日本舊制小學課程之一，即現在的道德。

目的是為了增進情誼，接下來老師會進行類似健康體操的指導。說是印度的柔軟操還是中國的拳法動作，會有弟子過來指導，練習一段時間……。然後這段期間，患者會一個個被叫過去，在單人房接受診察。」

「原來如此。診察怎麼進行？」

「一個人十分鐘左右……，但參加者有三十人以上，所以就算只有十分鐘，也得一直看到深夜。」

假設有三十五個人，需要將近六小時。就算六點開始看，看完也超過十一點半了。

「診察內容呢？」

「哦……和一般醫生沒有什麼不同。只是……老師馬上就會看出來，說『哦，你沒有遵守指示，吃了幾次魚』，或是『我交代不能穿，你卻穿了白色的衣服』。」

「為什麼？」

為什麼會知道有沒有吃魚？

更何況有沒有穿特定顏色的衣服，就更難理解了。

木場無法信服。

「老師說，一切徵兆都會反映在身體上。老師常說，人的身體就像鏡子，從生活態度到心理活動，全都會反映在身體上。所以乍看之下似乎無所謂的小事，也會變成各種小障礙，顯現在身體各處。」

「障礙啊……，像是什麼？」

「呃……像是肩膀痠痛、眼睛模糊、長痘子、下痢。」

「那跟吃不吃魚有關係嗎？」

「不一定跟吃魚有關，這只是一個例子。可是老師指示這麼做，而沒有照著做，就會有一些地方惡化，而這一點又被說中的話……」

說中——就是這裡木場不太了解。

「連身體哪裡不好……都能說中是嗎？」

「是的。」

這……或許……只要是醫師都看得出來。如果懂醫學的話，就算只透過問診，應該也能夠看出某些程度的事。可是……

知道有沒有聽從指示，這一點還是教人無法理解。

吃的東西姑且不論，除非塗了毒藥，否則不可能靠身體狀況看出病患穿了什麼衣物。裡頭有什麼玄機嗎？……或者這種事真的跟身體好壞有關係？

「那，然後呢？」

「哦，然後老師會大概說明到下一個庚申前該怎麼度過……。接著老師會寫下處方箋，治好身體惡化的部分。我不太懂上面寫了些什麼，不過把那張紙拿給其他房間的弟子，弟子就會照著處方調劑。」

「那很貴嗎？」

「很貴。可是只要照著老師指示的做，就可以不必買藥了。」

「然後呢？詳細的生活指導呢？」

「好像也會寫在處方箋上。」

「好像？什麼叫好像？」

「哦，接下來會去修身的房間，然後在那裡靜靜地待到早上。等待早晨來臨時，弟子會拿藥過來，那個時候，會對每個人一一說明老師吩咐的詳細生活注意事項。」

「會寫什麼給你們嗎？」

「口頭說明而已。」

「只是口頭說明，不會忘記嗎？」

「會忘記，所以每個人都無法遵守。」

「幹嘛不寫下來？」

「修身房不能帶東西進去，服裝也必須樸素輕便、易於行動。不能帶筆或鉛筆進去。」

「可是那不是很重要的事嗎？」

「好像就是因為很重要，才要我們仔細聽好，不要忘記。但是一般人不可能連日期和時間都記得。所以延命講一結束，每個人都會立刻拿出記事本寫下來。應該是想趁著還沒有忘記時記下來吧。不過即使如此，還是沒辦法完全遵守……」

「妳也是嗎？」

春子第一次笑了。

「我不會，因為我……」

——記憶力比別人好。

「妳記得嗎？」

「記得，可是……」

「可是不能遵守嗎？為什麼？」

「我才想問為什麼。」春子說。「明明知道……卻選擇了完全相反的選項，我自己也不了解為什麼。完全不了解。如果選擇橘子或蘋果沒有理由，那麼我會丟掉插在這裡的花，一定也沒有理由，那麼我等於是毫無理由地違背了囑咐，所以我才更加耿耿於懷。為什麼……我會把花丟掉？為什麼呢？」

「這個嘛……唔……」

第一次木場想也不想地不予理會，第二次木場斷定說沒有理由，第三次他依然無法回答。

「噯，這個就別管了。約定這種東西，本來就會讓人想違背。但是……」

如果……

如果工藤的信是基於生活指導而寫的，那麼工藤就沒有偷窺，而是竊聽了。但是……

竊聽口頭告知個人的話，並憑記憶寫下，是有難度的吧。與其說是難，這根本不現實。因為那些指示繁雜得連本人都無法完全記住了。要是有筆記還另當別論，但春子說她完全沒寫下，不管怎麼樣，想要知道細節是不可能的。而且就算知道了……

要不要遵守指示，是病患的自由，沒辦法連病患的決定都完全預料，那麼不管怎麼樣，工藤都不可能知道春子的日常生活。

所以就算知道指示……

——也沒有用……嗎？

「那延命講……就只有這樣嗎？」

雖然似乎不乾不脆，但木場覺得自己似乎有所遺漏。若論可疑，延命講再可疑也不過了，就只差一個突破點而已——木場依稀有此感覺。

「就……只有這樣。」春子說。

「有沒有什麼覺得不對勁的地方，或是忘記說的事？小事情也可以，告訴我吧。」

「這個嘛……」春子把手抵在額頭思考，不久後「啊」了一聲。「……我們會在假寐室小睡。幾個人輪流，休息一個小時。」

「小睡？睡覺嗎？」

「對。整晚熬夜很困難，要是隔天能夠睡一整天就好了，但是幾乎所有的人隔天都還要工作，而且延命講也規定不能太勉強。再說，也不能因為這樣而請假，又不是江戶時代。」

江戶時代也有無法休息的工作吧。

「這樣啊，會睡覺啊。那假寐室是怎麼樣？像旅館那樣，鋪棉被睡覺嗎？」

「怎麼可能呢？沒有鋪棉被。小房間大概有半張榻榻米寬，用牆壁隔成好幾間，裡面有桌子……」

「桌子？」

「就趴在桌子上睡。會有一名弟子坐在對面，監視一個小時，不讓悉悉蟲跑出來。」

「監視？」

「要是睡著，蟲就會跑出來……」

「噢，這就不必說明了，我已經很清楚了。這樣啊，那麼你們睡覺時，是不是會念誦什麼咒文？」

悉悉蟲啊……精螻蛄啊……

像繞口令般的，道教的痕跡。

「咒文……？哦，有，像中國話的。」

是發源地的咒文啊。

「弟子會發一本寫滿了小字、像經本的

書，我們就讀那個。雖然不懂意思，但弟子會教我們怎麼讀。讀著讀著，漸漸就會想睡，大部分只讀了前面就睡著了。」

「經？什麼樣的經？」

「呃……**彭候子**、**彭常子**、**命兒子**、**去離我身**……吧。」

「妳記得嗎！」

「因為念過很多次了……」

春子說文字她大概也都記得，還問木場要不要寫下來。但是就算寫了，木場也看不懂，所以他沒有要求，不過春子說她的記憶力過於常人，似乎是真的。

而且剛才的咒文木場也聽過，他覺得和京極堂念過的一樣。不過這並不是悉悉蟲怎麼樣的和式咒文，大概是中國傳過來的吧。長壽延命講果然是延續到現代的庚申講。不，說延續或許不對。那裡處處都讓人感覺到大陸的風格，或許是發源地的待庚申活動——據說在中國叫做守庚申——又再次傳入日本也說不定。

「聽說那個咒文是庚申之夜時，為了讓蟲在人睡著時也不會離開而念誦的。但是念了咒文以後，又派人監視嗎？真是慎重其事。」

春子過了一會兒才反應過來做出一種遲鈍的反應後，接著說：「我想一定沒有人真的認為會有蟲離開，弟子們一定也是的。所以與其說是監視……應該只是為了在一小時後把我們叫醒吧。」

木場心想那樣的話，用不著緊迫盯人，一個小時以後再來叫人不就得了。從深夜到黎明，頂多五六個小時裡，有三十五個人要輪流小睡，當然一次會有四、五個人入睡。一對一盯人的話，太浪費人力了。如果只有七八名弟子來處理所有的事，一般應該會採取更有效率的作法。

總覺得有點不對勁。

可是……

——不懂。

木場認為工藤的信和通玄老師指示的六十天生活指導之間，一定有什麼因果關係。

以同一個人為中心，一邊提示長達六十天的綿密行動藍圖，另一邊則縝密地記錄了長達七星期的過去行動。覺得兩者無關才有問題。

大逆轉不止一次……

再翻過來一次就行了嗎？

「工藤家在哪裡？」

「您說派報社嗎？」

「就是那家派報社。」

木場已經打算離開房間了。

「刑警先生，您打算做什麼？」

我打算做什麼？

「做什麼？去那裡啊。」

「去……做什麼？」

我到底是想做什麼？

——為什麼我就是這麼衝動？

驅使著木場的、無法理解的情感究竟是什麼？

「去……見了他就知道了吧？告訴我地址。」

木場打開門。

三、四個穿著作業服的女工聚集在走廊。她們驚慌失措，是在偷看裡面的情況吧。

木場狠狠地露出凶惡的表情瞪上去。

接著他故意拉大嗓門，啞著聲音說：「工藤有觸犯輕罪的嫌疑。」

這——只是一介舊書商這樣說而已。別說是確證了，連罪狀都不明，那麼這不是一名警官該隨便說出口的話。即使如此……

「輕罪是什麼……？」背後傳來無力的聲音。

「東京警視廳的刑警都這麼說了，就是這樣沒錯！我可是為了公務而來的，是來搜查的，妳要配合啊。妳不是被害人嗎？」

眾女工一陣嘩然。

木場踩出鈍重的腳步聲走近她們，看準吵鬧聲平息的瞬間，舉起警察手冊吼道：「妳們要協助搜查啊！」

「刑警先生……」

春子睜圓了眼睛走出房間。她吃驚的表情似乎已經練得爐火純青了，這樣的表情比發呆的樣子鮮活多了。

「我……我帶您過去。」

木場默默地回頭。「這樣好，麻煩妳啦。」

接著他回望眾女工。「幫我向廠長問好，我是警視廳的木場。有什麼事，隨時通知我。」

木場再亮了一次警察手冊，轉過身子，大步經過走廊，頭也不回地離開宿舍。春子似乎在後面不斷地向同事低頭鞠躬。就在木場走到門口時，春子跑了過來。木場低聲說：「不要動不動就向人道歉。」

春子好像沒聽見。

早春的風寒冷透骨，但不到足以冷卻木場腦袋的程度。鼻子呼出的氣變白了。春子應該是帶路人，卻不知為何晚了幾步，無精打采地跟在木場後面。木場感覺到背後的視線，他覺得自己就像一面擋風牆。事實上，他的身體就像一堵牆壁，春子應該不會吹到冷風吧。

——究竟……

這個有點遲鈍的女子，對這個開始失控的闖入者究竟作何感想？

木場覺得莫名其妙起來。儘管之前覺得不勝其煩，但現在這種迫不及待的心情是怎麼回事？自己是在為誰做這件事？為了春子嗎？不對。至少木場不是那種好好先生。說起來，木場是以什麼樣的立場在處理這件事？以警官的立場嗎？——這很難說。這件事連有沒有觸法都十分可疑。但是相反地，如果木場不是警察，就算想要採取這種行動也沒有辦法。那麼木場真的可以說是以自己的意志在行動嗎？

決定木場的行動的，會不會是木場置身的**環境及條件**？這裡面有木場的意志存在嗎？

說起來，何謂意志？意志在哪裡？

人真的擁有貨真價實的自由意志嗎？

會不會其實一切都不是由人決定，而是被決定的？

要是那樣的話……

決定的又是誰？

是什麼人？

那樣的話，豈不是根本沒有必要偷看嗎？

人只是像個木偶般行動罷了。

一舉手一投足，全都被知悉了。

那樣的話……

——本末倒置嗎？

木場甩開愚蠢的妄念。

笨蛋思考準沒好事。

只要走就是了。

兩人走了五分鐘。幾乎是默默無語的一段路程後，紛亂的街景中出現了一面看板。是工藤任職的派報社——大木派報社。店前聚集了許多人。

「怎麼了……？」

情況不尋常。

木場跑過去，撥開人牆。

玻璃門上以磨損的金色字體寫著「大木報紙販售處」，一名有些憔悴的中年男子站在前面，雙手交握在圍裙前，一臉歉疚地垂頭站著，可能是店老闆吧。他的旁邊並排著三個小孩，臉上浮現像是害怕又像哭泣的不可思議表情，同樣都面露狼狽之色。

木場想再往裡面去，卻感覺到阻力。

是春子抓住了他的外套背後。

「幹嘛？」

「我有點怕……」

「會嗎？」

周圍一陣騷動，幾名制服警官從裡面走了出來。接著，一名臉色青黑、渾身無力的男子被拖至眾人面前。

「工藤先生……」

「什麼？」

「那是工藤先生。」

男子倦怠地抬起頭來，他混濁的眼睛似乎看到了春子。

這個男子鼻子扁塌，長相有如貊犬，極為其貌不揚。

——嗯？

工藤的肩口冒出一張見過的臉。

正得意洋洋地笑著。

——那是……

「喂！岩川，你不是岩川嗎？」

木場以蠻力左右分開人牆，擠到前面。刑警聞聲抬起頭來，表情轉為滿面笑容，望向木場。

是認識的臉。

「咦？怎麼啦？這不是木場兄嗎？哎呀，東京警視廳的鬼刑警大人怎麼會出現在這種地方呢？」

「這是我要問的問題。喂，岩川，那傢伙是工藤信夫嗎？」

「是啊。」岩川揚起語尾說。

岩川真司是木場在轄區任職時的同僚。

他現在應該隸屬於目黑署才對。岩川擔任刑警的經歷比木場短，但年紀較大，總是嬉皮笑臉的，頗惹人厭。岩川是個應聲蟲，信奉權威主義，卑躬屈膝，木場怎麼樣就是不中意他。

「木場兄，難道你是來找這個人的？」

「唔……差不多啦，他有什麼嫌疑？」

「竊盜嫌疑。」

「竊盜……？他偷了什麼？」

「哦，他偷了某家漢方藥局的文件……」

「漢方？長壽延命講是嗎？」

岩川瞇起眼睛，臉上掛著冷笑湊過來，略略低下頭望著木場，接著用手背拍了一下木場的肩口。

「哎呀，木場兄，你還真是讓人不能掉以輕心。」

「你這傢伙幹嘛啊？」

到底是怎麼回事？

岩川再一次拿手背拍打木場。「少來了少來了，這次功勞我們拿下嘍。再怎麼說，都找到證據了。」

岩川一臉得意地從內側口袋裡取出布巾包起來的四角狀物體。掀開布一看，裡面是一只褐色的信封。

「接下來只要把這個……」

「喂，讓我看看！」木場搶下信封。

「你幹嘛啊！」岩川怒叫。

——三木春子小姐啟

「喂，這是第八封信！」

信封沒有封上，打開。裡面裝著摺好的草紙。

「喂，妳看看！這豈不是太奇怪了嗎？信應該明天才會收到吧？那麼上面不可能記錄到妳今天就寢前的行動啊！可是這……都已經寫好了！今天的份已經寫好，這太奇怪了吧？喂，岩川，告訴我詳情。」

「你幹嘛？你以為你是本廳的人，就可以這樣蠻不講理嗎？喏，快點還我！快點！」

「拿去拿去，又不是要搶你的功勞。聽好了，岩川，這位小姐就是那封信的……收件人本人。」

木場把緊跟在後面的春子拉出來。

「妳是……三木春子小姐？哦，這下子省了麻煩了，我們正想去找妳呢。哎，該說你是萬無一失還是……？」岩川說到這裡，以纏人

的視線望向木場。

「別囉嗦那麼多。岩川，我再說一次，我並沒有要搶你的功勞，也不打算侵犯你的地盤，這位小姐也會交給你，別用那種怨氣沖天的三白眼看我。說起來，我今天不是來執行公務的。所以，你就稍微相信我一下，告訴我緣由吧。我會不遺餘力協助你搜查的。」

岩川咧嘴笑了。「這樣啊，我是不曉得你有什麼理由，不過應該是有苦衷吧。噯，好吧，其實啊，我們轄區接到報案，就是關於長壽延命講的……」

「報案？」

「沒錯。」岩川誇張地回答。「說是被迫買下昂貴的假藥。不過就算是再怎麼沒用的藥，買方也是自願買下的，要是不願意，不買就行了嘛。而且藥不可能完全無效，俗話也說病由心生。調查後，我們發現許多病患認為有效，也有不少人感激他們。不管藥賣得有多貴，這種情況還是很難認定有詐欺嫌疑吧，雖然他們的確頗為可疑，卻遲遲沒有露出馬腳。報案人說受害人被施了催眠術，可是，催眠術……」

「催眠術？」

「對對對，說是就像被施了魔法一樣，忍不住去買藥。」

「這……」

木場望向春子，春子在看工藤。

「所以搜查進展困難……，不過這時我們接獲了一則有力線報。」

「有力線報？」

「是的。線報說，這個工藤信夫偷偷地盜出了**可以證明長壽延命講是詐欺的文件**，並藏匿起來。」

「所以才涉及竊盜罪啊？」

「就是啊。我們一翻，就找出來了。就是這個。」

岩川出示手中的紙束。

「這……」

春子探出身子。

「三木小姐，妳看過嗎？就是這張紙。」

「有的，是小睡時念的咒文……」

「什麼？」

木場這次從岩川手中搶過文件。

彭候子，彭常子，命兒子，去離我身，

彭候子，彭常子，命兒子，去離我身，

彭候子，彭常子，命兒子，去離我身，

彭候子，彭常子，命兒子，去離我身，

「這……這種東西哪能當什麼證據？喂，這傢伙何必偷這種東西啊！」

木場翻著紙張。

一月十日大安（註）定時起床後不立即如廁亦不收拾床褥無論寒暑皆穿紅色毛衣並穿纏腰布後洗臉暫出屋外進行伸展運動早餐無論有無食欲皆不食用僅喝二杯茶比平時更早前往工廠至工廠後

「這、這是什麼？」

翻。

再翻，再翻，往下翻。

三月二十日先勝定時起床後更衣前欲為二日前購入之花朵換水一度躊躇後再次起身取瓶中花捨棄。其後盥洗無論寒暑

——這……

「喂！妳看看這個。」

木場硬把紙塞給春子。

——怎、怎麼可能有這種事？

「怎麼可能有這種蠢事？岩川！這到底是怎麼回事？」

木場揪住岩川的衣襟。

註：日本民間有一種表吉凶的曆注，稱為六曜，多記載於月曆等。六曜有先勝、友引、先負、佛滅、大安、赤口六種，各表不同含義的吉凶。

「你、你激動個什麼勁啊？呃，其、其實我也不太清楚。我們闖進去稍加威脅，這傢伙馬上就說：『對不起，是我偷的』，承認自己竊盜的罪狀了。然後我們搜索後，就像預言說的，找到了那些文件和這封信。」

——預言？

木場晃了岩川幾下。

「混帳東西，你呆頭呆腦地說些什麼？那份文件是什麼？預言嗎？可以說中這個小姐接下來的行動嗎？還是上面只是亂寫一通，是這個叫春子的女人記憶有問題？你的意思是她被下了催眠術，**以為自己的人生就像上面寫的**嗎？如果不是的話，不是的話……」

就表示春子**照著這張紙上寫的內容生活**。

意思是春子沒有自由意志嗎？

這豈不是**本末倒置**嗎？

這……

「木場兄，你在胡言亂語些什麼啊？放開我！我說啊，那張紙啊，呃，是長壽延命講的……」

此時，人牆分開了。

一道清澈悅耳的聲音響起。「沒錯，這位小姐正是**依照上面所寫的生活**。」

木場望向聲音傳來的方向。

有著一雙渾圓瞳眸的稚氣臉龐正微笑著。

「藍……藍童子大人。」

「什麼！」

那是個少年，才十四或十五歲左右吧，他穿著一件色彩不可思議的立領衣服。以這個年紀的少年來說，很稀奇地沒有理短髮，一頭直髮隨風飄動。或許是吹動髮絲的風很冷，少年的臉頰微微地泛出櫻色，讓少年更添一種高潔的印象。

少年笑容可掬地來到木場面前。「您是個正直的人。」

「什麼？」

岩川卑躬屈膝地轉過身子，插進兩個人之間。

「辛苦了辛苦了，勞您來到這種地方，真是惶恐至極。木場兄、木場兄，這位就是這次提供線報的藍童子——彩賀笙。最近他不遺餘力協助警方搜查，真的是料事如神哪。哎呀呀，又完全說中了。」

「喂，岩川……」

「您……」少年悅耳的音色輕而易舉地打斷了木場沙啞的濁聲。「……想要幫助這位小姐，您……是那個時候的小姐。」

春子僵住了。

「我來說明長壽延命講的手法吧。那是個邪惡的集團，他們為了販賣昂貴的生藥，迷惑了眾人。您是怎麼知道那個集團的？」

「呃……是朋友邀我去的。」

「您有財產對吧？」

「咦？呃……嗯。」

「我想也是。」藍童子點點頭，娓娓道來。他的態度宛如為了述說正法，而來到蠻荒之地的傳教士一般。

「長壽延命講的會員，每一個都是資本家。這位工藤先生也是，其實他的父親是個暴發戶，他會擔任派報員，聽說也是他的父親硬逼他去增長社會歷練。長壽延命講的巧妙之處，在於他們絕對不會強人所難。妳也完全沒有被迫做任何事，對吧？」

藍童子露出笑容。

春子愣了一下。「嗯……」

「不過那只是表面上。」

「表面……上？」

「事實上，您從今天穿的衣服到吃飯的方式，全都照著張果——不，通玄老師的意思在進行。」

「什麼……意思……？」

「這個嘛……一時或許難以置信吧。那

麼，請教一下，通玄老師是不是說，您的身體會變差，是因為您沒有遵守他的吩咐……？」

「呃……是的。」

「他一定是告訴眾人，只要遵守指示，就不需要吃藥。但是，大家怎麼樣都無法遵守對吧？因為無法遵守，身體變差，結果只好買藥。一切都是自作自受，所以也不能怨誰。但是，那麼為何會無法遵守呢？是因為期間太長？還是指示太瑣碎？太嚴格了？」

「這些……都是。」

「不，這些都不是。原因是你們……全都被**設定**成無法遵守指示。」

藍童子溫柔地微笑。

木場將視線遠遠地移開那張臉，無謂地虛張聲勢：「什麼跟什麼啊！聽不懂。」

「不了解嗎？」少年恭敬地回答。「通玄老師一方面指示他們幾月幾日要穿紅衣服，然而另一方面卻下了暗示，要他們幾月幾日**不穿**紅衣服。」

「暗示？喂，這種事……」

——這種事。

「就是那些文件呀。讓病患熬夜，睡意到達極限的時候，把他們關進小房間裡，要他們念誦莫名其妙的咒文——這乍看之下像是宗教儀式，但是這時的小睡，其實就是後催眠的陷阱，詳細地誘導了你們後來的行動。」

「後催眠……？」

木場從幾乎已經出神的春子手中拿起紙束。

彭候子，彭常子、命兒子、去離我身。

「這……這種東西只看過一次，不可能記得住。就算記得，也不可能完全照著上面說的行動。這種事……」

春子記得，而且她也照著行動了，不是嗎？

藍童子一臉稚氣地接著說：「人的記憶力

是不能小看的。那點程度的資訊，可以很輕易地記下來，只是沒辦法想起來而已。這些記憶不會浮上意識的表層。」

「那……」

「可是……它卻被牢牢地記憶在意識的底層。然後在下決定時，平常不會意識到的記憶，就會在腦袋深處呢喃：選左邊，選右邊。所以……這位小姐才會照著上面所寫的行動。」

「你的意思是，那不是自己的意志嗎？」

藍童子露出天真爛漫的笑容。「刑警先生，日常生活中不是有許多選擇哪邊都無所謂的事嗎？選左或選右都可以的時候，選左或選右的理由究竟是什麼呢？就算想出什麼樣的理由選擇了其中一邊，那真的能說是你的意志嗎？」

「這……」

「環境、條件、身體狀況、前例、機率、別人的意志——判斷的基準太多了。但是只要基準改變，當然判斷也會跟著改變，那麼是不是可以說，決定的並不是你，而是基準呢？」

他說的沒錯。

木場也曾經懷有這樣的妄想。

「沒錯，事實上根本沒有你個人的存在。」

「沒有……我個人？」

「沒錯，你——不……」

妳……

你，還有你……

少年接二連三地指去。

「所有的人。」然後藍童子將柔軟的指尖對準木場，停了下來。「都是各種事物的聚積。但是人在那各種事物上面擺上一個名為自己的冠冕，以為那全部都是自己，活在這樣的誤會當中。」

「誤會？」

以為自己全部都是自己……

——只是誤會？

「重大的誤會。」少年說。「所以，每個人都認為自己不會被這樣一張紙所左右。至少人會認為只有自己與眾不同，認為不管誰說什麼，自己就是自己。因為要是不這麼想，就會搞不懂自己是誰了。但是事實上……」

——事實上……

「我們只是奔跑在別人鋪好的軌道上罷了，而通玄老師在軌道上動了手腳。多麼卑鄙的犯罪者啊！」

木場只能沉默以對。

「聽好了，如果判斷已經事先由別人決定好，那會怎麼樣？而你知道這個判斷，儘管知道，卻沒有意識到，而是在無意識中知道。選左或選右都可以的時候，無意識的記憶就會影響意識。即使如此，你應該還是會覺得那是自己的意志，會認定那是自己的判斷、是自己的決定。卑鄙的通玄老師就是在那無意識的部分動了手腳。」

「喂……那……」

工藤知道這個機關。然後他偷出操縱春子無意識的行程表，抄寫在淫穢的信裡。

所以……

所以工藤的第八封信，可以連還沒有發生的今晚的事情都寫好。只要遵循行程表，就可以預先知道春子的未來。相反地，工藤無法書寫自己的信被送達的過去事實。因為那是預定之外的事，沒有寫在行程表裡。

春子並不是被偷窺。

而是春子……在偷窺。

偷窺寫有自己未來的紙。

木場悄悄地窺看春子的樣子。

凡庸，表情消失了。

——為什麼我把花丟掉了？為什麼呢？

因為紙上寫著要她把花丟掉。

——可……

可惡！——木場在心中狠狠地罵道。

他不明白這是在罵誰。

是被騙的春子嗎？

是騙人的延命講嗎？

還是對工藤？

或木場自己……？

——全都是混帳。

愚蠢的木頭人。

藍童子微微瞇起眼睛，盯著木場說道：

「喏，岩川刑警。那位工藤先生應該知道長壽延命講的祕密，他應該會老實地招供吧。這麼一來……就能夠揭發那個邪惡的漢方醫了。喏，妳也……願意作證吧？」

藍童子以白皙的手指牽起春子的手，溫柔地把她牽離木場身邊，送到岩川那裡。

不知為何，木場伸出手去，但已經抓不著春子了。接著少年恭敬地對木場行了一禮。

木場……

表情變得極其凶暴。

＊

我已經毀滅性地崩壞了。

現在，我當中已經完全不剩下能夠使用「我」這個第一人稱的我了。我黏稠地融化，自毛細孔滲出，從排水溝流走了。

現在的我，已經和污水混合在一起，分不清哪邊才是我了吧。這樣也算是幸福。

我心想：要是我是液體就好了。

用水稀釋的話，可以提升透明度。加熱的話，就會蒸發。不，可以在常溫揮發的液體比較好。只要蓋子鬆掉，就會徐徐減少，這一定很讓人雀躍。

我更加感到幸福了。

被揍了。

假如，有一個真性被虐狂墮入了地獄。

那種情況，那個人真的會覺得痛苦嗎？如果他的癖好讓他愈受到折磨，就愈感到幸福，那麼即使遭受到阿鼻（註一）叫喚的折磨，他也會歡喜得流淚吧。他肯定會在無間地獄中一次又一次地達到高潮。

閻魔王也拿他沒辦法。

又被揍了。

警官生氣地吼著叫我不要淨說些瘋言瘋語，但是我沒有任何話好說，也沒有主義或主張。只要像這樣讓我呼吸空氣，我就覺得幸福了。像我這種軟趴趴的、被魚抽走骨頭的水母般（註二）的東西，扔進垃圾桶裡就是了。請把我扔掉吧。

又被毆打了一次。

無法理解警官在說什麼，

所以也無從回答起。

磅！

桌子翻倒了。

警官憤怒地站在前面。

有點恐怖。

恐怖驚怖可怖。

衣襟被抓住，拖了起來。

好痛好痛好痛。

有痛覺。

我……還活著。

疼痛是最根本的感情嗎？

因為或許會被殺，可是……

我覺得死也不是多麼壞的事。

肚子被踢，背部被踢。

夠了，住手。

這種傢伙這種傢伙。

沒錯，我是個污穢骯髒下流的猴子。

此時我醒了。

我人在黑暗的房間裡，抱著膝蓋坐著，只

在短短一瞬間享受了極淺的睡眠。夢中的我是個自我流光的空洞容器。

——那才是真實嗎？

那樣的話，現在像這樣思考的我，是剛才的我所做的夢嗎？警官被我的態度激怒，我被他踢著，意識斷成一片片，做著我蹲在黑暗房間角落的夢嗎？

——是一樣的。

沒錯。

或許這也是個夢境，會由於覺醒而畫下句點。醒來的話……

妻子就在那裡，飯菜已經準備好，

有朋友在，笑著……

多麼愉快啊。

啊我做了個好蠢的夢呢我被關進拘留所日夜遭到拷問和審問真是笑死人了那個警官說我殺人所以我就跟他說我怎麼可能殺人呢我可是親眼看到了逃走的我就是兇手。

——我，就是兇手。

我醒了。

警官正從大茶壺裡倒出冷掉的茶，好像換了一個新的警官。不過看起來也像是同一個。

我已經崩壞了。

註一：佛教宇宙觀中地獄中最苦的一種。為胡語音義合譯，意為無間。墮落到此的眾生受苦無間斷，故稱為「無間」。為八大地獄中的第八獄。

註二：日本民間故事中，水母原本有骨頭，但在取猴肝的任務中犯錯失敗，龍王便吩咐蝦兵魚將拔掉水母的骨頭以示懲罰。

歐托羅悉——

欲言亦

驚惶

天有大梵天王，帝釋天主

地有日本鎮守，八幡大菩薩

——阿蘇家文書

1

每當面對鏡子梳理剛洗好的頭髮，就想要剪掉，已經想了好幾年了。

握起濡濕的頭髮，試著束在後腦勺。

心頭一驚。

好像……過世的妹妹。

放開手，甩頭。頭髮甩出水滴，一片散亂，得重來了。擦掉沾在水銀薄膜表面上的小水滴。

——一點都不像。

妹妹在世時，從不曾覺得像。妹妹英姿逼人、剛毅果決、思路清晰，總是活得抬頭挺胸。和自己完全不同，沒有半點相似之處。

然後，這才發現自己沒辦法剪掉頭髮的理由。

——因為妹妹是短頭髮。

自己之所以穿和服，也是因為妹妹喜好穿洋服；自己會彎腰駝背，是因為妹妹抬頭挺胸。

日復一日，宛如整理儀容的儀式般，將留得極長的頭髮一絲不亂地紮起來，穿上一層又一層的衣服，以帶子繫上，塗上白粉，點上朱紅，然後總算是完成了自己這個女人……

人說服裝就是文化。那麼這些煩雜的化妝、整裝過程，就是女人變成女人的儀式吧。在文化性別差異裡，雌與雄是不同的。眾人特別誇示某些部分、模糊某些部分，來聲明自我的性別；透過隱沒、突出、歧視，來獲得社會上的屬性，成為男人或女人。因為若不這麼做，肯定就無法區別男女。人就是為了這個目的而裝扮的。

那麼所謂女人的本性，是存在於包裹女人的衣服上嗎？

那麼……

——現在倒映在鏡子裡的這個裸女是什麼

人？

織作茜想著這些事。

她抓住右邊的乳房。

沒辦法脫卸銘刻在肉體上的女性。

因為是女人，因為是男人。妹妹常說，將個人的屬性歸結於性別，是不智的。妹妹生前積極地參與提升女性地位、擴大女性權利的運動。

茜十分明白妹妹說的道理。

茜也一樣，不僅是一個女人，更是一個人；不僅是一般女人，更是織作茜這個個人。如果將個人的人格視為獨立人格來尊重，人格當中當然同時具備所謂的女性特質與男性特質，所以只拘泥於生物學上的性別，而扼殺其中一邊，絕不是正確的做法。因為是女人，因為是男人——這種話，無疑是從個人身上剝奪個人尊嚴的歧視用語。但是……

妹妹卻叫著「因為是女人」，伸張著女性的權利，吼著「因為是男人」，貶抑著陽具主義，不是嗎？

不，這是水平的混亂。

茜靠著自己的肉體觸感思考著。

妹妹的發言與妹妹的主義主張並不矛盾。

不能將觀念上的——文化上的性別，與肉體的——生理上的性別混為一談。聰明的妹妹一定是以精確的語言談論著這些問題。只是……

茜思考。

雖然明白道理，但茜的心中卻潛藏著什麼，讓她無法同意。那或許只是對妹妹的自卑感而萌生的毫無來由的敵意，也或許不是如此。

——什麼是個人呢？

妹妹死後，茜經常思考這件事。

應該要主張的自我、應該受尊重的個性是什麼？說起來，人格是什麼呢？那是如此特權性的事物嗎？現在的茜怎麼樣都不認為她有什麼依據，能夠抬頭挺胸地主張「我就是我」。

仔細想想，個人主義或許已經是過時的思想了。宛如想起了什麼被遺忘的天經地義之事，吶喊著什麼身為個人的自覺、獲得人權等口號，這不是好幾百年以前的事了嗎？

即使如此，茜還是沒有質疑過這就是近代應有的模樣，所以她自認為她以往也一直貫徹著個人主義。但是她現在認為，這一切都只是妄想。

茜想起來了。

在妹妹舉辦的女性運動讀書會裡，有人說過這樣的話。

生孩子的是女人，要不要生孩子，應該由女人——生孩子的個人來決定。茜聽到這番言論時，也同樣感覺不對勁。

所謂胎兒，是體內的他者。那麼是女人生孩子，還是孩子從女人身上生下來，這難以判斷。不，沒辦法決定是哪邊。

對女人來說，生產雖然是在個人意志下進行的行為，卻也是無視於個人意志的生理現象。所以茜認為生孩子是女人的任務這種想法，原本就是錯的。因為把生產當成任務，等於是在無形中認定精神與肉體是彼此乖離的。

儘管生而為人，女人卻被盛裝在女人這個器皿當中，而因為被囚禁在這個器皿當中，就無法自由地進行精神活動，這實在太沒有道理了——這種主張茜也不是不明白。但是現在的茜認為，女人這種東西，說穿了只是用來生孩子的**器皿**罷了。生孩子的身體與「女人」這種東西，打從一開始就是同義的。器皿當中其實什麼也沒有裝。只是器皿本身不願意承認自己就是器皿罷了。隆起的胸部、柔軟的皮膚，身體的設計全都是為了生孩子——為了能夠生孩子而形成的。

唯有幻想觀念中的「個人」與身體分離

時，身體這個器皿才不是本質。這種情況，身體的功能與衣服無異。所以如果要從根本的部分貫徹個人主義，等在盡頭處的現實，會是必須將肉體的性別也視為文化差異來看待。

沒辦法脫卸銘刻在肉體中的女性。

追根究柢，如果不切掉這個乳房，縫合性器，改造肉體本身，就無法逃離它的束縛。

男人也是一樣。

茜覺得，如果能夠因此獲得幸福，那當然無妨。

——幸福。

什麼是幸福呢？

茜年輕時曾經修習藥學。

那個時候，她曾聽教授說過。

人的喜怒哀樂，全都視腦內物質分泌的多寡而定。就連崇高的母性，也是由於某種激素的分泌所造成。要是那種激素停止分泌，就算是禽獸也會放棄育兒，不再疼愛自己的孩子。對生物來說，育兒也只是一種生理現象。主張只有人不是如此，是一種傲慢吧。那麼……

什麼是愛呢？

愛不是什麼不可侵犯的、形而上學的真理。

而是可以還原為物理、形而下的生理現象。

這樣……就好了。即使如此，也不代表愛不存在。只是不必要的過剩幻想消失罷了。不，人應該了解那才是愛。

人身為生物，天性就是如此。人的身體是無法控制的自然，意志處於自然的統制下。那麼先了解自己的身體，才是認清個人的第一步吧。

——這個**身體**就是我。

什麼尋找自我，根本是胡說八道。

精神與肉體密不可分。累積肉體的經驗，就等於活著。將非經驗的觀念視為先天的真理，並不一定能夠獲得幸福。肥大的觀念只會折磨身體而已，就是因為一味追求觀念的「個人」這種幻想……

結果，茜變得滿身瘡痍。

即使不去思考，幸福就在這裡，

不必追求，安居之所就在此處。

——這個**身體**就是我的歸宿。

失去妹妹，失去母親，失去所有的家人後，茜總算發現了這件事。

——如果是妹妹，會說些什麼呢？

她會笑我，說這才是放棄思索的愚昧個人主義嗎？還是會訓斥我，說這樣無法改變社會構造？或是藐視我，問我事到如今還說這種理所當然的話？

或許聰明的妹妹早已再明白也不過，更洞悉了遙遠的未來也說不定。茜覺得一定是這樣的。

好想和妹妹聊聊。

雖然這已經不可能了。

茜連一次都沒有和生前的妹妹好好地議論過。不只是妹妹，茜一直避免著與任何人發生語言衝突。

除了一個人以外……

茜不後悔，她已經決定不後悔了。

織作茜自豪地注視著自己倒映在鏡中的裸體。然後不再盤起頭髮，應該是生平第一次……穿上了妹妹的洋服。

她穿上洋服，並沒有什麼象徵性的含意，只是覺得有種重新來過的感覺。家人過世後，茜的時間變得徒然地漫長，或突然地縮短，有時候還會在她悲傷哭泣時停止；不過，此時她總算有種時間恢復平常速度的感覺。

她把長髮在後面束起。

也不化妝了。

——沒必要粉飾了。

茜穿上寬領黑襯衫與黑長褲，離開房間。

在這棟大得荒謬的宅子迎接客人，今天也是最後一次了——預定中最後一次。

——那個人不適合做為最後一個訪客。

雖然已經見過四、五次面，但茜怎麼樣都無法對對方懷有好感。即使如此，她還是準備了茶點。

風震動玻璃窗，發出極為刺耳的聲響。春天以來，天候一直不穩定。

不久後，那個老人小題大作地率領著隨從前來。幾乎所有的隨從都在屋外等待，茜覺得實在多餘。

老人名叫羽田隆三。

他在社會上的地位崇高，但與茜沒有什麼關係。

老人一看到茜的模樣，便眨了眨埋沒在皺紋裡的眼睛，抽動了幾下鷹勾鼻。

「這到底是怎麼啦……？」

茜知道老人的視線從自己的胸部移動到腰部。

「沒什麼。」茜答道，但老人裝作沒聽見，下流地說：「多麼誘人的女人哪。」這個老人一碰到不想聽的事，就裝成重聽。

「妳也會做洋服打扮哪。」

「這是舍妹的衣服。」

「這樣啊，所以尺寸不合。身體線條都露出來了，對老人家來說太刺激嘍。」

茜沒有回話。

老人擅自進屋，沒有人帶路，卻消失在走廊另一頭了。祕書急忙點頭致意，跟了上去。從玄關到大門外，好幾個隨從在兩側並排。茜瞥了他們一眼，跟在老人後面，前往會客的大客廳。茜進入房間時，老人已經落坐在房間正中央的椅子上。茜說：「我立刻端茶。」結果老人說：「不必了，坐下吧。」

「聽說妳拒絕了婚事。」

「是的。」

「哎，老公才剛死沒多久，說沒辦法也是沒辦法吧，可是妳也不可能對那個阿呆有所留戀吧？」

「我是有所留戀。就算傻，他也曾經是我的丈夫。」

「哼！」老人鼻子一哼。「好個教人讚歎的貞女哪。可是不管怎麼樣，妳拒絕那樁婚事，是明智之舉。那個小毛頭沒有經營能力，等到他站到中央開始掌舵，再大的財閥也會兩三下就被搞垮啦。」

「恕我僭越……，我對這些事沒興趣，也沒興趣詆毀別人。」

「妳這女人說話還真直，跟我聽說的完全兩樣哪。每個人都告訴我，妳是個唯唯諾諾，對男人唯命是從的柔順女人。」

「我聽從的只有丈夫。」茜說。

「結果是一匹悍馬啊。」老人笑道。

「嗳，無所謂。重要的是……」

老人伸長皺巴巴的脖子，仰望挑高的天花板，環顧樣式瀟灑、古色古香的房間。

「……這棟宅子，妳真的要賣嗎？」

「我們以您要收購為前提，已經像這樣會晤過多次。今天預定正式簽約……不是嗎？」

「像這樣會晤多次……，聽妳的口氣，好像不喜歡和我見面哪。感覺妳好像愈來愈冷漠了。」

「沒這回事……」

這是事實。

早春發生的事件中，茜失去了所有的家人，活下來的只有茜一個人。雖然她想逃離古老的舊習和束縛，等待著她的卻是絕對的孤獨。而事件的結果也為茜帶來獨自一人繼承織作這個古老家族的家名與財產的沉重事實。

事後處理十分辛苦。

到了櫻花盛開的季節，茜決定放棄所有的不動產——包括住慣了的宅子。這不是什麼便宜的東西，她預期很難找到買主，然而她的操心是多餘的。

不曉得是在哪裡打聽到的，買主很快就決定了。

出現在茜面前的皺巴巴老人誇下海口說：

「有什麼想賣的，妳儘管出價，我照價全部買下。」

那就是羽田隆三。

老人說他是織作伊兵衛——茜的外祖父——的弟弟。

確實，茜曾聽說外祖父是入贅女婿，老家姓羽田。但是外祖父過世已久，後來兩個家族之間完全沒有交流，老實說，茜也十分困惑，不知道老人的話是否可信。

但是……

用不著調查，她馬上就發現老人的身分並不可疑。

羽田隆三身居要職，是製鐵公司的理事顧問。

老人擔任顧問的羽田製鐵，是老人的父親——也是茜的外祖父的父親——羽田桝太郎所創立的鋼鐵企業。

聽說是明治三十六年創業。

據說近代製鐵業的隆盛，起點可以回溯到官營八幡製鐵所開工的明治三十四年，現在的民間鋼鐵企業，全都是緊接在那之後——集中在明治末期創業。羽田製鐵也算是其中之一。

另一方面，茜的外祖父伊兵衛成為織作家的入贅女婿，也是明治三十四年。

羽田家與織作家之間有著什麼樣的因緣？在除了茜以外的族人全部死絕的現在，已經無從知曉，不過不難想像，當時已經藉由生產紡織機致富的織作家，應該在羽田製鐵創業時提供了某些援助吧。

可能因為如此，受到敗戰的餘波影響，生產量雖然一時衰減，但鋼鐵業比其他行業復

甦得更快。聽說鋼鐵業趁著朝鮮動亂的特需景氣，率先恢復，甚至變得較戰前更為興盛。

三年前，也就是昭和二十五年，半官半民的托拉斯日本製鐵被解體分割，翌年二十六年開始，也投入巨額資金，實施鋼鐵業的設備合理化計畫。過去原本是平爐工廠的羽田製鐵，以此為契機轉型為高爐工廠，現在正如日中天。

可以說是盛極一時。

突然冒出來的富裕遠親，突然宣告要以極佳的條件買下茜的土地房產等一切。

但是，卻遲未談攏。

狡獪而忙碌的資本家，每次見面都花言巧語地東閃西躲，在進入重點以前，短暫的會見時間總是會先結束。

所以茜簡直就像是為了讓好色老人欣賞而與他見面一樣，每次都只是在討好金主而已。

「您真的有意收購嗎？如果您無意收購，請您直說。我會透過適當的管道，立刻尋找其他買主。」

「何必這麼急呢？」老人說。「就算不賣掉這座宅子，妳的財產也多得讓妳三、四輩子都用不完吧？」

「不是錢的問題。」

這裡——是發生過慘劇的地方。

「噯，好吧，我又沒說我不買。話說回來，怎麼樣？……妳有沒有意思當我的小老婆啊？」

「您又開這種玩笑了。」

「這可不是玩笑啊。如果是妳這樣的女人，要我出多少錢包養都願意。雖然我是妳的叔公，但我和大哥是異母兄弟，血緣很薄。只要妳有那個意思，想要什麼儘管說。而且雖然我就快過喜壽了，但我**那兒**可還是生龍活虎的喲。」

看不出他到底有幾分認真。老人張大沒有

牙齒的嘴巴，呵呵大笑。

茜說要去端茶，起身離席。

老人還在背後笑著。

茜故意慢吞吞地準備。她折回去時，那下流的笑聲終於止住了。

「話說回來，茜小姐啊……」口吻也變得正經一些了。

難道總算要進入正題了嗎？茜轉過頭去，但似乎也不是。

「……我說啊，妳知道嗎？這附近的川崎製鐵不是在做熔礦爐嗎？」

「您是說……千葉製鐵所嗎？」

千葉製鐵所雖然同樣在千葉縣，但位於千葉市裡，離宅子並不算近。不過老人說著「對對對」，滿意地點了好幾次頭。

「那是最新式的，一貫作業，成本也便宜了兩到三成。聽說一號爐的初期工程就快完工了，下個月下旬就要開火動工了。我們也不能悠哉下去啦。然後，說到我們的現任社長啊……」

老人喝了一口紅茶。「……是個大呆瓜哪。那個呆瓜社長急功近利，竟然雇了一個叫什麼經營顧問的可疑傢伙，真是蠢。只要乖乖聽我的話，就一切妥當了嘛，竟然浪費那種錢……。對了，你們那裡也一樣吧？令尊在世時還可以放心。這麼說雖然有點過意不去，不過聽說妳那個死掉的老公很無能。」

亡夫的事，茜記得不是那麼清楚。

她回答：「先夫是個平凡人。」這是事實。

「平凡？這字眼真方便哪。」老人說，笑了起來。「教人摸不清妳是在褒他還是貶他哪。這個好。對了……你們公司現在怎麼樣了？」

「織作一族雖然死絕了，但公司還在，也有許多職員，所以不能放任公司倒閉。目前暫時從柴田集團那裡請來新社長，委託他們經營。公司原本就在柴田旗下，大部分的主管也都贊同這麼處理……」

「這樣啊。可是那太可惜啦，便宜都被那個小鬼給撿去了，大哥和上一代當家要是地下有知，一定很不甘心吧。」

「會嗎？」

「那當然啦。他們想把公司留給自己的後代吧？是啊……，對了，妳繼承下來不就好了？我來當妳的後盾，妳就當社長吧，肯定會賺錢的。紡織機械還有很多賺頭的，接下來的最優先問題是把設備現代化吧？只要開發新型機械，大賣特賣就行啦。也可以拿去出口。只會緊抱著特需不放，就此滿足，這樣的經濟根本是錯的。我這個點子不錯哪，怎麼樣？」

「您說經營顧問怎麼了呢？」

老人苦笑。

「噯，妳就考慮考慮吧，到時候我會助妳一臂之力的。那個顧問啊，還算是派得上用場。他知道要合理化經營，業績也提升了。可是他啊，用的是風水。」

「風水……？」

「喏，不久前滯留在中國的居留民不是總算回來了嗎？興安丸。」

茜記得那是三月下旬的事。一直被擱置不管的中國居留民所搭乘的撤離船，戰後初次開進了舞鶴港。

「……也因為這樣，最近中國不是成了熱門話題嗎？中國變成人民共和國之後，大受矚目，所以那個呆瓜社長開始感興趣了。說到風水，就是中國的占卜。生意可以靠占卜來做嗎？不讓顧客厭倦，讓顧客買個不停，生意才做得成啊。真是開玩笑，受不了。那個混帳傢伙，只是業績好了一點就抖起來了，竟然叫呆瓜社長去買伊豆的土地。那種地方怎麼可能蓋得了工廠？我這麼說，他就說不是要蓋工廠，而是要蓋總公司大樓。胡說八道。我說我們的公司就是在丹後，那傢伙竟然頂嘴說伊豆土地好，運勢佳。」

「這……」

又怎麼樣了呢？茜完全不了解老人為何要對她說這些事。

「然後啊……」老人說道，望向祕書。

祕書以公事公辦的口吻說道：「擔任經營顧問的『太斗風水塾』的主持人南雲正司，根據敝公司調查，他所提供的經歷全為假造，所記載的本籍地等等，也全是捏造的資料。」

「嗳，就是這樣，所以拿他偽造履歷為由，把他解雇也成。占卜師全都是騙人的，是詐欺。既然同樣是詐欺，至少也得像現在轟動一時的華仙姑那樣，幹點大手筆的嘛。可是啊，別看我這樣，我這人可是不會按牌理出牌的。」

這一點茜也知道。

老人向祕書要雪茄，甘甜的香味籠罩了房間一角。

「怎麼樣？妳有什麼看法？」

「我對這類事情……」

「偽造經歷潛入公司，隨便信口胡謅，騙點小錢。到這裡都還可以理解。可以理解是可以理解，但是為什麼要慫恿社長買土地？」

茜沒有興趣，所以隨口應答：「不知道……，例如說……會不會是與該處的地主勾結，打算收取賣價的一部分做為報酬？」

「這我也想過了，不過看樣子並不是。社長說，土地的地主好像說**不賣**。嗳……所以我才來找妳商量。妳可以答應嗎？」

「答應……什麼？」

「我聽到傳聞了，妳可以把處理你們家事件的偵探介紹給我嗎？」

「偵探？哦……」

老人應該是在說榎木津。

偵探榎木津禮二郎與織作家發生的事件關係匪淺，他也解決過與織作家關係密切的柴田家的事件。

但是榎木津似乎是個異常乖僻的人，茜聽說他對於沒有興趣的委託，總是一概回絕。

「聽說那個人非常難拜託對吧？而且街坊都流傳那個偵探是榎木津集團首腦的公子不是嗎？說到榎木津，就是那個靠貿易獲致萬貫家財的前華族英傑吧。這是真的嗎？」

「是真的。」茜回答。

「妳見過他嗎？」

「……見過。」

「可以幫我介紹嗎？」

「這……」

老人突然如此要求，但茜感到猶豫。

因為如果隆三是個不按牌理出牌的人，那麼榎木津這個人就是**沒有任何道理可言**的人。

不過這並非茜本人的感想，而是根據榎木津身邊的人所說的片段資料所做出來的判斷。茜除了在慘劇之夜與榎木津交談過兩三句話以外，與他幾乎沒有接觸。雖然也不是因為如此，但是老實說，茜無法理解榎木津這個人，也不打算去理解。不過她並不厭惡榎木津。

茜認為，那應該就像是所謂的斥力。榎木津恐怕對茜這種人毫無興趣，或許根本就不記得她，所以茜也不把他放在心上。所以不會發生興趣，所以不了解。

「我和榎木津先生並不熟。」茜答道。「我……也不知道榎木津先生的聯絡方法……。如果羽田先生無論如何都想要委託榎木津先生，我想透過柴田先生，請榎木津先生的父親轉達是最好的方法。而且柴田財閥顧問律師團似乎也有管道可以與榎木津先生取得聯繫……，柴田先生那裡，我可以代為牽線。」

「這樣好。」老人說。「不過讓柴田那個小鬼居中斡旋，也教人不太爽快哪。話說回來，妳沒關係嗎？妳和柴田那個……呃……」
「這沒有關係，請不必擔心。話說回來……」
「噯，不必那麼急嘛。」老人再次說道，喝完茜所泡的紅茶，然後問道：「話說回來，妳今後有什麼打算？」
「什麼……打算……？」
「妳把這棟房子賣給我的話，就無處可去了吧？雖然妳有的是錢，但是難道打算成天遊樂度日嗎？我買下這裡以後，會立刻把它拆掉。既然買了，我不會平白浪費。」
「這……羽田先生當然可以任意處置，我對這棟宅子……」
家人……死在這裡。
「……沒有什麼好的回憶，不過，我有唯一一個條件……」
「我知道，妳說庭院的墳墓吧？改葬的事，我已經在打聽了，不必擔心。只是，你們家的宗派亂七八糟的，麻煩死了。而且上一代和妳妹妹是基督徒吧？還有，不是有個木像想要一起祭祀嗎？那很棘手。欸，那是日本的神像吧？所以啊……死者之靈姑且不論，神像或許就難了。不管是寺院還是教會都不會答應收下……」
「果然……如此嗎……」
代代祭祀在庭院的先祖之靈。
織作家流傳的兩尊木像。
以及家族的亡骸。
茜對死人沒興趣，對過去也不留戀。她一向如此，現在也是如此，但是現在的茜，卻不知為何覺得不能拋下死者。她覺得不能夠虧待過去。
這不是道理說得清的。所以她想找個地方建個靈廟，祭祀葬在庭院裡的所有神靈。
茜有些在意墓地。
從大客廳看不見。

老人盯著茜的臉頰說：「怎麼，表情猶豫不決的。我說要買就會買，不必窮擔心。只是……」

「只是？」

果然有條件吧。

老人咳了一下。「嗯。不管這個，妳先回答我剛才的問題。妳已經決定妳的去路了嗎？」

茜……

關於這件事，她當然認真地想過了，不過還沒有決定。不，無法決定。她想工作。可是經濟上並不窘迫的人，出於自我滿足而參與社會，這樣真的能夠叫做自立嗎？更重要的是，自己能夠做什麼？

茜老實地回答。

老人臉上的皺紋擠得更深，大為歡喜。

「這樣啊，這樣好。喂，津村，你聽見了沒？這真是太巧了。聽好了，茜小姐，妳仔細聽我說，那樣的話……妳要不要幫我工作？怎麼樣？我不會虧待妳的。」

——這……

這個老人怎麼突然說這些？

「工作嗎……？可是我……」

老人再咳了一下。「我說的不是鐵鋼那邊，是徐福那邊的工作。」

「徐福？那是什麼？」

「就是『徐福研究會』啊……」

說到徐福，不是那個奉秦始皇之命，出海尋找長生不老仙藥的古代中國方士嗎？

茜只知道這樣而已。

「……之前我也跟妳談了很多吧？我跟妳說過。」

茜不太記得，她沒興趣。

老人的臉皺得都歪了。

「怎麼，妳忘記啦？妳把它當成老人家的胡言亂語，根本沒聽進去是吧？」

完全沒錯。

茜露出笑容，粉飾太平說：「那當然了。羽田先生所說的話，我一直不去聽、不去記。因為其他人姑且不論，像羽田隆三先生這等大人物，不管是一言半句、舉手投足，都會左右到企業的盛衰，不是我這種外人能夠置喙的。那麼對於與我無關之事，不見、不言、不聞，才是禮數吧。」

老人拍了一下手。「加上**不幹**，四猴哉……是吧？怎麼，看妳守身如玉，嘴巴卻伶俐得很嘛。不過像妳這樣的大美女，不必去守什麼猴崽子的誓言。妳是我大哥的孫女，對吧？也是織作家的女兒吧？而且又是個大美女，我相信妳。對吧，津村？」

「是的。」祕書行了個禮。

「嗳，無所謂啦，為了妳，要我重說幾遍都行。聽好啦，我再說一次，這次妳好好記著。『徐福研究會』是我出資設立的一個民間研究團體。會員還滿多的，什麼鄉土史家、民俗學者，以民間的學者為主，大概有五十人左右吧。他們比較研究各地流傳的徐福渡來傳說……，妳那是什麼表情？」

茜不覺得自己的表情有任何改變。

「哈哈，妳是想說我這種貪得無厭的傢伙竟然會出錢贊助賺不了錢的文化事業，很奇怪是吧？嗳，這也是當然的。不過這不是出於私欲而做的。」

茜確實也有這樣的想法，但她不覺得自己表現在臉上了。說穿了，不管茜擺出什麼樣的表情，還是怎麼想都沒有關係，這只是一種開場白、引子罷了。是繼續說下去時必要的話頭。不出所料，老人自顧自地往下說。

「它是在戰後設立的，今年已經第五年了，有了相當的成果。」

老人望向祕書，祕書把臉湊上去。接到老人的指示後，祕書從公事包裡取出小冊子，踩

出腳步聲走上前來，交給了茜。

「妳看看吧。」

老人伸伸下巴。茜看了一眼。封面上寫著「徐福研究第八號」。翻開紙頁，裡面是嚴肅的研究報告。就算在茜的眼中看來，那也是十分**正經**的東西。

「這是……」

「喏，看吧。這下子妳真的納悶我這種貪得無厭的傢伙竟然會出錢贊助賺不了錢的文化事業，對吧……？」

說中了，真的只能說是老獪。

「……嗳，這也沒辦法哪。我之所以這麼做，是有理由的。可不是我老糊塗了，也不是打什麼壞主意。妳要先理解這一點。」

茜沒有回答，但老人說起理由。「我家——羽田的本家，現在位在京都的正中央。原本姓氏用的好像是秦（hata）這個字，不過聽說因為容易混淆，所以換成了羽田（hata）這兩個字。秦氏全日本都有，京都也有一堆。然後呢，我們家往前追溯，是丹後遷來的。」

「總公司……不也是在丹後半島嗎？」

「是啊。嗳，紀錄很曖昧，不知道究竟是怎麼樣，不過我認為，我們羽田家的發祥地是在丹後半島頂端一個叫伊根的地方，那裡土地貧瘠又荒涼。行政區域雖然算是在京都，可是那裡簡直就像是世界的盡頭。伊根的新井崎，傳說就是徐福上岸的地點。那裡也有神社，就在斷崖絕壁處面海而建，叫做新井崎神社，祭祀著徐福。羽田家每隔幾年就會奉納帷幕等物品給那座神社。」

「所以……才說那裡是發祥地嗎？」

「這也是理由之一。」老人點點頭。「傳說徐福定居在新井崎，埋骨在丹後。還有徐福的子孫從秦國遷來後，自稱秦氏。我聽人說，中國後周時，有一本書叫《義楚六帖》，上面寫道徐福的子孫全部自稱秦氏。我剛才也說過，羽田家原本也是姓秦，所以……」

「哦……」

他的意思是，徐福是羽田家的祖先嗎？

茜曾經聽説秦氏的祖先是猶太人這種荒誕無稽的説法。

雖然同樣都是渡來人，但這個氏族也太多來頭不小的祖先了。

「茜小姐，妳想的沒錯，我啊，半認真地以為自己是徐福的子孫。」

茜確實是這麼想，不過不管茜怎麼想，老人應該都打算這麼説吧。

「這……我可以視為您這麼相信嗎？」

「不知道，隨妳怎麼想。」老人冷淡地回答。「嗳，《古語拾遺》什麼的也有記載，所以可以知道秦氏大致上的來歷。《古語拾遺》上面寫道，第十五代應神天皇在位時，有個叫做弓月之君的人，從百濟率領了一百二十縣的人民渡日，歸順我朝。《日本書記》也有相同的紀錄。這個弓月之君一般被視為秦氏的祖先。也有人再往前追溯到秦始皇，不過我對這個説法倒是很懷疑……」

茜心想：徐福和秦始皇根本是同一個時代的人。

「嗳，《新撰姓氏錄》裡説，這個弓月之君就是融通王——也就是秦始皇的末裔，大概就是這樣吧。嗳，這個秦氏一族啊，顧名思義，應該是機織的工匠（註），不過還擁有其他許多技術，好像也很擅長製鐵。妳們家也是做紡織的吧？或許我們源自同一個祖先。」

「我不知道……」

「然後，根據《新撰姓氏錄》的記載，秦民十分能幹，所以被分置於全國。那一定很方便。在當時來看，他們是尖端技術者。可是因

註：在日文中，秦（hata）與紡織機（hata）同音。

為太好用了，各地的豪族都盡情使喚他們。結果秦氏就提出申訴，說這樣太過分了，說那些秦民原本是他們的工人。第二十一代雄略天皇接到了這樣的申訴，想說這話也沒錯，於是就把分散全國的秦民聚集在一起，還給了秦氏。聚集的地點就是京都的太秦。說到太秦，就在我們本家的近鄰。所以這個傳說是真的。」

茜也知道太秦的由來。

「可是羽田先生，如果這是事實……，那麼徐福發祥說不就變成假的了嗎？」

「這個啊……」老人將皺巴巴的脖子往前伸出。「應該有一定程度是真的吧。因為也不知道弓月之君來到日本以前，我國是不是完全沒有自稱秦氏的人。擁有某程度勢力的氏族姑且不論，若是少數幾個人躲在偏遠鄉下的一隅艱困地過日子，那怎麼可能知道呢……？」

「您是說，他們只是沒有出現在正史中？」

「我是這麼認為。伊根是鄉下地方，非常偏僻。雖然離京都很近，但也沒有道路直達。而且那裡又是個漁村，田地也是梯田，一階一階的，小得拿一件簑衣就可以把整塊田蓋起來嘍，還到處都是火山岩。像那種簡直是蠻荒之地的漁民，怎麼會知道什麼徐福？要是現在還有可能，但是當時可是古時候啊。」

「您是說即使如此，他們還是知道徐福，表示值得相信？」

「非常值得相信——我覺得啦。從大陸坐船出去，從東支那海（註）一帶，順著對馬海流的話，就會漂到那一帶吧？我已經相信我是徐福的子孫了。但是……」

老人頓了一頓，似乎想要有人應和，茜隨即應聲。

「但是？」

老人心情變好了。

「其他各地也有許多徐福漂抵的傳說，

這實在教人掃興。而且連墳墓都有，還不止一個。北邊有青森秋田、信州甲州靜岡名古屋，廣島山口，四國有土佐，九州有宮崎佐賀鹿兒島福岡，還有紀州熊野……」

「還……真多呢。」

「沒錯。」老人一臉嚴肅地回答。「徐福不是一個人來的，他帶了很多人。我想那些人為了尋找仙藥，分散到全國各地了。嗳，這就先不提了。我說啊，與徐福有關的土地的居民，都認定當地才是徐福上岸的地點對吧？所以他們彼此忽視、彼此仇視。我認為這可不行，那樣的話，不就無法釐清真相了嗎？」

「呃……嗯。」

「總之我覺得這樣下去不行。所以才發願要進行徐福的綜合性研究，推動各地的鄉土史家、民間的研究者和大學等等進行研究——雖然裡頭也有單純的好事之徒或廢物啦——然後設立了『徐福研究會』。」

「那麼，羽田先生是出於解開歷史之謎這種純粹的學者態度，才設立了那個研究會？」

令人意外地，理由很**正經**。

「妳這次一定在想，像我這種貪得無厭的傢伙怎麼可能出錢贊助賺不了錢的文化事業，對吧？」

老人第三次說了一樣的話。

「可是啊，茜小姐，這只是表面上而已。」

「表面上……？意思是……？」

「既然有表面，就有裡面啊。」老人說道，露出淫蕩至極的表情來。「是藥啊。」

「藥……？」

「就是徐福的仙藥嘛。」

註：即東海。

「長生……不老的？」

「怎麼可能有那種東西，就算有我也不想要。我都已經這把年紀了，就算不老也沒啥屁用。就這個樣子長生不死，那更是敬謝不敏。我頂多只想再長生一點，好抱抱女人而已。我啊，覺得秦始皇也是這麼想的。」

老人彷彿要撫平皺紋似地，在臉上用力一抹。「說到秦始皇，他是統一遼闊的中國的英雄哪。大陸的格局和我們相差太遠了。豐太閣（註）建造大阪城的時候，愚蠢的百姓大為震驚，可是敵人蓋出來的可是萬里長城啊。而且在紀元前就已經蓋出來了。這個秦始皇啊，號令諸國方士製造仙藥……」

「我認為掌握現世權力的皇帝，會冀望永生是可以理解的。」

「沒錯，沒錯。」老人點點頭。「中國人很現實。這要是埃及的國王，就會渴望來世的權力哪。死後不管變成怎樣，根本就名實皆無嘛。中國人知道這一點，所以會渴望不死也是難怪。不過我認為，中國人是更講求現實的。」

「這是什麼意思呢？」茜問道。

「不明白嗎？」老人聲音顫抖著。「英雄好色——不是有這麼一句話嗎？秦始皇啊，把全大陸的美女都聚集到阿房宮去了，數目有三千哪。聽好了，三千人哪。即使如此還不夠，他甚至還要日本進貢美女過去。妻妾三千哪，這哪裡受得住？就算一天應付七、八個人，光是一巡，就得花上一年。就算一個人分配一小時，一天也要八小時，然後一年之間毫不間斷。就算是我也沒辦法哪……」

把這種傳說當成現實才有問題吧。

老人泛黃的眼睛盯住了茜。「……要是像妳這麼棒的女人，我啊，一個就滿足了。要是能讓妳愛撫啊，三千人份的精氣都會給用光嘍。」

老人繼續送上黏膩的視線，真煩人。

「您要試試嗎……？」

茜……一直想這麼說一次看看。

老人睜大了滿是皺紋的眼睛。如果他要用言語冒犯，只好還以顏色。不出所料，老人色迷迷的話語收斂了。

「嗳，這是兩碼子事。總之，我認為，秦始皇追求的應該是回春藥。比起不老，更想要回春；比起不死，更想要強壯；比起永遠的榮華，更追求一瞬間的快樂。這樣現實多了。」

這豈不是惡魔主義嗎？

長生不老確實是癡人說夢，但老人所說的性慾也太脫離現實。

茜問道：「所以呢？」老人恢復下流的笑容，說：「少來了，妳明明了解。」

「我不了解，難道……是開發回春劑嗎？」

「對。聽好了，與徐福有關的地方，各自都有仙藥流傳。在我那裡，丹後伊根，傳說一種叫『新井蓬』的黑莖高蓬就是仙藥，也有人說九節菖蒲就是仙藥。熊野新宮則說天台烏藥是仙藥。烏藥是楠的一種，因為中國的天台山生長的烏藥有藥效，所以才有這個稱呼，不過有個說法認為那是烏鴉啣來，讓死人復生的靈草。聽說中國傳說那種靈草只在我國生長。嗳，每個地方說法都不同。我想要將它們加以比較研究，因為好像每一種都有藥效哪。聽說富士山裡也有珍貴的高山藥草，或許也有真貨。」

「羽田先生，您是認真……在尋找回春劑嗎？」

「當然，就算是長生不老的藥也可以，什

註：即豐臣秀吉，戰國時代的武將，曾為織田信長的部下，在信長死後統一天下。後來意圖征服明朝而出兵朝鮮，但戰事失利，病死。

麼都好。只要找到派得上用場的東西，就算賺到了吧？」

「哦……」茜有些目瞪口呆。

真是個了不得的放蕩老人。

老人顫動皺紋說：「我剛才說過了，表面上的研究，已經有了相當的成果。但是裡面的部分呢，卻完全不行。噯，尋找回春劑算是副產物，所以也沒關係啦。噯，我這種守財奴做這種一點都不像我會做的事，我想妳一定會起疑，所以才這樣毫不隱瞞地全告訴妳。我啊，是非常認真的。這不是為了營利，是文化事業。我是在拜託妳幫忙我這個文化事業。怎麼樣？」

「為什麼……要找我……？」

茜沒有任何資格，也不是博物館員。

老人盯著猶豫不決的茜說：「妳不是想要工作嗎？」

「這……」

「對吧？妳不可能就此埋沒。」

「這……」

「都寫在臉上了。妳不想因為有錢，就成天無所事事對吧？可是就算去工作，妳可是無人不知、無人不曉的織作茜。是那場慘劇的倖存者、回絕了財閥婚事的悲劇的未亡人。誰會雇用妳這種人呢……？」

老人說的確實沒錯，不可能會有哪個企業僱用茜。

說起來，女性能夠就職的職場並不多。

要是倒茶的或是女工，這類工作或許是有，但是茜不可能去做那種工作。絕不是因為她歧視某些職業，茜的性情與歧視職業的意識是無緣的。不是茜討厭這類職業，而是對方排斥茜。無論好壞，茜都是轟動社會的名人。就算茜強烈希望，肯定也會被拒絕。茜的情況，在她考慮該怎麼自處之前，首先選項就沒有多少。

「所以我才叫妳當我的小老婆，可是妳不要。不想當織作紡織機的社長，也不想嫁人。那樣的話……」

就算如此……

「那需要做些什麼呢？」

「沒什麼難的。其實，現在我正計畫捐出我的財產，設立一個財團法人來經營這個研究會。首先要蓋一棟設有展示室的研究所。雖然是研究所，但也預定蒐集相關文獻，開放閱覽，展示與徐福有關的古董和美術品。然後，特別展示繪畫之類的文物也不錯，等於是徐福資料館。我要重申，目的不是為了營利。這是文化事業，所以算是公共事業。」

茜不太懂經濟，但她覺得這應該是一種節稅措施。

「很多人說要捐款，有不少贊助者呢，而且全都是一些大人物。所以，我才來找妳商量，看妳願不願意幫忙這個計畫。」

「可是我……」茜說。「……我對這些事情，完全是門外漢。」

茜除了以前在丈夫身邊做過幾個月類似祕書的事以外，甚至沒有在公司就職的經驗。

老人看到茜的臉色，大笑起來。「妳以為我的眼睛是長假的嗎？只要見個兩三次就看得出來啦。我不知道妳身上流的是誰的血，但是妳有才能。聽說妳過世的妹妹從事某些深奧的運動，原本差點坐上織作紡織機的重要職位，是個才女，不是嗎？」

「舍妹很優秀，但是……舍妹是舍妹，我實在是……」

「妳應該不這麼想。」老人埋沒在皺紋裡的眼睛貫穿了茜。「我啊，最喜歡大搖大擺地踏進別人的內心深處了。聽好了，我啊，覺得妳跟我是同一種人。要不然我是不會相信妳的。老實說，我一開始本來打算，如果妳不是那種人，這場交易就這樣取消。可是妳不一

樣。我得聲明，世上可沒有多少女人能夠讓我看得上眼哪。」

怎麼個看上眼法？——茜心想。老人似乎看穿了茜的想法，露出一種別具深意的下流笑容。

「不是那個意思。妳呀，可以再自戀一點沒關係。我是在稱讚妳呀。妳似乎是個很特別的女人，清純之中帶有毒性。女人就得要這樣才行。要是沒有吸盡男人的精氣，把男人玩過就丟的氣概，就不能叫做好女人。我迷上妳了。怎麼樣？要不要擔任我的左右手？」

「我……不懂經濟也不懂經營。」

「沒那個必要，那種東西我也不懂。」

「我也沒有就職經驗。」

「那種沒用的經驗根本不需要。苦這種東西吃不得。人啊，愈是受人使喚，氣度就愈小。了不起的人打從一開始就了不起，優秀的人天生就是優秀。妳不是受人使喚的那種人，而是使喚別人的人。」

茜垂下頭。

「別擔心，一開始小試身手就行了。照我說的做準沒錯。現在負責研究會的是一個叫東野的老伯。那個人原本是在甲府一帶研究徐福的民間學者，非常博學多聞。可以說就是因為認識了他，我才會設立研究會。他很認真，我也一直很信賴他。我本來甚至在想，等資料館蓋起來了，就請他擔任館長。」

總覺得……口氣不太對勁。

「意思是……您現在不這麼打算嗎？」

「好女人也善解人意呢，沒錯。我剛才的話，意思是我已經不再相信他了。說起來，資料館這個點子，也是東野提出來的。我記得他是說有一塊好土地。我一點都不覺得好，那傢伙卻說那裡是不二之選。那裡位在深山，從地圖上看，根本就是國有土地。雖然好像不是，但我實在沒有買下來的意願。地點……就在伊豆。」

「又是伊豆嗎……？」

「又是伊豆。」老人壓低身體。「茜小姐，我啊……」

「是。」

「我不會買沒用的東西。我說要買下這裡的土地房屋，還有妳手中的學校宿舍所在的山中土地——全部。這可不便宜，幾乎都可以拿去在銀座蓋棟大樓了。雖然也不是沒有用處，但這種鄉下土地，不是現在馬上就需要的。」

「是的。」

「但是我買下來的不是土地，是妳。我啊，是在為妳——織作茜付錢，我想買妳。如果妳不願意當我的小老婆，就當我的心腹吧。怎麼樣？這就是我買下這裡的條件。」

「這……就是條件嗎？」

「我剛才決定的。」老人說道，站了起來。「津村，準備回去了。已經沒時間了吧？接下來還有預定行程吧？」

「是。」祕書說道，行了個禮。祕書抬起頭以前，老人已經邁開步伐。茜起身。老人頭也不回，舉起單手說：「我靜候佳音。多謝招待了。」

沒有分辯的餘地。

織作茜小跑步到大門口，以複雜的心境目送成群結隊離去的黑色車隊。

風在上空呼嘯著。

2

看著倒映在大玻璃中的自己，茜心想還是剪掉頭髮好了。

總覺得不一致。

宅邸的買賣順利結束，茜離開了二十幾年來住慣的安房。聽說拆除作業立刻展開，那棟宅邸或許已經不復存在了。

——這頭長髮不適合洋服。

茜這麼感覺。就算經過梳理，披散著一頭蓬髮只顯得不像樣。話雖如此，自己也不是適合綁辮子或馬尾的年紀了。茜有一股把頭髮像以前那樣盤起來的衝動，但是那樣也很奇怪，那種髮型不適合洋服。最近流行燙起來的短髮髮型，就算是和服打扮，也很少有人會盤起頭髮了。

與其煩惱，繼續穿著和服還比較輕鬆。

但是一旦穿過洋服，茜總覺得沒辦法再繼續穿和服了。她已經失去繼續進行繁複儀式的力氣了。

所以茜離開宅子的時候，把所有的和服都賣掉了。

覓妥新居以前，她預定先住在飯店，所以行李愈少愈好，而且也沒有地方可以保管和服。

再說，不能老是穿著妹妹的衣服，所以茜新買了幾套洋服。那時，她原本也想剪掉頭髮，結果還是只修剪了一下劉海和髮尾而已。

——頭髮是身體嗎？還是裝飾？

茜……難以辨別。

宛如別人的自己，從明亮的玻璃表面注視著這樣的茜。

茜與母親和妹妹說像也的確是像。但是站在被四角形木框圍繞的異空間裡的，既不是母親也不是妹妹，毫無疑問的就是織作茜。那麼過去二十幾年的自己是夢嗎？是幻影嗎？

玻璃門開了。

兩個戴帽子的年輕女孩邊笑邊走了出來。

茜反射性地別過臉讓開。她感覺到一種難以形容的、同時也不必要的自卑。弓著背、忍氣吞聲地生活的過去的自己，一瞬間出現在那裡。

——這也是自己。

羞恥的自己。自豪的自己。喪失自信的

自己。過度自信的自己。自虐的自己。攻擊性的自己。嫉妒的自己。後悔的自己。理性的自己。感性的自己。體貼的自己。卑鄙的自己。自己當中有好幾個自己。這些自己毫無一貫性，甚至彼此矛盾，但是每一個都是真實的自己。鬆散地統合這眾多自己的，就是個人。

所以並沒有一個明確的個人存在。

個人是沒辦法聲明個人的。

進行聲明的，總是概念上的個人。

尾巴被身體揪住，脖子被概念勒住，懸在半空中的個人只能大叫著「好痛、好痛」罷了。

茜停止思考，推開玻璃門。

她約了人在這裡見面。

不過那個人……八成不會親自前來。

這是一間時髦的咖啡廳。

侍者上前來，恭敬地詢問她是否一個人。

茜答道：「我和人有約。」掃視店內。寬敞的店內能夠一眼望盡，可能因為是平日的白天，並沒有多少客人。

茜的視線停留在窗邊座位。

一名男子坐在堆出紙山的桌前，臉湊在殘餘的一點小空間，正專心致志地寫著東西。只有那個人突兀地浮現在一派斯文的景色裡。

茜直覺地發現了。

所以她對侍者說找到了，直直地走向那名男子。

就算來到一旁，男子也沒有注意到茜，不斷地在稿紙上填入字跡規矩的文字。就在茜準備出聲時，男子突然抬起頭來，接著轉頭望向茜。

「哎呀。」

男子長得很像曾經在照片上看過的菊池寬（註），但相當年輕。個子小，很胖，小小的鼻

註：菊池寬（一八八八～一九四八），小說家及劇作家。

子上戴著圓框小眼鏡。他穿著黑色西裝、絳紫色的背心及寬鬆的條紋長褲，打著一條寬幅領帶。鋼筆的墨水把他的指尖都染成藍色了。男子用鋼筆尖對準茜，大舌頭地問：「織……織作茜小姐？」

「是的，請問……」

男子站起來，結果弄倒了桌上的紙山，紙張散落一地，他急忙彎身撿拾。

「抱、抱歉，因為妳和我聽說的印象相去太遠，一時沒有注意到。」

男子抱著紙堆站起來，再說了一次「抱歉」。

「您是……中禪寺先生的……」

「啊，是，嗳，請坐。」

男子將擺在對面椅子上的皮包抓過來，為茜騰出座位，但又弄掉了幾張紙，於是又彎下身去。

侍者端著托盤送水來，傷腦筋地看著男子的動作，於是茜接下水杯，點了咖啡之後坐下。男子似乎總算安頓下來了。

「啊，我、我是中禪寺的朋友，叫多多良勝五郎。中禪寺有急事不能來，他託我過來，代他回答問題。他說我只要坐在這裡，織作小姐就一定找得到……，妳怎麼知道我是他的代理人？」

「中禪寺先生……很忙嗎？」

「好像很忙呢。啊，請。」

多多良摸遍了胸袋，然後抬起腰來確認後口袋，接著打開方才的皮包，在裡頭摸索了好一陣子，總算抽出一封信來。他拍掉灰塵後，遞給了茜。

信封沒有封上，裡面裝了一張摺成三摺的信紙。

本日因急事不克赴約／謹此致歉／容介紹多多良君為代理／此君可信任，切勿擔憂／無論何事皆可詢問／此致織作茜女士／中禪寺敬上內容很簡略。

茜把信放進信封，收進提包。

多多良說：「就是這麼回事。」

「我原本就覺得……他應該不會過來……」

他不可能來。

「他這個人深居簡出。」

「嗯……不過說到忙，多多良先生看起來似乎也十分忙碌？」

這散亂的狀況非比尋常。

「我？哦，我總是這樣。」

「可是……總覺得好像因為我的事，給您添了麻煩，真的很抱歉。恕我冒昧，多多良先生是從事文筆業嗎？」

「我嗎？哦，我是會寫些文章沒錯，不過本業嘛……對，是研究者。這次因為一些機緣，《稀譚月報》這本雜誌向我邀稿，所以才像這樣撰稿。」

「哎呀，《稀譚月報》嗎？那麼……難道截稿日快到了嗎？」

「截稿日已經過了。」

「咦？」

「這是下月號的，是連載。」

「哦……」

往桌上一看，從線裝書、皮面書、古文書到騰寫複印，雜七雜八的紙類堆積如山。最上面放了幾張詭異的怪物圖畫，每一張都畫了相同的怪物。

有個鳥居。

怪物站在鳥居的黑色笠木(註)上。

嘴巴極大，眼睛碩大，牙齒銳利。

看起來也像鬼，但沒有角。

註：笠木為鳥居上面的橫木。

散亂而濃密的長髮環繞盤旋，覆蓋了全身——或者說覆蓋了巨大的臉。大量的頭髮旋繞著，剛毛之間伸出粗壯的手臂，一手抓著笠木，另一手握著像是鴿子的鳥。銳利的爪子陷進小鳥的身體，彷彿隨時都會把牠捏碎。

怪物在鳥居上抓住鴿子，恐怕正要吃掉。相當駭人的畫。

茜忍不住看得出神了。

多多良發現茜在看畫，說：「嗯？哦，那是妖怪。」

「妖怪？」

「妖怪變化，也可以說是妖魅、鬼怪，說怪物也可以。這個妖怪叫做毛一杯（註一），此外也叫做歐托羅歐托羅（註二），或是歐托羅悉。」

「歐梭羅悉（註三）？」

「是歐**托**羅悉。不過應該也是恐怖、駭人的意思。不過不是**梭**，而是**托**。但是，也有可能本來是寫做『おどろ』（歐多羅歐多羅），被誤看為『おとろし』（歐托羅悉）。事實上，從下個月號起，我要在《稀譚月報》上，每次介紹一個只留下外形和名字，但已經失去意義的絕種妖怪。這個毛一杯就是其中之一，是第二回的稿子。」

「您……在研究妖怪嗎？」

「我專門研究大陸那邊的妖怪。」多多良說。

「大陸那邊……？」

「是的。仔細調查大陸的妖怪，和日本的妖怪做比較，可以從其中的變遷過程，看出有什麼樣的文化、如何在某些時代、透過什麼樣的路線傳入我國。此外也可以看出哪些是我國特有的部分，哪些是模仿的。十分有幫助。」

「哦……」

「但是這個毛一杯令人不解，好像完全失落了。甚至有人說它站在鳥居上，所以是守護神域的妖怪，或是會掉到不虔誠的人身上，但是不知道這個說法的根據何在。一定是騙人的，是創作。我聽說信州劍岳有個叫做山歐托羅悉的妖怪，會接二連三砸到登山者的身上，於是我興奮地前往打聽……，結果也相當可疑。虧我大老遠跑到南阿爾卑斯山去，那好像是最近才創作的民間故事。不過民間故事往前回溯的話，也全都是創作，沒道理抱怨。就像去找生蛋的雞，結果卻碰上煎蛋一樣。中禪寺說，這應該是一堆毛的妖怪。」

「毛……頭髮嗎？」

「對。這是鳥山石燕的畫，中禪寺說這是頭髮的妖怪，石燕為了在頭髮中附加神明的意味（註四），才畫上鳥居。我也這麼認為。除了石燕的畫以外，其他毛一杯的畫裡沒有一張有鳥居。沒有鳥居的圖，因為妖怪的名字就叫毛一杯，完全就是一堆頭髮的意思。我們不是把又長又亂的頭髮稱做棘髮（odorogami）嗎？歐多羅歐多羅指的應該就是那個吧。」

「哦……」

「歐多羅歐多羅的漢字寫做『棘棘』。唔，不過也有歐多羅歐多羅悉這樣的說法，所以也有可怕、詭異的意思。棘這個字也唸做ibara對吧？這是刺，也就是荊棘叢生之處的意思。所以我想到它與藪神的關聯。藪神是一種作祟神，是祭祀在村子角落的小神。它會作祟，很可怕。」

「哦……」

「另一方面，看看這個鳥居，我也注意到這個鳥居。畫在這裡的鳥居，笠木是筆直的，斷面則是切成斜的，而且還塗成黑色。下面也

註一：日文中「一杯」有「很多」的意思，「毛一杯」意即「毛很多」。
註二：此為音譯，原文為おとろおとろ。
註三：歐梭羅悉（おそろし）即日文中恐怖、駭人之意。
註四：在日文裡，頭髮（kami）與神明（kami）同音。

有鳥木（註一），貫穿了圓柱。鳥居雖然有很多種，但這是八幡鳥居。」

「這樣啊。」

「是八幡鳥居。我對於上面畫的鳥居是八幡鳥居一事感到在意。還有這隻鴿子。」

「鴿子……？」

「鴿子是八幡大神的使者。喏，稻荷神社的使者是狐狸對吧？日吉神社是猴子，八幡神社則是鴿子。八幡神與鴿子的關係，起源可以追溯到山城的石清水八幡宮，那裡有很多鴿子。神社佛閣裡經常會放養鴿子對吧？那全部都是模仿石清水八幡宮的，是最近才有的風俗。」

「是……這樣嗎？」

「是的。有關鴿子的迷信全國各地都有，但是在祭祀八幡神的地區，鴿子是禁忌的對象。在秋田，八幡神社的境內，連觸摸鴿子都被禁止。在岩手，因為鴿子是神的使者，所以不能殺害。在信州，祈禱病癒的時候，要向八幡神發誓一生都不吃鴿子。在岐阜，傳說欺負鴿子，會觸怒八幡神，耳朵會腐爛。《和漢三才圖會》裡寫道：八幡土地之人誤食之，唇立時脹腫悶亂。聽到了嗎？悶亂耶，悶亂。肯定腫得相當嚴重吧，像這樣鼓起來的……」

「哦……」

「而這個歐托羅悉抓住了鴿子不是嗎？而且難以置信的是，它還站在八幡鳥居上。肯定會遭天譴的，絕對不只是耳朵腐爛、嘴唇腫脹這點程度而已。這有什麼意義呢？是與八幡信仰中的禁忌有關的妖怪嗎？說到八幡大菩薩，是受到武將崇敬的戰神。清和源氏（註二）等也將八幡神做為氏神祭拜。」

「嗯……南無八幡大菩薩……」

「對對對。傳說八幡神在二十九代欽明天皇時在豐前宇佐顯現，受到祭祀，這就是起源，是宇佐八幡宮。而它在轉眼間傳播開來，現在全日本都有。八幡神的數目僅次於稻荷神。不是說江戶最多的就是八幡、稻荷和狗屎嗎？可是儘管數目那麼多，這個神明的真面目到現在還是不太清楚。」

「神明的真面目……？」

「八幡神與大自在天融合在一起，也很早就神佛混淆，冠了大菩薩號。從**巴紋**可以知道祂具有水神的神格，傳說祂也是農耕神、母子神。像柳田老師就推測八幡神是鍛造之神——也就是**製鐵之神**。八幡（hachiman）也讀做yahata，所以有可能是外來的神明。」

「製鐵嗎……？」

「對，製鐵，古時候叫冶金。鑄造東大寺的大佛時，八幡神也因做為協助工程的神明大為活躍。然後不知道從什麼時候開始，八幡神也和十五代應神天皇融合在一起。八幡神社的大本——宇佐八幡宮的祭神是八幡大菩薩、比賣神和大帶比賣，大帶比賣就是應神天皇的母親神功皇后。比賣神是什麼雖然難以斷定，但全國的八幡神社幾乎都把應神天皇、神功皇后、比賣神放在一起祭祀，所以……」

「不好意思……」

雖然明白若是沒有這點饒舌，就沒辦法勝任中禪寺的朋友這個位置，但多多良這個人好像一打開話匣子就關不起來。多多良無視於茜的打斷，閃爍著圓眼鏡底下一樣圓滾滾的眼睛說：「啊，對了。這麼說來，中禪寺說過一件很有趣的事。」

「中禪寺先生？」

「對對對。鴿子會被視為八幡神的使者，是因為鴿子（hato）與幡（hata）的發音相似——這是《和漢三才圖會》的說法，不過中禪寺認為幡會不會是秦氏的秦（hata）。」

註一：鳥木為鳥居笠木底下的橫木。
註二：清和天皇所賜姓的皇族子孫。

「秦氏……？是那個……」

「對，渡來人秦氏。中禪寺說，八幡就是使役渡來人秦氏的人。」

「使役秦氏……？」

「所以說，」不知為何，多多良的口吻變得堅定。「秦氏是優秀的技術集團。不只是紡織製鐵，他們似乎也帶來了許多其他的技術。這麼一看，也可以了解八幡神多義的神格了。嗯？對耶，秦氏來到日本，不就是應神天皇的時代嗎？哦，好像連接在一起了……」

多多良露出宛如嬰孩般的笑容。「那麼這張歐托羅悉的畫，意思是從使役者手中奪走使役渡來人嗎？八幡神是應神天皇……鴿子是秦氏……捏住鴿子的怪物……」

這次多多良轉眼間變成了苦惱的表情。接著他抱起雙臂，歪著頭嘀咕起來。「在背後的是……咦？消滅秦氏？不，歐托羅悉、恐怖、頭髮……」

「不好意思……」

「不管怎麼樣……歐托羅悉……恐怖……欲言亦驚惶（註）……嗯？」

「不好意思，多多良先生……」

「咦？」

「呃，這番話非常有意思，但是我……」

「啊、哦，對不起，失禮了。我這個人習慣把想的事就這麼說出來。從今天早上開始，我就一直想著歐托羅悉的事，所以……」

多多良頻頻流汗，惶恐不已。接著他摺起寫到一半的稿紙，塞進皮包，恭敬地重新坐好，一次又一次以手巾拭汗。

「織、織作小姐什麼都沒問，我卻一個人說個不停，而且還自顧自地沉思起來。哎呀，實在太失禮了。真的對不起。」

茜笑了。

真的很好笑。

「您和中禪寺先生總是聊這類話題嗎？」

「每次和他聊起來，他從來不會阻止我，所以我不會自己住嘴，而且我也不會阻止他的話，所以很糟糕。連吃飯都會忘記。我的體格很壯，大家都以為我很會吃，但是這是天大的誤會，我就算三天不吃飯都不會怎麼樣。求知欲遠勝過食慾。」

「中禪寺先生也……」

——這麼愉快地……

像這個人這樣，愉快地談論嗎？

多多良說：「中禪寺就算是一邊說，也一邊吃得很多。」

茜又笑了。

就像信上說的，這個人可以信賴。就算不是中禪寺，這名男子應該可以為茜解惑。原本茜還有些擔心，認為如果中禪寺沒有來的話，她的問題肯定無法一次解決。

「容我重新……啊，這麼說好像也有點奇怪。其實我有個問題，其實可以透過書信解決——不，如果中禪寺先生能夠代為調查的話，或許以書信請託較為妥當，但是出於一些原因，我現在居無定所，所以……」

「是的，我聽說了，聽說妳把自宅賣掉了。中禪寺也說那樣的話，就算想回信也無從寄起。」

「您說的沒錯。不久前我賣掉了代代居住的宅子，同時也將園子裡的墓地遷移到其他場所……」

「遷到菩提寺嗎？」

「不，我們家沒有菩提寺。我買下墓地一角，建了廟改葬，委託管理墓地的寺院永世供養。不過，改葬時發生了一點問題……」

「什麼問題？」

「中禪寺先生很清楚這件事……」

註：此處的「驚惶」的發音即「歐托羅悉」。

或者說，這是中禪寺親自解開的謎。

「……我家——織作家，有一個代代祭祀的宅神，傳下來的御神體是兩尊木像……。雖然改葬的遺體宗派不同一事，寺方願意接受，但是他們說，不方便連神道的神像都一起供奉。」

「哦……」多多良張開嘴巴。

「所以我想將那兩尊神像奉納到合適的地方。仔細想想，把神像放進墓地裡，以佛家儀式供養，也是件很可笑的事吧。所以我想要把神像送到祭祀那些神明的神社……」

「府上的宅神不是特殊的神明吧？」

「是記紀神話中記載的神明。」

「將記紀中的神明……當成宅神祭祀？」多多良露出詫異的表情。「那該不會是天孫系的吧？這確實傷腦筋哪。那是織作家家系的祖先神嗎？又不是熊澤天皇（註）或出口王仁三郎，這種事……」

「不是那麼了不起的神明。」茜說。

確實，宅神很多時候是祭祀祂的一族之祖神，而記紀中的神明系譜與皇室相連結，若是換個時代，這可能會變成一種大不敬。

多多良歪起眉毛問：「府上祭祀的是什麼神？」

「哦，是石長比賣命與……木花咲耶毘賣命。」

「哎呀。」多多良再次張大嘴巴。「這不得了，不得了啊！這……呃，織作小姐，木花咲耶姬是神武天皇的曾祖母神呀！」

「是……這樣嗎？」

「妳沒學過嗎？天孫邇邇藝命與木花　耶姬生下的山幸彥——彥火火出見命的兒子是鸕葺草葺不合命。鸕葺草葺不合命的兒子是神倭伊波禮毘古命，這就是神武天皇啊！」

「哦……可是我家的祖先不是木花咲耶姬，而是石長姬。」

「啊……」多多良發出洩了氣的聲音。

「這樣啊，不過這也很稀奇呢。我從來沒有聽說過。」

「中禪寺先生說，石長姬透過織布，與織女和機織淵傳說連結在一起。」

「是啊。再延續下去，也和四谷怪談的阿岩連結在一起。可是府上的宅神還真是罕見呢。那有神像是嗎？」

「是的。」

兩尊腐朽的神像。

只有這兩尊神像，茜沒有拋下，託人送到飯店去了。

「這很困難嗎？我完全不曉得該怎麼樣調查哪個神社祭祀著什麼樣的神明……」

雖然把它們丟掉也沒有什麼關係。

「這不難。」

「這樣啊……」

「我和中禪寺都知道。」

「哦……」

多多良說：「木花咲耶很簡單，祂的本地佛是大日如來。嗯，全國各地的淺間（sengen）神社——這也讀做asama，都有祭祀。淺間神社的話，到處都有。」

「淺間……是淺間山的淺間嗎？」

「淺間神社是火山的神社，並不在淺間山。淺草和駒込都有淺間神社。淺間（asama）、阿蘇（aso）、朝日（asahi）等等，很多火山擁有a、sa系統的名稱，這些都是形容鮮紅的火噴出的詞彙。」

「火山……和木花咲耶怎麼會……」

註：熊澤天皇（一八八九～一九六六），原名熊澤寬道，原為商店老闆，於戰後向麥克阿瑟將軍投訴，聲言自己是南朝末代天皇——龜山天皇後裔，主張他才是正統天皇。

在茜的印象裡，兩者完全沒有關聯。

「這是因為在火中生產吧。木花咲耶姬在生產時，放火燒了產房，在業火中生下孩子。這可以聯想到燃燒稻稈的收穫儀式，或燒田農業，或許是反映農耕神的神格。從木花咲耶的名字也可以聯想到櫻花等等，或許也有關係。接著還有生產，所以事實上木花咲耶也是安產神……。可是，可是啊，將木花咲耶獻給邇邇藝命做為妻子時，父神是這樣說明的：姊姊石長姬會帶來有如岩石般永恆的生命，而妹妹木花咲耶姬會帶來如櫻花盛開般的榮華。因為是櫻花，所以會很快地盛開，很快地凋零。也就是爆發——噴火。而且又是火中生產，所以是火山。」

——怪怪的。

茜這麼感覺。

「可是結果……萬世一系（註一），永世的磐石卻是從木花咲耶姬的血統衍生出來的不是嗎？」

「哎呀，這麼說來也是。這個嘛……不，不是那樣的。聽好了，石長姬是石頭，所以個體本身可以維持下去。石頭不管經過幾百年都是石頭，不是嗎？也就是**個體永遠留存……**」

——個體永遠留存？

「……另一方面，木花咲耶是花，像這樣盛開，凋零，然後又盛開。也就是將榮華不斷地傳遞給子子孫孫。那時因為邇邇藝命沒有選擇石長姬，所以天皇的壽命變短了，變得不再是長生不老了。換句話說……是啊，可以說**石長姬是司管長生不老**、**木花咲耶姬是司管再生**的神明。」

「那麼……這兩者就是彼此相反，長生不老不需要再生。因為會死，才能夠再生，不是嗎？」

「沒錯沒錯。」多多良彎著短短的脖子點頭。「所以……我重說一次好了。木花咲耶是

死和再生的神明，也就是破壞與誕生——這部分也和火山一樣。可是……」

多多良睜著圓滾滾的眼睛，停了下來。

「……啊，不是沉思的時候。總之，木花咲耶姬被祭祀在淺間神社裡。然後……是啊，祂也被視為酒造之神、酒解子神，祭祀在梅宮大社裡。這是由於父神大山祇命為了慶祝火中生產，以稻子釀造了天甜酒。這是以穀物釀酒的最早紀錄，不過主祭神是父親。還是該送到淺間神社才對吧。」

「淺間神社……有很多嗎？」

「妳知道富士講嗎？就像庚申講、大黑講那樣的民俗集會，會做出像箱庭（註二）一樣的小型富士山並登上。有富士講的地方，還有山梨、靜岡……伊豆等等，可以遙拜富士山的地方都有。」

「富士山嗎……？」

——伊豆啊。

「是的。說到最元祖的地方，就是富士山了。駿河國第一的神社，駿河國二十二座唯一的名神大社——富士山本宮淺間社，這算是淺間神社的起源，神階也很高，是從三位。有些書籍記載是正一位淺間大明神，所以祭祀在這裡應該是最妥善的。（註三）」

「在富士山的……哪裡呢？」

「奧之宮……在山頂。」多多良說得一派輕鬆。

「在山頂嗎？上得……去嗎？」

「女人禁制是以前的事了，我記得現在女性也可以上去了。」

註一：萬世一系多用在形容日本皇統，表示同一系統永遠傳遞下去。

註二：在箱中模擬庭園山水、名勝等，鋪上沙土、種植小巧的草木，並放上小人、家、橋、船等，成一迷你世界。流行於日本江戶時代。

註三：從三位、正一位皆是日本位階制度中的序列。正一位為最高。

「可以是可以，可是……」

應該不容易。多多良聽到這裡，露出極端吃驚的表情來。

「啊？不是那個意思嗎？不是啊。呃……啊，妳是說登山很吃力啊？」

說到這裡，博學的男子發出與他的體形格格不入的大笑聲。

「對不起。我想本宮應該在南西的山腳，應該是富士宮吧。」

說完後，多多良又擦了擦汗。那好像是難為情的笑。

「失敬。還有……石長姬。」

多多良胡亂地搔了搔有點睡翹的頭髮。

「滋賀的草津有個叫伊砂砂神社，我記得那裡的主祭神……應該就是石長姬。」

他真的知道。

茜有點佩服。

多多良接著說：「我想其他一定還有，不過這個就……。織作小姐，神社的祭神意外地靠不住。」

「靠不住的意思是……？」

「完全就是字面上的意思，靠不住。有時候只有名字是而已，這應該叫偽造資歷嗎？過去不是制定了國家神道這個玩意兒嗎？神明依據那個被排出序列，這是常有的事。像道教的神明，完全就是現世的官僚體系，有地位高低之分。神明當然是地位愈高愈好，所以一些神社祭祀的神明不怎麼了不起，就會做出虛假的申報。像是把原本的主祭神挪到旁邊，拿有名的神擺在中間，動這類小手腳。」

「有……這種事啊？」

「從以前就有了。例如說，假設有個神明會妨礙到支配者，那種神就會被抹煞。」

「被抹煞？」

「對，被抹煞，會被替換為迎合體制的神明。信仰的形態保留下來，只換掉神明的名字。要是進行了這樣的竄改行為，後世的人是不會發現的，因為連文獻都是捏造的。仔細想想就知道了，在神道被體系化的遠古以前，田神、山神和灶神都受到祭祀。但是一旦變成神社的祭神，就會被安上什麼什麼命（註）這類莊嚴的名字吧？這很奇怪。尤其是明治以後，這種傾向更明顯。像小祠堂，有時候實際上祭祀的根本是莫名其妙的東西。」

「莫名其妙的東西……？」

「與其說是莫名其妙，或許該說是不適合祭祀吧。像是祭祀跌倒摔死的老太婆，或是一些連聽都沒聽過的怪神。可是這樣子沒辦法符合國家規定，所以隨便——應該也不是隨便啦，總之拿一個記紀神話裡的神明的名字申報上去。」

「那……」

「沒錯，不親自去確認是不會明白的。不過很多時候就算去了也看不出來，因為平常是不會讓參拜者看御神體的。中禪寺是徹底的書齋派，哪裡都不去，而我是以田野調查為中心，哪裡都去。事實上，甲府山中就有個神社，御神體是一個沒有人知道的中國妖怪，名字也是一般人不知道的名字，也沒有人知道那種形體。我因為知道，所以一下子就看出它來自於中國，但一般人根本不明就裡。中國還好，有時候仔細一看，竟然是東南亞的神明。」

「哦……那麼石長姬……」

「這麼說雖然有點失禮，不過石長姬雖然是姊神，但是和妹神相比，神格低了很多。所以或許已經失傳了，啊……」

多多良短促地一叫。

「怎麼了？」

註：「命」或「尊」是日本古代對於神的敬稱。

「我、我想起來了。」

「想起什麼？」

「對對對，姊姊與妹妹，姊姊與妹妹啊。織作小姐，妳知道這個故事嗎？富士山與淺間山是姊妹的故事……」

「它們……是姊妹嗎？」

「是的。山神是女的，所以不是兄弟，而是姊妹。然後呢，富士山是妹妹。這對姊妹住得很遠，富士想因為想要見姊姊一面，不斷地伸長身體，所以才會變得那麼高……」

妹妹……

伸長身體。

「我剛才說的，是信州南佐久流傳的民間故事。傳說富士山和八之岳吵到大打出手的地步，但是和淺間山感情很好。伊豆半島也流傳著相同的故事。」

——又是伊豆。

「下田——培里(註)前來的那個下田港的下田，那裡有一座小丘般的山，被稱做下田富士。聽說它一樣是駿河富士的『姊姊』。」

「姊姊……？富士山是……妹妹嗎？」

為什麼是妹妹？

「對，以一般的感覺來看，將大的視為年長的才是理所當然。可是富士山的祭神就像我剛才說的，是木花咲耶姬，這個木花咲耶姬有著『妹妹』的屬性。所以富士山以木花咲耶姬為祭神的時候，權宜上需要『姊姊』。所以到處都冒出了富士山的姊姊。這類傳說，是駿河富士的祭神確定下來以後才出現的吧。一定是的。所以例如說，如果淺間山是姊姊的話，它應該就是石長姬，可是卻沒有這樣的傳說。因為這完全是以駿河富士的祭神為根據而來的傳說。然而……」

多多良的表情變得更加愉快。「下田富士的話，有報告說那裡流傳著石長姬這個專有名詞。我並沒有實地去過，但這個見解也散見於諸多文獻。」

「下田富士……是石長姬的山嗎？」

「是的，我就是想起了這件事。」多多良有些激動地說。「這種情況，與信州傳說不同的是，故事的主角不是駿河富士，而是下田富士。故事的開端是，下田富士——也就是石長姬——她的容貌醜陋。」

「那是什麼樣的故事……？」

「對，石長姬很醜，而妹妹木花咲耶姬很美。石長姬因為遠遠地看到的妹妹實在太美了，強烈地嫉妒她，連妹妹的臉都不願意看見，所以屈起身子，撇過臉去，還把天城山當成屏風擋在自己周圍，藏住自己，好讓妹妹看不見。」

「嫉妒……？」

「對，嫉妒。然而妹妹是個溫柔的女孩，擔心著這樣的姊姊。她為了見姊姊一面，叫著『姊姊，姊姊』，不斷地拉長身體。下田富士則蜷起背來縮著，不讓妹妹看見。結果駿河富士連天城山都超越，變得那麼樣地雄偉，而下田富士卻卑躬屈膝地縮得小小的——故事是這樣的。」

真討人厭的故事。

「這是與記紀神話無關的當地傳說，不過美醜的設定還是遵照神格的基本路線。石長姬在神話中幾乎看不見她的心理活動，有如記號一般，在這裡卻異樣地生動。」

「咦？那麼，石長姬是在下田富士嗎……？」

「沒錯。還有，我記得西伊豆的雲見地方，烏帽子山的雲見淺間神社這個祠堂也有著相同的傳說……。總之，石長姬被祭祀在伊豆

註：培里（Matthew Calbraith Perry，一七九四～一八五八），美國軍人，東印度艦隊司令官，於一八五三年率軍艦進入浦賀，要求當時實行鎖國政策的日本開國。

的下田，被稱做下田富士的小山山頂的祠堂裡。」

——就是那裡。

茜這麼想。

只能將織作家的兩尊神像奉納到駿河富士與下田富士了。這是最適合的做法吧。想念姊姊，結果卻變成高高在上地俯視姊姊的妹妹，與嫉妒妹妹，結果從底下仰望妹妹的姊姊……

多多良有些害臊地問：「是否幫上一點忙了？」茜答道：「您幫了我大忙。」在這種問題上，多多良做為中禪寺的代理，可以說是無可挑剔的人選。多多良說「那太好了」，「咭咭」的高聲笑了。

茜說想贈禮致謝，但多多良堅決婉拒，茜沒辦法，便付了帳單，離開了。多多良一定又再次思考起歐托羅悉的事。付帳時，茜好幾次回頭向他點頭致意，但大陸專門的妖怪研究家一副心不在焉的樣子，只是瞪著半空中，不斷地動著鋼筆。

茜離開店裡。

風好強。

多多良的話很有意思，茜大有斬獲，心情卻不怎麼開朗。茜幻想著，如果能夠二十四小時思考著其他的事——不管是妖怪的起源還是神社的歷史，什麼都好——總之想著那些事情，成天活在思索的大海當中的話，那該有多麼愉快。

這是一種逃避現實嗎？

只是她想要背離現實，逃進觀念迷宮中的逃避願望的顯露嗎？

——有什麼差別嗎？

現實不也是被當成一種觀念來認識嗎？

——然而……

茜為了與腥臭無價值的現實化身對峙，一路前往目黑。不期然地，似乎可以趕上約定的時間。茜原本打算如果談話延長就直接爽約，而且她也希望能夠延長，然而事與願違。

強風毫不留情地吹亂了茜沒有束起的黑髮。

步下寬闊平緩的坡道，走進人影稀疏的寬闊巷子。彎進十字路口左邊，應該就可以看見一棟大宅子。

茜看到宅第了。

路照著地圖畫的建造。

當然，這種想法是本末倒置。先有道路，才畫地圖，所以兩者相符是天經地義的事。但是對茜來說，是先有地圖，換言之，是先行提供的資訊讓實際體驗淪為了預定調和的再體驗。

實地見聞與思索。現實與觀念。經驗性的事物與非經驗性的事物。

如果肉體與精神密不可分，那麼這些不也是密不可分嗎？

想要控制無法控制的領域，這樣的欲望來自於再也無法控制原本可以控制的領域的恐懼。所以人會在不規則的大地上，按部就班地刻畫道路。這樣還不滿足，甚至要記錄在地圖上。所謂都市，就是具現化的觀念。

所以，茜站在觀念當中。

但是，名為觀念的天使在獲得實體的階段，就已經捨棄它身為觀念的純潔了，所以會徐徐地被現實的惡魔侵蝕。不，在具象化的階段，它已經完全是披著天使外皮的惡魔了。人人都知道這一點，明明知道卻重蹈覆轍。一次又一次陷入不安，一次又一次重蹈覆轍。

有如打地鼠般的無限反覆之中，真的存在著幸福嗎？——織作茜心想。

她照著地圖前進。

來到門前。

猶豫。

門自行開啟。

津村站在那裡。

「歡迎光臨，老爺正在等您……」

大得荒謬的玄關。

這是羽田隆三位在目黑的別邸。

女傭說「歡迎光臨」，深深地鞠躬，請她換穿拖鞋。

這棟屋子一定曾經在空襲中燒燬過。現在的建築物似乎是戰後改建的，新得形同剛落成。

房間的裝飾十分怪誕，陳設了許多品味低俗的裝飾品。茜的家也是舊家望族，所以看慣了古董類，但這裡的古董卻非侘也非寂（註一），但也不是雅（註二），毋寧說是毒。

艷毒的色彩中央，皺巴巴的老人笑著。

「歡迎歡迎，我等妳很久了。」

「這次……承蒙您多方關照了。」

「怎麼這麼客套呢？我們不是叔公和姪孫女嗎？如果妳真心這麼想，我可要真心關照妳嘍？還是妳願意關照我？」

只能當做沒聽見了。

老人瞇起眼睛，「呼」的吁了一口氣。

「上次看到的時候我嚇了一跳，不過妳穿起洋服也不錯。花是有毒氣的。如果妳打算當個職業婦女，也不能老是穿和服。」

老人叼著雪茄說話，煙不停地搖晃。「所以妳下定決心了是嗎？」

「決心？」

「別打馬虎眼啦。資料館的經營啊，那不是條件嗎？」

「這……」

「嗳，咱們慢慢談吧。」老人笑著說道，要茜坐下。接著問道：「咖啡還是紅茶好？要不要吃點心？」茜說：「都可以。」於是老人搖了搖手邊的鈴鐺，叫來女傭，吩咐了許多有的沒的。

接著他突然望向杵在一旁的津村，想起來似地轉向茜，露出奇妙的表情說：「對了對了，說到上次的事……」

「什麼事呢？」

「偵探的事啊。」

「偵探？哦。」

「我拜託妳斡旋的偵探啊。」

是在說榎木津吧，茜都忘了。

「您被回絕了嗎？還是尚未聯絡上呢？後來我立刻向柴田會長提起這件事……」

「這不要緊。嗳，多虧妳居中周旋，透過柴田，榎木津前子爵那裡是順利聯絡上了。可是，那個叫榎木津幹麼的傢伙，實在是太目中無人啦。華族全都是那副德性嗎？都多大年紀了，卻……怎麼說？不食人間煙火嗎？不過算是個大人物啦。我親自上門拜訪，結果他竟然在接待室裡放養烏龜！烏龜！普通人會養烏龜嗎？嗳，這就算了，總之，昨天我叫津村去了一趟。呃……玫瑰十字偵探社是吧？結果啊……」

「結果怎麼了？」

「被放鴿子了。」

「哎呀……」

茜笑了。

她覺得榎木津很有可能會幹這種事。

「竟然放我堂堂羽田隆三的使者鴿子，簡直是膽大包天。嗳，我是覺得他很有膽識，有其父必有其子嘛。只有一個像是幫傭的小伙計，慌得手足無措的。對吧？津村？」

在一旁立正不動的的祕書答道：「老爺說的不錯。」

「就是啊。所以我不知道他本領有多大，可是不行，沒用。所以啊……」

老人咳了一下，從胸袋裡抽出方巾，擦

註一：侘與寂皆為日本的美意識，皆有古色古香、閑寂的風趣之意。

註二：指高貴、風雅的宮廷風格。

拭嘴角後，探出身子。「可以請妳負起責任嗎？」

「我……嗎……？」

要她……怎麼負起責任？

茜預料到或許會引發問題。

——就算是這樣……

總不可能要求茜代替偵探吧，老人不是會做那種愚蠢要求的人。茜不可能勝任偵探工作。老人一定會以此為把柄加以刁難，向她求歡。

茜皺起眉頭。「您要我怎麼做？」

「我是在叫妳別再鬧彆扭了，照著我們說好的，協助我徐福資料館的工作。」

「這樣……就算是負起責任了嗎？」

「算。」老人明言。「狀況改變了。揭穿詐騙風水師的陰謀，和建設徐福資料館不再是兩回事了。連在一起了。」

老人的口氣很不屑。

「我不太明白您的意思……，這麼說來，我記得前幾天您說原本負責研究會經營的人不能相信了，與這件事有什麼關係嗎？」

「大有關係。」

老人將皺紋擠得更深，露出不悅的表情，但立刻就恢復了笑容。

「妳這次記得了哪。」他高興地說。「我說啊，我派去負責研究會的，是一個叫東野的老伯……，那個老伯建議我說，在伊豆蓋一棟研究所怎麼樣？所以我才會想到這次的法人化——我之前是這麼告訴妳的，對吧？」

「是的。」

「那塊土地……，喂，津村。」

「是。」

津村拿著似乎是事先準備好的大型紙書帙，來到茜的身旁，然後從書帙裡抽出捲起的紙張攤開。那是……一張地圖。

「看好了，就是上面用紅筆圈起來的地

方。伊豆半島的田方平野，在韮山的山裡。」

老人用下巴指示。「那裡什麼都沒有對吧？連路都沒有。」

確實，在地圖上看起來只是一塊山地。

「我原本以為那是一塊國有地，可是有地主。所以想買的話，是可以交涉的。但我不認為那裡的地理條件好。就算同樣是靜岡，到處都有和徐福有關的土地。甲州的富士吉田也在附近不是嗎？所以哪裡都行。」

「那位東野先生推薦這裡的理由是什麼呢？既然特地向羽田先生建議，應該有特別的理由才對。總不可能什麼都沒有吧？」

「嗯。首先，這裡看得見富士。」

「富士……」

妹山。

「那一帶的話，要找到看不見富士的地點不是反而比較難嗎？而且如果是出於這種理由，不管是甲府或關東，應該哪裡都可以。」

「妳說的沒錯。」老人縮起下巴。「另一個理由是，那裡**遠離**與徐福有關的土地。這一點妳懂嗎？」

「要是緊鄰某一處，建設研究所的事實本身有可能變成一種憑據，證明那塊土地的正當性——是出於這樣的政治性考量嗎？」

「就是這樣。嗳，這也是單純的利益分配問題。雖然說是文化事業，但無疑也是經濟活動的一環。不管是建設還是做什麼，都會與當地的產業利益發生某些形式的關聯。好像蓋了什麼漂亮的東西，好，拿它當話題來把這裡觀光地化——會這麼想，不是人之常情嗎？所以就會競相邀約，像是要不要來我們這裡先行投資啊？不不不，來我們這裡，我們會提供更多優惠。這不是研究會的本意。研究會並不想決定徐福真正上岸的地點究竟是哪裡，這不是能夠由誰來決定的。所以，雖然也不是不能了解這種考量……」

「您的表情看起來並不了解。」

「是不了解。看得見富士的地點——這沒問題。傳說徐福曾經登上富士，也有人說富士就是蓬萊。不過我認為日本列島本身就是蓬萊。徐福所尋找的蓬萊山，沒辦法決定是哪裡。既然無法決定，乾脆就選擇象徵我國的富士山好了——這種想法我也了解。可是啊，就像妳說的，根本是哪裡都可以。我不懂為什麼要拘泥於那裡。為什麼會是韮山？」

「結果不明白理由。」

「結果啊，我也開始懷疑起東野來了。」

老人朝祕書使眼色。

「是的。我們調查『徐福研究會』主持人東野鐵男的身分後，發現他所宣稱的經歷全為假造，連姓名都是假名。戶籍上並不存在符合該人的東野鐵男這個人……」秘書依然以公事公辦的口吻說道。

「我竟然一直相信著那種人。」老人把雪茄在桌上摁熄。「我被他騙了。這五年來，我一直以為他是一個充滿學者風範、正直無私的人。連一次都沒有懷疑過他。茜小姐，我啊，對看人的眼光很有自信，所以這實在是太屈辱啦。因為是對妳，所以我才承認，但這絕不是在別人面前說得出口的事。這下子我豈不是跟那個相信風水的呆瓜社長一樣了嗎？不，比那個呆瓜還糟糕。風水詐騙師是自己找上門來，而我卻是主動選了那個老頭，錄用了他。」

「羽田先生。」

「什麼？」

「那真的是您自發性的選擇嗎？」

「沒錯。」

「……真的嗎？」

「妳的意思是不是嗎？」

——或許不是。

茜知道的。

「我聽說東野先生在甲府研究徐福，他的

本業是——不，他說他的本業是什麼呢？」

「他什麼工作也沒有，只是坐吃山空。他說他擁有理學博士學位，本來好像在陸軍開發武器……，不過那都是假的。但我記得他曾經給我看過證書還是執照哪。」

「兩位怎麼認識的？」

「哦，有個人聽我老是在講徐福，說他認識一個有趣的老頭，把他介紹給我。」

「是誰呢？」

老人說了一個茜也知道的代議士名字。

「我要聲明，不是因為是代議士介紹，我才信任他。信任他是出於我的裁量。結果是我錯了。噯，我們一拍即合，說好要設立研究會。我來出錢，東野出勞力和腦力，就這麼決定了。不過我沒有支付報酬給東野，那傢伙應該一毛錢都沒賺到。」

「研究會成立時，成員是怎麼找來的？」

「靠的是口耳相傳，並沒有打廣告。首先找的是大學的教授，當然也問過來自徐福相關土地的人，還有市町村。然後尋找民間的研究者。一開始找的不到十人，但他們彼此有橫向聯繫，找到了不少。」

「那麼……除了主動邀請的十人以外，其他的會員幾乎都是經人推薦進來的嗎？」

「裡頭也有一些可疑分子，都剔除掉了。」

「標準是怎麼定的？」

「入會基準是有沒有不正當的目的。」

「以羽田先生來說，這個基準還真是曖昧。」

「我修正。要看那個人所處的立場能不能透過研究會的活動，為特定的個人及團體帶來利潤。這包括選舉活動、思想運動等這類賺不了錢的利益在內。」

「這樣啊……東野先生當然也符合這個基準吧？」

「當然。他沒有任何賺頭，也沒有收益，反倒應該是虧了吧。像是編輯會誌什麼的，也得花上許多時間和勞力，開銷也不少。我只付帳單送到我這兒來的費用，像是印刷、裝訂、寄送等等，頂多只有這些而已。從研究會設立開始，就記錄出納帳簿，但沒有任何可疑之處。對吧，津村？」

津村說：「報告是這麼說的。」

「這表示……這五年之間，東野先生沒有做出任何對羽田先生不利的事。除了謊報姓名與身分以外。」

老人說：「這就夠了，完全就是背信。要是他在進行什麼壞勾當還姑且不論，為什麼他非得隱瞞身分不可？」

這……

——或許不是個簡單的圈套。

不能被眼前的表象所惑。

「這就是東野。」

老人從手邊扔出一張相片。相片滑過桌上，插進攤開的地圖底下。茜翻開地圖拿起相片。

那是一個看起來很耿直、有點年紀的男人，坐在矮桌旁邊。像是資料的文件在周圍堆積如山。敞開的和服衣襟露出俗氣的圓領襯衣，這個人完全不注重自己的外表。

茜想起多多良。是因為堆積如山的紙類嗎？還是埋首研究之徒醞釀出來的氛圍原本就有些相似？

「這個人……謊報了自己的經歷嗎？」

「他看起來不像是那種會靠詐欺獲利的人對吧？」

「可是……或許他有什麼不得不說謊的苦衷。」

「什麼意思？」

「或許他不是圖謀什麼……」

「妳的意思是……他過去犯了罪嗎？」

「只是……有這個可能。」

「這我想都沒有想到過。」老人意外地說，仰起身子。「不愧是茜小姐。這有可能，那個老伯年輕時幹了什麼嗎？唔……」

「可是如果是的話……介紹人的立場就麻煩了。介紹人是現任的代議士……，那位介紹人知道東野先生謊報經歷的事嗎？他與東野先生是什麼關係呢？」

「問題就在這裡。」老人拍了一下膝蓋。

「那傢伙說他**不記得**東野的事，還說不記得曾經介紹東野給我。他應該還不到痴呆的年齡哪……。這樣啊，是那個老狐狸在隱瞞我什麼是吧，真是個骯髒的政治家……」

茜心想：被這個老人罵骯髒，就算是政治家，也實在教人同情。而且她也覺得那個代議士或許沒有說謊，雖然她沒有任何確證。

茜再次望向地圖。

「話說回來，羽田先生。那個……風水師的事怎麼了呢？我……不是必須對斡旋偵探未成一事負起責任嗎？」

「對了，就是那件事。」

老人咳了兩下。

以此為信號，幾名女傭走了進來，接二連三地將茶與點心擺到桌上。

老人說：「噯，先休息一下吧。」即使如此，津村還是站在茜的斜右後方，恭恭敬敬地一動也不動。茜不理會他，端起茶來品嚐。

「聽好了。上次我不是說過，我們公司的呆瓜社長被一個叫南雲的詐欺風水師給哄騙了嗎？妳還記得嗎？」

「我沒有發下猴崽子的誓言，所以還記得。您說他建議收購伊豆的土地，將總公司大樓遷到那裡。」

「是。」

「當然被我阻止了。……津村。」

津村再次從書帙裡抽出紙來。

「那裡……就是南雲用風水挑選的新總公司建設建議地點，本人堅稱是靠占卜算出來的結果。」

津村攤開紙張，擺在地圖上。

「這……」

也是一張地圖。

地圖被四角圍繞起來的部分……

「沒錯，**地點完全相同**吧？」老人說。

的確，分毫不差的地點上面做了記號。

「這……當然不是偶然吧？」

「不是偶然。」老人斷定。「妳怎麼想？兩名偽造經歷的人，一邊欺騙企業，一邊哄騙我，想要獲得這塊利用價值極低的相同土地，對吧？」

「好像是……這樣……」

「那裡是那麼棒的地方嗎？是交通不便到了極點的鄉下深山裡哪。為什麼會想要這塊土地？民間的學者和風水師為什麼要競相爭奪？他們互不相識啊。這是怎麼回事？是什麼惡劣的玩笑？豈不是太可疑了嗎？」

惡劣的玩笑……

茜覺得這是最恰當的解答。她覺得嚴肅地加以考察只是浪費時間。非常沒有意義——這會不會只是沒有意義的巧合罷了呢？

老人探出身子。「這塊土地啊……有好幾個地主。靠近村里的地方，在一個姓三木的女人名下。山地的部分，是一個從事林業的，姓加藤的老頭的土地。中間部分還在調查，不太清楚。為什麼會不清楚呢？因為這一帶——正中央這一帶啊，戰時是軍部、占領期則由GHQ（註）所管理。」

「軍部？」

「是陸軍。但是連GHQ都牽連進來，這就令人不解了，莫名其妙。可是啊，這裡絕對不是駐留基地，是山裡啊，很奇怪吧？明明什麼都沒有啊。光看地圖，這裡只是一片山地，連條路都沒有。這裡頭絕對有鬼。我這麼想啊……津村，拿出來。」

津村拿出最後的地圖——像是地圖的東西。

但是與前兩張不同，那似乎是一張擴大的照片。

「我弄到了這個玩意兒。」老人再次伸伸下巴。「妳看看。這個啊，是美軍拍下來的航空照片。我可是費盡了心血才弄到手的。那些地圖，就是根據這張照片畫的。但是照片上有的東西，地圖上一定要有。要是照片拍到了地圖上沒有的東西就糟了。妳看看。」

茜望向大張的相紙。

那個地點上……

清楚地拍到一幢大宅子。

3

黑髮在風中輕柔地搖曳，好舒服。

磨損的石階間隔不一，愈往上爬，就愈呈現出自然石的風情。

參道入口附近的階梯還明顯呈直線，不過若繼續爬上去，在抵達山頂前，階梯或許會先放棄自己是人工物的主張了。那麼一來，就只是一段凹凸不平的坡道而已。

下田富士與其說是一座山，形容為一座塚更貼切，是一塊小小的隆起。小歸小，但它隆起的形狀非常奇異，在一片古老的平房中突然冒出山地的景觀，就像剪下一張巨大的山的照片，胡亂往空中一貼似的。雖然稱為富士，但形狀扭曲，山頂附近處處裸露出峭立的岩壁，

註：General Headquarters的縮寫，聯合國最高司令官總司令部。

雖然景象嶔崎，但實在難說是美。

不過它的外表讓人印象深刻。所以不必詢問所在，馬上就知道在哪裡了。

為了慎重起見，在山腳的寺院打聽了一下，那裡果然就是下田富士。

寺院的住持夫人說：「三十幾年前舉行過祭典呢。」據說六十年一次，逢庚申年會在山頂的淺間社舉行大祭。大祭與大祭之間也有小祭，三年前應該要舉辦小祭，但親切的住持夫人說她不記得到底辦過了沒。

織作茜在六月十一日，與津村信吾一起來到伊豆。目的當然是實地考察韮山的**那塊土地**，但茜提出要求，先行到下田去。

是為了奉納神像。

將兩尊神像奉納到適合的地點後，自己應該就可以毫不遲疑地在羽田隆三的手下工作了——茜對老人這麼說。

參道旁出現小祠堂。

不是淺間社。參道一直延續到遠方。茜邊看著祠堂，望向後面。津村慎重地抱著龐大的包袱，在稍遠處的後方一步步小心地踩著石階。他是個沉默寡言的人。

「津村先生……」

津村抬起頭來。這個人……比茜還年輕一些。

「總覺得對你過意不去。」

「請不必客氣，這是我的工作。」津村說。

「這不是工作，是我……」

「主人命令我幫忙妳，所以我的工作就是幫忙妳。無論什麼事，都請儘管吩咐。」

「你說得這麼客套，我真的覺得很不好意思。可是既然津村先生都這麼說了，那我就吩咐了。請你不要這麼拘束。」

「我……一點都不拘束啊。」津村一本正經地說。

茜笑了。

階梯磨損的程度更嚴重了，看起來也像是風化了。雜草、草叢等從左右徐徐蔓延過來。

「關於那篇報導……」茜盯著前方說。

「……你發現的地方報的報導，那應該是真的吧……」

「妳發現了什麼嗎？」津村在背後問道。

「話說回來，津村先生，真虧你找得到呢。」

茜回過頭去。

「那只是……碰巧。」

「好棒的巧合。」

「呃……？」

茜就這樣重新轉頭向前，加快爬山的腳步。

「織……織作小姐……」

「請叫我茜就可以了，津村先生。」

「這不行的。」津村說。「妳是我的主人羽田隆三的……」

「可是之前我以『您』相稱的時候，你不也叫我別這麼稱呼嗎？」

「我……只是個下人。」

「我也一樣。我算是羽田隆三的屬下吧？我們是同事。」

津村目瞪口呆地停下腳步，然後呢喃似地說：「妳……變了……」

——果然。

「你知道過去的我，對吧？」

「嗯……」津村的眼睛游移了一下。

「……令尊葬禮時，我代理主人前往上香。那時……妳、妳在哭泣，還有妳先生的葬禮時也是……」

「一般人在葬禮都會哭泣啊。」

「是的。但是……因為我只看過悲傷的妳……」

「那篇報導……也刊登在全國性的報紙

上。」

「咦？」

茜又繼續往上走。

「我找到一篇報導，上面提到靜岡縣某處山村的村民全數失蹤。日期是你找到的報導隔天。上面提到有可能是一場大屠殺，警方即將進行搜查。但是沒有後續報導，地點也無法確認，只知道是在韮山近郊……」

「這樣啊……」津山說。

參道旁再次出現一座腐朽的祠堂。

比一開始看到的更小。

這也不是淺間社吧。石階旁邊豎著高高的立牌，但字跡已經磨損，幾乎無法辨讀。茜也不打算確認。

雲自西方的天空籠罩上來。

「下田是個好地方呢。那裡的民家的牆壁樣式，是叫做什麼呢？」

「妳是說海鼠壁嗎……？」

「對。那是一種設計嗎？」

「不，是出於實用考量。」

「實用？那不是單純的花紋嗎？」

「是為了防風和防火。那是以海鼠瓦包覆建築物外側，再以灰泥層層塗抹縫隙。下田經常遭到颱風侵襲，而且道路狹窄，房屋也建得很亂，為了避免火災發生時延燒開來，需要一些預防措施……」

「哦，原來其中有這麼深的含意啊。」

「……我是這麼聽說的。」

「像我，**小時候聽說的事**，早就全部忘光了……。可是津村先生，你記得真清楚。你的記憶力很好嗎？要不然也沒辦法勝任羽田隆三的祕書工作吧。」

津村「呃……」了一聲。

茜停下腳步。「要不要休息一下？很重吧？」

應該就快到山頂了。

茜取出手帕鋪在階梯上，坐了下來。「會有颱風嗎？那就傷腦筋了。」

「看這天候，我想是不要緊的……」津村抱著包袱，站在原地。

「可是……**上次**不是突然間就下起雨來了嗎？那時我急忙買了雨傘，可是還是淋濕了，真是慘極了。我留著這頭長髮，所以頭髮一濕，實在非常難看……」

「會……嗎？」

「嗯。啊，對了，當時買的雨傘，雖然是臨時買的，但我滿喜歡的，卻好像不小心弄丟了。原先我想萬一突然又碰上下雨就不好了，把它也帶來了伊豆，現在卻一直找不到……。津村先生有沒有看到我的雨傘呢？」

「咦？那是把什麼樣的雨傘……？」

「就是那把樸素的……喏……」

「胭脂色的花紋雨傘嗎？」

「對，不愧是津村先生，記得很清楚。條紋是……」

「直條紋的？」

「嗯，就是那把雨傘。會不會是放在車子的行李廂裡？」

「那把雨傘嗎？我不記得。妳帶來了嗎？我記得妳的行李應該只有現在手上提的皮包而已。」

「這樣啊，會不會是我忘在飯店裡了？」

茜仰望天空。剩下的一點藍空正逐漸褪色，津村也沒有要坐下來的樣子。

「我……前天去見了東野先生。」

「這樣嗎……？」

「你知道吧？」

「我並不知道。」

「哎呀……那不可能是羽田先生的指示吧？」

「什麼……意思……？」

「你去甲府的事。」

「我沒有去，我一直在東京……」

「我現在想起來了。那把胭脂色的雨傘……我是忘在甲府的車站了，當時雨下得很大，但我回去時，天已經完全放晴了。」

「妳……」津村瞇起了眼睛凝視茜。

「東野先生——那位先生就像你所想像的，似乎不是甲府本地人。重點是，津村先生，你什麼時候租下了鄰家呢？」

「妳……知道？」

「知道呀，津村信吾先生，你是……津村辰藏先生的兒子，對嗎？」

津村深深地嘆了一口氣，人變得小了一些。是一直繃得緊緊的背脊鬆弛下來了吧。茜認識羽田隆三能幹的第一祕書將近兩個月以後，他才總算在茜面前放下這個頭銜。

「我可以把它放下來嗎？」津村問。

「那只是塊木頭罷了。」茜答道。

津村小心翼翼地把包袱放到地面，在茜的旁邊坐下。

津村微微一笑。「看樣子，似乎沒辦法對妳有任何隱瞞。妳這個人真教人無法掉以輕心。話說回來，茜小姐，妳是怎麼知道的？我是……呃……」

「少來了。你就是希望我發現，才讓我看那篇報導的吧？」

「這……沒錯，我不否定。但是……」

「那篇報導是舊報紙了，陳舊是理所當然的事，但是你給我看的剪報剪下來以後，已經過了相當久的時間，摺痕不新，背面也髒掉了。應該是摺成四摺以後，收藏了很久吧。」

「沒錯。」

「然後……報導中有津村兩個字，關於這一點，你說你在詳細調查的過程中，誤打誤撞地看見了自己的姓氏，使得你注意並發現了這篇報導……」

「這個藉口……太牽強了嗎？要是不這麼

說……總覺得實在巧過頭了……」津村一臉老實地說。

茜更覺得好笑了。

「這你就料錯了。巧合總是最厲害的。證據就是，人只會在發生罕見的事時，嚷嚷著說是巧合。而平凡無奇的事，就算是巧合，也不會大驚小怪。最湊巧的巧合，我們稱之為必然。」

「意思是……我不擅長說謊嗎？」

「每個人都有適合和不適合做的事。如果……你無論如何都想要撒謊，就應該要多了解周圍的人是怎麼看待你才是。」

「周圍的人對我的印象……？」

「嗯。像這次，如果你完全不提姓氏，而且即使有人質問，你也堅持說這是巧合的話，我也不會起疑吧。」

「我會做為今後的參考。」津村說。

「不過，對於被吩咐擔任即席偵探的我來說，多虧你提供那份報導。我從相信那篇報導開始著手。」

「相信？」

「大屠殺——我先假設這是事實，以此為中心，畫出一個四散的片段能夠完美嵌合的設計圖。只要能夠做到這一點，接下來只需要尋找能夠填補空白的事實……，而這些事實接二連三地出現了。」

「請妳……說得更容易懂一些。」

「消除過去、消除名字的男子——這名男子耍花招想要弄到手的土地——記載了那塊土地附近可疑傳聞的報導——提供這篇報導的男子——與報導提供者同姓的目擊者——將這些排列在一起，就隱約看得出來了。我開始認為，津村先生，你與這件事不可能無關。於是我調查了你的事。」

「調查我……」

「因為好像只有你一個人沒有偽造經歷。

你在下田這裡出生長大，十四年前喪父，然後與母親兩個人前去東京，是所謂的苦學生。開戰不久後，令堂也辭世，沒多久你被徵兵，昭和二十二年復員。接著你去了甲府，在葡萄酒釀造公司擔任會計人員。」

「是的。戰友的老家雇用我。」

「然而……你在五年前突然離職，前往羽田隆三家，甚至坐在大門口要求他僱用你——這是真的嗎？」

「是真的。我坐了三天，第四天總算被允許進屋子裡。」

「這樣啊……。我從以前就對先生景仰萬分，自從拜見外遊中的先生，就難以壓抑心中的仰慕之情，因此前來懇求先生收我為弟子，我不要薪水，只誠心誠意希望能夠侍奉先生——你真的說了這種話嗎？」

津村害臊地微笑，答道：「我的確說了那樣的話。妳到底是從誰那裡聽來的？」

「這件事在宅子裡很有名，我也問過羽田先生。他大肆誇獎你，說你雖然學歷不高，卻很有實力，誠實耿直，說他真是撿到寶了。沒錯，你在短短三年內，就超越了好幾位前輩，成了羽田先生的隨身第一祕書。」

「我唯一的優點……就只有認真。」

「你又撒謊了。」

「撒謊？」

「你別有目的吧？」

「我……」

「你是為了揪出**東野鐵男先生的馬腳**，才接近羽田隆三的……，不對嗎？」

津村咬住嘴唇，接著難以啟齒地答道：「一開始的確就像妳說的。」接著又補充似地說：「但是現在忠誠就是我的一切。」

兩邊都是真的吧。

「你在甲府看到東野鐵男，發現了一件事，然後你祕密地對他展開調查，對吧？此時羽田出現……，當時，你就在東野先生鄰家租屋居住吧？」

「那一帶的地主……其實就是我戰友的父親。東野住的長屋(註)般的房子，也是朋友老家的地產。妳應該看過了，六戶裡，包括東野在內，有人住的總共有三戶。朋友家好像一直想要拆除那裡，但是居民就是不肯搬走，他們似乎也很困擾。我……只是無償借住空屋而已。」

「鄰家的話聲聽得一清二楚吧？」

「是的。」津村老實地回答。「東野家少有訪客……，老爺前去拜訪時，我大吃一驚。我說我從以前就很尊敬老爺……那也不完全是謊言。」

「這樣啊……。那麼，難道津村先生，你本來也打算保護羽田隆三免於東野鐵男的毒手嗎？」

「是的。我打定主意，只要東野的行動稍有可疑之處，我就要立刻除掉他。但是五年來，他卻完全沒有脱掉虛假的外皮，一直扮演著善良的學者……」

「這一點你也是一樣吧？無論動機是什麼，你對老爺都有所隱瞞。無論是出於善意還是好意，羽田隆三都絕對不會原諒這種事。特別是……他那麼信賴你。」

「茜小姐……」津村拱起肩膀。

「不必擔心。不管發生任何事，我都不會出賣你。就算向那個色老頭打小報告，我也沒有任何好處啊。你可以相信我。相反地……」

「相反地？」

「請你不要隱瞞，全盤托出。我被吩咐挖掘事實，而且若是無法掌握一切，我也無從掩護你啊。」

註：數戶住家連結成一長棟的建築。

「我……明白了。」

——得手了。

茜看著津村僵硬的側臉，心中想道。

——多麼討厭的女人啊。

有一半是**唬人**的。其中當然也有推理，能夠調查的也都調查了，但是茜沒有任何確實的證據。不可能有。全都是靠她的三寸不爛之舌。

——我啊，最喜歡大搖大擺地踏進別人的內心深處了。

——妳跟我是同一種人……

同一種人……

沒錯。

老人的眼光神準。

就像隆三說的，茜當中也有隆三。一定也有多多良，還有妹妹。

尋求真相、窮究真理的欲望，確實也存在於茜的內心。但是它不會以純粹的面目顯現出來。不，是沒辦法。

因為茜既膽小又狡猾。

真相和真理都不是人道，而是天道。那些與身體分離的美麗概念，一定是雙面刃吧，會以救人的刀法毫不留情地斬殺人。

因此……多多良那種生活方式，應該仍是與世隔絕，而妹妹終究也是與人隔絕。茜無法像多多良那樣活得超然，更沒辦法像妹妹那樣活得熾烈。她這麼認為。

所以，人無法勝任窮究真理的偵探一職。

然後茜想起了中禪寺。

中禪寺……

津村述說起來：「家父……就像報導上說的，是個巡迴磨刀師。聽說家父原本是鍛刀鐵匠，但事實上怎麼樣我不知道。每逢夏季，家父會花上半年縱貫伊豆，冬季的半年則巡迴下田。由於收入微薄，所以家母在蓮台寺的溫泉工作。」

——我不想聽這種事。

「事情發生在我七歲的時候，所以應該是昭和九年。那時，伊豆的交通一年比一年便捷，熱海等地也不斷發展觀光，下田也開始每年舉行黑船祭。家母變得很忙碌。以收入來看，家母應該賺得比較多吧。父家的工作還得花住宿錢，經濟效益非常低。也因為這樣，那一年，我和家父一起巡迴伊豆。」

「真的非常好玩。」津村說。「我們離開河津，然後越過天城山，前往湯島，然後從修善寺、韮山、三島，再來是沼津。從沼津回到修善寺，再經過土肥、堂島，回到下田。是一趟非常悠哉的旅行。事情……就發生在韮山，當時我年紀還小，記得不是那麼清楚，不過那裡應該就是……」

——那個地點嗎？

津村望向茜，默默無語地點點頭。

「我記得山路十分崎嶇難行。翻過天城山時也非常辛苦，但那裡的路還算寬闊，而且是深山，又有溪谷，對小孩子來說十分有趣。而且家父也會背我。但是韮山的路給人那種感覺卻像是要拒絕任何人攀登似的，。我們走了很久，我想我累得哭了起來。我哭著讓父親牽著手，不知不覺間，來到一座像宮殿的地方。」

「宮殿……？」

「對。我在那裡享用了以豪華餐具盛裝的餐點，還記得和一個大我一些的少女遊玩。事後我查看地圖，卻找不到符合的地點，一直以為大概是自己做了夢……」

「但是那並不是夢。」

「對。」津村斬釘截鐵地說。「不僅不是夢，那個夢幻般的村子，就是後來逼死家父的慘劇之村。契機就像那篇報導上所記載的。」

「目擊到殺戮……」

「事實如何並不清楚。那篇報導應該是有人發現家父的名字在上面，才拿給我們的。

家母非常擔心，說家父真是看到不該看的東西了，要是不知節制地到處吹噓，小心沒有好下場。然而這並非杞人憂天。十五年前，家父的名字登上那篇報導後，入冬之後也沒有回家。家父回家，是過了一年，翌年夏天的事了。」

「過了一年……？」

「是的。我記得家母說了什麼家父碰上神隱、人間蒸發之類的話，都已經不抱希望了。此時家父卻回來了……，變得形同廢人地回來了。」

「形同廢人……？」

「或許是發瘋了。家父連自己的名字都想不起來，連話都沒法好好說，只是成天呆坐著看著遠方。就是這樣。不僅如此，家父還被世人唾罵，說他是個大騙子，這當然是指報導上的事。不只這樣，街坊還流傳著煞有其事的唾罵中傷，說家父是個賣國賊、叛國者。」

「為什麼……？」

「我確信一定是有人意圖散播不好的流言。說起來，一個人陷入那麼嚴重的心神耗弱狀態，怎麼可能獨力回到家？家父一定是遭遇到什麼慘絕人寰的對待，最後被送回來了。」

「慘絕人寰的對待……？」

「家父回到家一個月後就上吊自殺了。家母和我無法在下田這裡繼續待下去，逃到了東京。但是家母結果也因為那時的折磨，罹患了肺病，不久後過世了。我……忍不住心想，一定是有人陷害了家父。然後我想起來了，想起了那篇報導……，家母沒有丟掉那篇報導，一直留著。」津村說。

他還說，那與其說是留戀，更接近自豪吧。

「對家母來說，那篇報導或許是家父曾經活在這個世上的唯一證明。家母把那篇報導摺起來收在護身符的袋子裡。」

「原來是……這樣啊……」

茜感到一股難以言喻的罪惡感。那個東西如此珍貴，茜卻只把它當成了一片廢紙。而這也是理所當然之事，不管它再怎麼重要，實際上也不過是一張紙。

津村接下去說：「家父……應該就像那篇報導說的，目擊到什麼不得了的慘劇吧。因為這樣，家父被綁架監禁，遭到拷問，還被剝奪了記憶。我是這麼推理的。必須把一個人弄成廢人都要隱瞞的事……，不可能是傳染病或漏夜潛逃吧。」

「是大屠殺嗎？」

「除此以外，我想不到其他可能性了。沒有任何後續報導，世人也完全沒有為此騷動，反而顯得不自然。如果報導錯誤，也應該會引起話題才對。所以……」

軍部的參與。

唯有這一點，茜依然無法釋懷。

——隱瞞了什麼嗎？

「所以雖然我尚未掌握全貌，但是我**看到了**……」津村緩慢地站起來。「茜小姐，妳剛才說，妳從相信發生過大屠殺開始思索。我也……完全一樣。」

「你……相信令尊是吧？」

「是的。」津村說道，重新轉向茜。「發生慘劇的村子，九成九就是我受過招待的那個山村。家父對新聞記者作證說，那個村子的居民被趕盡殺絕了。我相信家父的話。」

——大屠殺。

村民大屠殺，會發生這種事嗎？

可能是感覺到茜的懷疑，津村說：「一定發生過殺人事件，而那如果是殺人事件，就一定有兇手才對。然後……如果有村人**倖存下來**，那傢伙不是兇手，就是與兇手有關的人。只有這個可能，因為那傢伙一直對事件三緘其口，絕口不提。」

「被趕盡殺絕的村落的……倖存者？」

「對。我在昭和九年的夏天，曾經在那座村子有如宮殿般的宅子裡，**看到東野鐵男**。」

果然……是這樣。

茜所畫的設計圖沒有錯。

因為若非如此……就不合道理了。

「我在甲府的街上看到東野鐵男時，只是大感吃驚。我花了很久，才正確地認識到那代表了什麼意義。」

「你的意思是，東野鐵男就是兇手？」

「對，我認為那傢伙應該就是兇手。妳也這麼想，對吧？」

以整體來考量，這無疑是最妥當的看法。

但是……

「那真的是東野鐵男先生嗎？」

「沒有錯。他絲毫沒有變，不管是容貌還是服裝……」

——有這種事嗎？

茜認為人的記憶並不怎麼可靠。然而另一方面，她也必須承認，在無意識領域中進行的所謂直覺判斷，也不能說是非邏輯性的。很多時候只是沒有意識到，其實判斷本身是符合道理的。

「你的意思是，東野先生所指定的土地——也就是那座村子曾經存在的地點，現在仍然留有某些慘劇的證據，是吧？」

「是的，可能……有屍體留著。」

津村說道，望向遠方。是韮山的方向嗎？

已經過了十五年。

茜也覺得，事到如今已經不能夠如何了。

——為什麼是現在？

因為占領解除了。戰時與戰後，那個地點可能出於某些原因，遭到軍部和美軍封鎖，所以兇嫌也一直無法出手。另一方面，既然受到封鎖，暫時也能夠放心。但是軍部解體，進駐軍也離開了。

於是……

——有必要湮滅證據了。

就算是這樣，也已經過了十五年。就算有遺體或證據被發現，事件的全貌因而曝光，但是例如說，就算想要從遺體來推算出行凶的切確日期，也相當困難，不是嗎？

但是……

——有報導。

凶案在十五年前的昭和十三年六月二十日，被津村辰藏目擊了。不是那一天就是前一天，總之凶案會被推斷是發生在六月中旬。假設凶案發生在二十日，那麼……

——**這個月二十日就到時效期限了**。

兇手焦急了。會強烈慫恿羽田隆三購買土地，也是這個緣故吧。他有理由焦急。

——再忍耐十天就行了。

不過前提是真的發生過屠殺事件。

「我介意的是南雲這個人。」津村拿起包袱。「關於東野，一開始我就調查到他的經歷全是胡謅的。但是我特意隱瞞這件事，或者說我一直防止這件事曝光。我並沒有特意說謊，只是保持沉默而已。而且只要稍加調查，誰都可以發現這件事……。但是，要是東野在這時候失勢，我連他的馬腳都不能揪住了。這五年來，我一面懷疑著自己的推測，一面默默地觀察著東野的動向。聽到他提議蓋資料館的時候，我非常興奮。不出所料，地點就在那裡……，可是……」

茜也站起來。

「這也和羽田製鐵總公司遷移計畫的藍圖相重疊……對吧？」

「是的。」津村說道，邁開腳步。「以時間來看，先採取行動的是風水師。南雲為什麼想要那片土地？雖然或許他真的是靠占卜算出那個地點的，但我十分介意。我認為東野的提案，完全是他一直注意土地買賣的動向而做出的反應……」

「換言之，東野先生察覺南雲先生建議羽田製鐵購入土地，所以也採取了行動？有沒有必要……研究一下這兩個人共謀的可能性？」

「這……我也難以判斷。至少從目前的調查結果來看，這兩個人完全沒有關聯。我也不認為他們認識。這次的事，也是因為徐福研究會的出資者與羽田製鐵的理事顧問是同一個人，東野才會發現。如果南雲找上的是別的公司，事件應該會再更單純一些吧。」

應該是吧。

茜所畫的圖像裡，沒有南雲的戲分。如果硬要把南雲放進去，就得再把圖畫得更龐大許多才行。例如那片土地隱藏了**凌駕於殺人事件證據**的什麼東西——這類脫離現實的圖像。

——軍部啊……

茜踩上石階。「津村先生……」

津村已經拉開一大段距離了。

「我們明天……去那裡，去那個村子。」

去韮山。

「好的……」津村停步回話。「實地探訪，可以發現什麼嗎？」

茜跑上磨損的石坡。

津村左手抱著神像，伸出右手。

「我一直以為我監視著妳。」

「監視著我？」

茜抓住他的手。

「老爺自從令尊過世以後，就一直留心著妳們姊妹。令妹們過世時，老爺非常生氣，說損失了兩個人才。那個人……雖然很好色，但看人的眼光很精準。」

「好色……嗎？」

「是啊。」津村笑道。「我被遣去安房好幾次，去察看孑然一身的妳的情況。雖然去了也不能怎麼樣……」

「這樣啊……」

「妳一直在哭，葬禮結束以後依然在哭。

這……」

「你……看到了那時的我嗎？」

「我一直在看……自以為在看。但是我以為我看著妳，結果被看的其實是我。妳真的是……讓人無法掉以輕心。啊，是鳥居。到山頂了。」

順著津村的視線望去。

有個簡單的鳥居。

是一塊小小的山頂。

茜跑了上去，她好久沒有奔跑了。

「到了，是那座神社吧？津村先生，真是謝謝你。這下子總算可以把你知道的……」

過去的我奉納出去了——茜原本打算這麼說。

但是……

茜的話在一半打住了。

——什麼？

山頂上有一塊半大不小的空地。

神社……的確是有。

是一座用白鐵皮修補的小神社。

雖然比參道旁的祠堂還大，但絕稱不上宏偉。木頭被太陽晒得褪色，塗料剝落，也生鏽了。上面有「奉納」兩個字與梅花圖紋，泛黃的布幕隨風搖曳。

旁邊……

有一襲褪了色的深紅色披風。

披風在風中拍打，劈啪作響。

一名不可思議的男子站在那裡。

茜手扶在鳥居上，靜止了。頭上傳來乾燥的聲音，是綁在鳥居上的細長注連繩（註）被強風吹打的聲音。髮絲輕柔地隨風飄舞。

「妳是來參拜的嗎……？」男子的聲音很低沉，並且嘹亮、強而有力。「……來參拜這

註：繫於神靈前方或祭神場地的繩索，以禁止不淨之物侵入。

座神社？」

男子上前一步，站在香油錢箱旁。屋頂的陰影蓋住他的上半張臉。像要射穿人的銳利視線從陰影中射出，毫不留情地傾注在茜的身上。幾乎發疼。

「恕我冒昧……，請問您是神社的人嗎？」

男子的打扮不尋常。他穿著白色的和服單衣，披著披風，下面穿著黑色的褲裙，還紮著綁腿。

男子以同樣嘹亮的聲音回答：「這裡沒有禰宜（註），也沒有神官。我……」

男子的臉脫離了陰影。「……對，我算是鄉土史家吧。」

不知不覺間，津村來到茜的身旁，他有點喘息不定。跑步上來的津村看到男子，停下腳步。

「茜小姐，這位是……？」

「他說……是鄉土史家。」

津村以狐疑的眼光審視男子。「是這裡——下田的鄉土史家嗎？」

「不是的，我……」男子無聲無息地舉起手來，指向遠方。「……是從那裡過來的。」

茜望向他所指示的方向。

樹木間，雲所形成的天頂無止境地延伸出去。一道光穿過雲間射下，照出一座美麗的山。

威風堂堂、充滿自信，而且左右對稱，整然有序，那完美的形姿甚至讓人感覺纖細。無比高貴、自負，莊嚴神聖，永遠崇高，努力地伸長身體的木花　耶姬的靈山……就在那裡。

——妹山。

「富……富士山？」

「其實，我是個蒐集伊豆半島歷史傳說的好事者，也算是個作家吧。」

「這樣啊……」

「是的，織作茜小姐。」男子說出茜的名字。

「您……怎麼知道我的名字……？」

「我在雜誌上拜見過尊容。」

男子的下巴寬闊，一臉嚴肅，但表情十分精悍。眉毛呈一直線，銳利的眼光彷彿威脅著他人。

——他是什麼人？

「伊豆的傳說真的很多，也有許多史蹟。古代、中世、近世、現代，不管哪一個時代都十分有趣。織作小姐，我啊……」

「呃……是。」

——不好。

這個人會吞沒別人。

茜在心中戒備。

男子在眼角擠出皺紋笑了。

「前天我去看過淨蓮瀑布了，那真的好美。觀瀑真是件樂事，讓人切身體會到水的威力。然後呢，織作小姐……」

男子恢復一臉正經，從正面盯住茜。「傳說淨蓮瀑布裡棲息著一個美女妖怪，她是瀑布潭的主人。據說……那是蜘蛛。」

「蜘蛛？」

「女郎蜘蛛啊，織作小姐。」男子一轉，仰望天空似地抬頭。「昨晚我住宿在下田，就是這底下的村子。我在住宿處，從當地的耆老口中聽說了有關這座山的故事，所以才像這樣特地上來參觀。但是沒想到竟然會在這種地方遇見鼎鼎大名的織作茜小姐。」

男子說著，交互看著茜和津村，緊抿著嘴，眼角擠出皺紋，再次笑了。「真是不虛此行。」

「請問……」

註：神職的一種，地位次於神主，高於祝。

「什麼？」

「您聽到的傳說……是山的姊妹的故事嗎？」

「是的。妳知道這個故事？」

「嗯。」

「過去……這座山裡住著一對姊妹。」

「**這座山裡**？」

男子悠然甩動披風，改變身體方向。「姊姊叫阿淺，妹妹叫富士。兩人是姊妹山神。阿淺在那裡……」

男子指向老朽的社殿。

「被供奉為這座山頂的淺間神。但是妹妹富士這麼說道：『姊姊，那座每次墊起腳尖就可以看到的山……』」

男子再次指向富士山。「『……我喜歡那座山。所以等我長大了，我想登上那座山，請讓我去那座山。』聽說姊姊什麼也沒有說。為什麼呢？因為那座山是女人禁制的。然後……富士十四歲時，前往了那座高山，對山的土地神說道：『我想要登上這座山。』土地神問：『妳**沾染不淨**了嗎？』也就是問她是否有初潮了。」

「初潮……」

「山厭惡女人的不淨。」

茜在不知不覺間瞪著男子。

男子又笑了。「是以前的事了。古時候的日本山裡，有許多禁忌。然而……富士的身體尚未**沾染**不淨。所以土地神便說：『我會睜一隻眼閉一隻眼，妳小心上山吧。』富士高高興興地上山了。山很高，很美，待起來很舒服，結果富士不打算回去了。妹妹拋棄了姊姊，自己一個人登上了高處。所以……」

男子的笑容消失了。「在下田富士這裡有個禁忌。從這裡看到那座駿河富士時，不管心裡覺得再怎麼美，都絕對不能說出口，也不能用手指。聽說如果開口說這裡看到得富士……」男子說道，走近茜的身邊，以格外低沉的聲音說：「……就會被扔進海裡。」

「啊……」

「山神十分善嫉……，是可怕的作祟神。」

「這……和我聽說的……相去甚遠。」

「這樣嗎？只是個無聊的故事罷了。」

「可是……」

——要是被吞沒就完了。

茜望向津村。

「茜小姐，這個……」津村出示包袱。

「哦。」茜伸出雙手，接過神像。

沉甸甸的。

「那是什麼？」男子問。沒必要隱瞞。

「我是來把這個……奉納到這裡的。」

「奉納？奉納到這座神社嗎？」

「是我家代代傳下來的石長姬的神像。」

「石長姬……？哦？這倒稀奇。請務必讓我拜見一下。」

男子說，繞到茜與津村之間。

男子變成背對開始有些西傾的陽光，臉部被陰影所覆蓋，變得一片漆黑。

茜稍微掀開包袱。

男子彎身，誇張地佩服說：「真了不起。」

接著他說道：「可是這裡……這個嘛……」交抱起雙臂。

「不能擅自奉納嗎？還是透過氏子代表比較恰當？」

「就算提出要求，也會被拒絕吧……」暗影男別具深意地說道，然後說：「因為淺間社裡……沒有石長姬啊。」

「咦？怎麼……可能……？」

「淺間社的祭神是木花咲耶姬，雖然在這裡的是阿淺。」

「阿淺……這……」

男子撇下茜似地，悠然前進，出示立在社殿旁邊的立牌。

主神木花咲耶毘賣也

上面這麼記載。

茜小跑步到立牌邊，看了好幾次。

不管怎麼看，上面都只寫著木花咲耶毘賣這幾個字。

這個牌子一定在這裡插了好幾年、好幾十年。毫無疑問地是這座神社的由來紀錄，也沒有替換或重寫的跡象。

男子看了一眼佇立原地的津村後，扶著牌子說：「祭祀在這裡的是木花咲耶姬，不是石長姬。阿淺——淺間就是木花咲耶姬。是在天空噴出鮮紅火花的，死與再生的女神。將世界染紅，宛如櫻花散落般灑出火灰，那些灰燼滋養大地，草木自此而生。天然自然之理。殺戮與再生之神……」

「那麼……」

那麼這個石長姬……

「……這個……我的神……到底……在哪裡……？」

石長姬究竟在哪裡？

茜抱緊了神像，男子站到茜的旁邊。

橫渡山頂的一陣風吹起了茜又長又密的頭髮。黑髮紛亂，好幾束覆上了臉龐。風溜進脖子，掀露了後頸。

男子大概從茜的耳後朝臉頰瞥了一眼，接著把嘴巴湊近她的耳邊說：「**妳想知道嗎？**」

「想……」茜動搖了。「……**我想知道。**」

「妳真的想知道嗎？真傷腦筋……」男子抿著嘴笑了。

他接著說：「很簡單啊，**富士不就是對面的山嗎……？**」

男子回頭，直直指向富士山。

「這……」

「沒什麼好吃驚的吧？這裡是阿淺，那裡是富士。土地的耆老清楚地這麼說。」

怎麼可能？

——神社的祭神不可靠。

——不親自去確認是不會明白的。

「就如妳所看到的，下田富士這裡有木花耶。這塊異樣隆起的土地，是火山活動所造成的吧。火山是一種威脅，得加以安撫才行。但是……請看。」

茜照著男子說的望向富士山。

「很美麗，很平靜，對吧？」男子稱讚著不能稱讚的事物。「富士不是必須驚恐跪拜的作祟神。而是受人敬畏、感激遙拜的神明。與火中生產沒有關係，因為**富士連初潮都尚未經歷**。」

「富士是石長姬？」

「是啊。富士——富士山不就是石長姬嗎？阿淺——淺間山是木花咲耶啊。」

「我一時難以置信……」

「這是理所當然的吧。木花咲耶是在火中生下孩子的姬神，也是噴火燒燬樹木，死而再生的生殖之神。另一方面，石長姬是司掌永恆不變的女神，對於不死者來說，生殖是不必要的。」

「也不會有不淨。」男子說。「富士（fuji）山古時被稱為fushi。fushi，也就是不死（fushi）。永久不滅的磐石、永遠不變的威容。它的模樣有如岩石般堅固、高貴美麗而永恆。**違逆天然自然之理、長生不老的象徵**——不死之山富士，就是石長姬。」

男子說道「喏」，又指向富士。「看看那整年戴雪的穩重容姿。山頂的雪融化，滋潤大地，養育稻穀，這與焚燒草木以獲得新收穫的燒田不同，是水稻。那座宏偉的山是永遠供給豐富水源的靈山，所以富士古時候也被稱為富知（fuchi）。富知是水靈的稱號。換言之，富士山也是水神。而富知又與淵（fuchi）同音。說到淵，就是織布，說到織布，就是石長姬……對吧？」

「這……可是我聽說富士有一座格式很高的神社，祭神是木花咲耶姬……」

「妳不認為富士山裡有淺間神社，本身就是一種錯誤嗎？在那裡的不是阿淺，而是富士啊。」

「這……」

「聽仔細了，淺間信仰是對於噴火這種狂暴自然現象的信仰。而不是對富士山那種美麗、宏偉之姿的信仰。淺間信仰只適合噴火的火山。富士山的確不是死火山，然而它卻是那麼樣地平靜，不是嗎？那不是火山的外表。富士與阿蘇、淺間不一樣。所以那裡祭祀的原本是稱做富知或不二（fuji）的神明。而它之所以變成淺間神社……當然是因為它噴火了。」

「噴火……」

「富士山當然也會噴火，它是火山啊。從天應元年（七八一）開始，那座平靜的山連續爆發了三次。從此以後，富士山本宮便開始祭祀起淺間神了。但是……那座山與其他山不同。妳看，就算冒出濃煙、噴出熔岩，猛烈地爆發，那座山的美麗外表依然不變。而其他的山呢？每次噴火，山頂就缺損，山谷也崩落，變得慘不忍睹。那樣的山不能夠成為富士——不二。」

「不二……」

茜不知為何激烈地動搖了。

「不二——世上獨一無二。那座山就是永恆存在、不死的石長姬。」

風狂嘯著穿越上空。

——這個人……

「你……你是什麼人？」

「驚慌失措，一點都不適合妳。」男子繞過鳥居的柱子，走向石階。「看樣子，或許妳不該知道的，織作茜小姐。」

「知道……什麼？」

「駭人的事。」

「駭人的事？」

「織作小姐，世上……是有真正駭人之事的。是有不可觸、不可見、不可聞之事的。」

「那是……什麼？」

「此外，還有不可以知道的事。」

「你是誰？你知道什麼？」

「我知道一切。我只是在忠告妳。」

「什麼叫忠告？你想要把我怎麼樣？」

「這都要看妳了。」男子以極為低沉的聲音說道。「聽好了。這個世上沒有任何不可思議之事。不管人再怎麼汲汲營營，那座山和這座小山都不會有一絲動搖。無論誰死誰生，這個世界都不痛不癢。對世界來說，人的生死只是細枝末節。無論一個人知道世界的祕密，還是窮究宇宙之理，也都該認清自己的分寸才是。妳不是應該最清楚這一點嗎？織作小姐？」

茜更抱緊了神像。

「津村先生……這個人……」

津村戒備起來。

男子佇立在風中笑了。「在這座山，富士的話題是禁忌。而我卻說了那麼多……，真是不應該。」

男子的披風被一陣強風捲起。

白色單衣的胸口……

——大衛之星？

風在空中呼嘯。

4

月亮倒映在水面搖盪。

白皙的裸體穿透月亮，一樣緩慢地搖擺著。手巾輕柔地飄落，原本盤起的黑髮散落，漂浮在水面。

儘管已經入夜，風卻沒有止息的跡象。

風在遙遠的上空凶猛地呼嘯著。

雲被吹散，就像急流中的一葉小舟，轉眼間消失到遠方。所以……

月亮皎潔無比。

——白天的男子。

茜思考著，那感覺也像是一場夢。

頭髮飽含熱氣，變得潮濕沉重。

——他知道什麼。

充滿光澤的黑，與充滿光澤的白。鮮艷的水面。

黑髮與白肌，新鮮的肉體。

天在狂吼。

茜仰頭望向天空。髮絲浸在透明的液體中，散往四方。星辰在閃爍。

——那個不可思議的男子究竟是什麼人？

只是稍微移開視線一下，男子已經走下參道極遠了。

津村也彷彿被狐狸捉弄了一般，莫名其妙。

茜覺得自己恍惚了好一陣子。

茜打消奉納的念頭，暫且下山。然後在津村帶路下，直接來到這家溫泉旅館。

累癱了。

這是津村的母親過去工作的蓮台寺溫泉的旅館，由於是平日，客人很少。露天的岩池溫泉只有茜一個人，感覺十分空曠。

茜縮起伸長的雙腿。人體在水中的行動十分順暢，划過水的感覺很舒服。

她覺得有抵抗，身體才能夠自由行動。茜伸出雙手撐住，露出上半身，坐到岩石上。

蒸氣從熱烘烘的皮膚冒了出來。

——哪裡……

有哪裡搞錯了嗎？

茜詢問旅館的女傭，得知這一帶的人似乎

相信下田富士的淺間神社祭祀的是石長姬。可是仔細詢問後，才知道西伊豆的雲見有一座叫做烏帽子山的岩山，山頂鎮守著一座雲見淺間神社，下田富士的石長姬信仰似乎是與那裡的傳説混淆在一起了。這麼説來，記得多多良也提到下田富士與烏帽子山兩地。駿河富士與下田富士這雙成對的名稱迷惑了茜。

　雲見那邊的傳説，也與多多良告訴茜的完全相同。不過雲見的傳説內容加上了來自地名的潤飾，説由於姊妹感情不好，駿河富士或烏帽子山其中有一邊一定會被雲霧所籠罩。此外，據説雲見的居民禁止登上富士山，禁忌更為徹底。

　雲見的傳説才是源頭吧。

　但是即使如此，還是有可能像那名男子説的，祭神曾經替換過。就如同男子説的，茜覺得比起木花　耶姬，石長姬更適合做為富士山的祭神。因為合情合理，或許事實上就是如此。

　她認為多多良説先有妹妹這個屬性，再有姊姊，這樣的説明是本末倒置。

——沒錯，本末倒置。

可是……即使如此，現在雲見淺間社的祭神似乎確實是石長姬。雖然是淺間社，祭祀的卻是石長姬。

——那裡的話……

應該可以奉納吧。

茜深深地吸了一口氣，空氣很濕潮。

「啪」的一聲，一道水聲響起。

茜環視四周，這裡意外地寬廣。

蒸氣滑過水面撲來，是風吹進來了嗎？

一陣涼意，相當舒服。

茜將手巾浸到熱水裡，擦拭肌膚。

現在沒有任何東西妝點著茜。

她毫無防備。

所謂裝飾，或許是一種扭曲的防衛本能。

——真正駭人之事。

是什麼呢？

——不可以知道的事。

村人的大屠殺。

——為了什麼？

沒錯。茜是以大屠殺為前提，所以並沒有想過該如何定義大屠殺本身。

——但是……

那應該不是茜的工作，她的工作是剝掉東野鐵男的偽裝。至於剝掉後會是什麼，那不是茜該管的事。若是不把這些問題一一撇下，任務就沒辦法進行。若不那樣公私分明，就太難熬了。

——這個工作就是這麼悲傷。

——明天……

要去韮山。

那裡會有什麼呢……？

「啪」的一聲，水聲再度響起。

——有人嗎？

茜攤開手巾，遮住胸口。

她窺看情況。風吹過上空的聲音，水面起伏的聲音。此外，只有夜晚靜謐的聲音。

——大屠殺。

令人介意。軍部的參與。那個不可思議的男子。

謊報來歷的兩名男子，其中一名據說是全村遭到屠殺的村人倖存者。

倖存者。

——我也是倖存者。

土地。證據。罪犯。

——是了！

茜激出水聲站了起來。

——大逆轉不一定只有一次。

沒錯，**被騙的是騙人的一方**。

那樣的話……

又是為了什麼……

啪。

「誰？」

回頭。

「有人嗎？津村先生？」

水面起伏，水面蠕動著。

茜一絲不掛。

「是誰？」

滑動。自岩石後面。啪。

一道蠻力抓上肩口。

「誰……」

嘴巴被摀住了，水花驟然噴起。

如同棒子般堅硬的手臂自腋下伸來。凶惡的手臂，在柔軟的皮膚上。手壓住了乳房、脖子。

——好痛。

臉歪曲了。是誰？是誰？嘩啦嘩啦的聲音。

頭髮，水滴，蒸氣沁入眼睛。不要，不要不要。

用力甩頭，全力抵抗。帶有水氣的光澤長髮。嘩啦嘩啦。手指爬上脖子，手指穿進大腿內側。連踢都沒辦法，動彈不得。從背後被架住，四肢被箝制，茜的肉體完全失去了自由。肌肉緊繃，如同尖銳的棘刺般。脖子周圍。不要，不要。好痛，好難過。

——救命！

茜感覺到根源性的恐怖。

什麼東西繞上了脖子。

發不出聲音。

舌頭好乾。

世界膨脹。

——我被絞住脖子……

啊——

在想到該想起誰的臉之前，織作茜斷氣了。

＊

新的警官請我喝茶。

我照著他說的啜飲。

警官以充滿濃厚侮蔑、幾乎可以說是怨念的嫌惡眼神看著我的動作。我覺得我應該是一副豁出去的樣子，大牌到應該會被處以死刑。

我現在的意識比起混亂更接近混濁，不管再怎麼努力嘗試接納理性的光芒，結果依然只是變得一團稀爛，像污物般沉澱而已。另一方面，我的意志打從一開始就完全腐敗，每當受到刺激，就散發出腐臭，一邊噴灑出腐汁，一邊萎縮下去。

我被毆打、被咒罵。

被逼問。

我墮落下去。

只是無止境地墮落。

那些推人下去的人，不可能了解墜落的快感。

警官用一種看瘋子的眼神看我。

我……恐怕正露出冷笑。

「是你幹的……」

我……恐怕正露出冷笑。

「你自己這麼說的……」

我……恐怕正露出冷笑。

「凶器也找到了……」

我……恐怕正露出冷笑。

「大致上的移動路徑也查清楚了……」

我……恐怕正露出冷笑。

「磅」的一聲，警官踢翻椅子。

「動機！動機！你缺少的就只有動機！被捕時就自白的傢伙，為什麼不肯說出動機！只會給我傻笑！不管你再怎麼裝瘋賣傻，我都不會把你送去做精神鑑定！你絕對不會被無罪釋放的！喂！」

我的胸口被揪住，茶杯翻倒，茶溢了出

來。

「給我招！招！招！叫你給我招！你這個混帳東西！給我說話啊！你是想要強姦人家嗎？你這頭下三濫的豬！」

「好啦好啦……」新的警官制止。「關口先生，你上上個月去了安房勝浦對吧？」

「去……了吧，一定。」

或許是做夢。

「去做什麼？」

「不曉得……」

我去做什麼了？

「你瞧不起人啊？」年輕警官吼道。

我什麼都沒法說，因為沒什麼好說的。

「你去了伊豆，經過靜岡、三島、沼津，去了縣政府、市公所、郵局，然後在韮山拜訪了七戶民宅，然後又去了駐在所和警官談話。然後呢？」

「去……山中……消失的村子……」

「我說啊，淵脇巡查說他記得和你談過，可是他沒有和你上山，也不認識什麼叫堂島的人。不要瞎編故事好嗎？我不知道你是作家還是呆瓜，可是像你這種卑鄙的罪犯，不可以寫什麼小說！你這個人渣！」

或許是吧。

我……恐怕正露出冷笑。

所以我被狠狠地揍了。

「你啊，離開駐在所後，直接去了蓮台寺溫泉，住了一晚，隔天在下田閒晃，在書店順手牽羊逃跑，然後回到溫泉，從民宅的倉庫偷出麻繩，直到夜晚都待在御吉之淵，等到天色暗下來，就潛入附近的露天澡堂，用偷來的麻繩勒死入浴中的被害人，不知道為什麼，背著遺體進入高根山中，一樣用麻繩把死者吊在接近山頂的大樹上，然後看著屍體傻笑的時候，遭到逮捕了，對吧？你認識被害人吧？這是事先計畫好的謀殺！」

「認識……誰？」

「啥？你白痴嗎？混帳東西，我告訴過你多少次了！就是你殺死的那個織作……」

「等、等一下！」

我……總算了解一切了。

「我、**我……殺了織作茜女士**？」

當然，回答令人絕望。

（宴已備妥）

參考文獻

《鳥山石燕畫圖百鬼夜行》 高田衛監修／國書刊行會

《竹原春泉　繪本百物語》 多田克己編／國書刊行會

※

《日本隨筆大成》 日本隨筆大成編輯部／吉川弘文館

《定本柳田國男集》 柳田國男／筑摩書房

《折口信夫全集》 折口信夫／中央公論社

《日本諸神　神社與聖地》 谷川健一編／白水社

《日本石佛事典》 庚申懇話會編／雄山閣

《比叡山與天台佛教研究》 村山修一編／名著出版

《庚申信仰研究》 窪德忠／山川出版社

《庚申信仰》 飯田道夫／人文書院

《河童之日本史》 中村禎里／日本編輯學校出版部

《抱朴子　列仙傳・神仙傳　山海經》 ／平凡社

《老子》 山室三良／明德出版社

《中國的民間信仰》 澤田瑞穗／工作舍

《道教諸神》 窪德忠／平河出版社

《故事類宛　神祇部》 ／吉川弘文館

《群書類從　釋家部》 ／群書類從完成會

《耳囊》 長谷川強校注／岩波文庫

※作中所引用的文章，《一宵話》、《嬉遊笑覽》參考《日本隨筆大成》的標記，《妖怪古意》則參考《定本柳田國男集》收錄標記。

※關於《耳囊》的內容，以岩波文庫版為準。此版翻印自被視為唯一的十卷完備本的舊三井文庫本。

※另，在撰寫本作品時，作者在與畏友多田克己先生的對話中獲得了許多貴重的啟發，在此特別表示謝意。

※另，作者亦透過多田氏參考了其涉獵的龐大文獻資料中的一部分，但無法一一加以載明，特此說明。

※本作品為作者所創作的虛構小說，故事中登場的團體名、人名及其他，如有雷同，純屬巧合，特此聲明。

解說一

《塗佛之宴》的妖怪論

／西山克

和歌山縣橋本市學文路，是位在高野山麓的偏僻小鎮。

學文路讀作kamuro。或許是它的字面令人聯想到通往學問之路，據說南海電鐵高野線學文路站的車票被當成保佑金榜題名的護身符，銷路極佳。過去，學文路位於登上高野山的參拜道路起點。現在由於電車直接延伸到高野山下的極樂橋，這個村落便被埋沒在偏僻的鄉下風景中，遺世獨立。不過在電車鐵路拋棄學文路的記憶前，那裡應該看得到許多客棧及寺堂，有著倡導弘法大師信仰的宗教家、遍歷漂泊的異人，以及巡禮的男女頻繁出入。

學文路上有一座名為仁德寺的真言宗寺院。佛教民俗學者日野西真定先生調查這座寺院，於一九八九年寫下〈高野山麓苅萱堂的起源與機能〉（大隅和雄．其他編《巫與女神》平凡社）這篇論文；在這之前，連身為寺院住持親屬的我都不知道這座寺院過去被稱做仁德寺。除了寺院的保存會相關人士以外，當地恐怕也少有人知道吧。因為就像南海電鐵學文路站旁邊掛著苅萱堂的看板，大家都只知道這座寺院通稱為苅萱堂。苅萱道心（註）的故事——酒杯中漂著櫻花花瓣，體感無常，拋棄領地與妻子的男子……

高野山上，也有一座以苅萱物語的圖繪故事聞名的同名祠堂。苅萱物語有許多版本，苅萱發心的動機也不盡相同。可是這不是重點。學文路苅萱堂與山上同名的祠堂無關，一直是登上高野山的參拜道路起點此一境界領域。

　從學文路站登上苅萱堂的坡道陽光燦爛，視野寬闊。底下是紀之川，遠景可瞭望葛城群山。沒有形貌殊異的宗教家或熱鬧的男男女女。沒有誦經聲，沒有錫杖聲，也沒有鈴聲。即使如此，這座寺院依舊維持著奇妙的存在感。這是有理由的。因為苅萱堂的本堂裡，隱藏著長生不老的聖具——人魚木乃伊。

*

　這個妖怪擁有吃了就會長生不老的屬性。這個木乃伊就像挪威畫家孟克（Edvard Munch，一八六三—一九四四）的《吶喊》（Skrik）一般，雙手按在臉頰上，齜牙咧嘴。正確地說，這是人魚的標本。牠的身長約六十公分，被收藏在桐箱裡。彷彿與列島各地流傳的人魚傳說相呼應，傳說這隻人魚是在一千數百年前於近江的蒲生川捕獲，牠會遭到殺害，製成標本，應該純屬意外。牠的表情看起來不像在威嚇，也沒有恐懼，當然也沒有半分慈愛，反倒像是在為這個狀況感到困惑、吃驚。說是苅萱失蹤後，追趕而來的其妻千里的遺物，這個聖具委實太過詭異了。

　在現代，住在苅萱堂仁德寺的，不是別人，就是西山一族。就像戶人村的佐伯家不斷地隱藏著「君封大人」這個長生不老的咒物般，西山一族也一直守護著人魚的木乃伊。我身為後裔之一，少年時代，暑假期間曾經在那裡住過幾日，在本家的堂哥們邀約下，打開過

註：苅萱道心原本是平安末期的一國領主，因收留父親故友之女千里，引發正妻和千里反目，自覺罪孽深重而出家。其後千里產下一子石童丸，母子一同前往高野山尋父，因女人禁制的規定，石童丸獨自上山，碰上其實就是道心的僧人，告訴他道心已死。石童丸下山後，母親已因急病過世，悲傷的石童丸再次回到高野，拜道心為師，終其一生父子都沒有相認。

這個妖怪的棺木。那不是生者也不是死者，而是人魚。正確地說，就像是人魚這個概念就這樣被製成了標本，充滿了除蟲藥與灰濛濛的古物氣味。

就在我度過一板一眼的少年時代，立志研究歷史學以後，知道了若狹的八百比丘尼傳說。儒學者林羅山的《本朝神社考》當中，有一段關於若狹白比丘尼的記述。一個父親在異界受到異人招待，而女兒不知道那是人魚肉而吃了下去。她活了四百歲，仍舊存活於世。關於一般被稱為八百比丘尼的這個不死女子，也可以在室町時代的貴族及僧侶的日記中找到一些資料。例如一四四九年（寶德元年）五月二十日，一名白髮老婆自若狹來到京都。傳說她年紀八百歲，也有人說兩百歲。她被稱為白比丘尼，成了眾人爭睹的對象，暴露在京都那些好說長道短的長舌男女好奇的眼光中。但是室町時代的紀錄裡，年齡數百歲的白髮老嫗還沒有與人魚聖具連結在一起。這兩者被明確地意識、連結在一起，是在近世初期以後。

蝙蝠棲息的苅萱堂裡的人魚，是從什麼時候起出現在苅萱堂的？擁有吃了就會長生不老這個屬性的不祥之物，是什麼時候起像塊半乾的膠似地貼在苅萱堂的歷史上？我從歷史學的立場研究怪異現象，最近思考起底下的一些問題，與妖怪概念發生的問題相關。在考察妖怪概念時，京極先生的《塗佛之宴》是一本有趣到甚至具備特權性的書。也可以說是充滿了蠱惑。在操縱妖怪絡新婦的蜘蛛王京極夏彥的背影顯現之前，我們先來回溯一下妖怪概念的歷史。

*

京極先生在《塗佛之宴—備宴》當中，以近世社會所創造的妖怪野篦坊、嗚汪、咻嘶卑、哇伊拉、休咯拉、歐托羅悉等來標記章節。當然，這還得加上書名的塗佛。翻開佐脇嵩之的《百怪圖卷》（一七三七年，元文二年），上面的塗佛看起來像個稀奇古怪的人魚。那是一個雙臂彎曲、全身漆黑的凸眼金魚，底下由纏著腰布的人類下半身支撐著。令人在意的是，這些奇怪的形象，被世人稱之為妖怪。

何謂妖怪？

如果想要符合歷史學的——同時是民俗學的——嚴格定義，這個問題並不容易回答。在國際日本文化研究中心建立怪異・妖怪傳說資料庫的小松和彥（註）先生，這樣地定義妖怪學：為超自然存在，受人祭祀者為神，未受祭祀者為妖怪。但是這個定義有一個重大的缺陷，就是未將妖怪的論述史納入視野。因為妖怪的概念十分優越，擁有近代的性質，並不能無視於時序，將位相變換為神的概念。

但是京極先生自《姑獲鳥之夏》到《陰摩羅鬼之瑕》這些光彩奪目的作品群，一般不就被稱為妖怪系列嗎？沒錯，京極夏彥這位作家重新創造了妖怪的概念。京極先生與多田克己先生兩個人翻刻著《妖怪圖卷》等妖怪圖畫。在這些書本的解說裡，京極先生對於鳥山石燕（一七一二～八八）的妖怪圖像評道：

石燕所畫的妖怪畫，是妖怪的一種終極完成型。但是被封閉在裡面的妖怪，已經不被允許在闇夜中捉弄人了。妖怪以妖怪這種形式完成——因而一度死去。

若是將妖怪的語義暫時括上括弧，這是一

註：小松和彥（一九四七～），日本文化人類學者、民俗學者，國際日本文化研究中心教授。專門研究妖怪論、巫術及民間信仰。

番卓見。為何說是卓見呢？理由如下：

室町幕府第八代將軍足利義政在位時，祭祀奠定清和源氏根基的源滿仲遺骸的神廟猛烈鳴動。那就是位於兵庫縣川西市的多田神社。前近代的佛教有一個管理英雄英靈的宮寺組織，稱為多田院，就是這個多田院發生大鳴動。當然，科學的合理說明沒有意義。墓地發聲的異象立即傳到滿仲的子孫義政耳中，義政為了該如何處理，殫精竭慮。

朝廷與幕府的執行部共同研議後，義政在宗教界的奇才吉田兼俱的建議下，送了一份宣命體（註一）的願文給多田院。願文中提到，滿仲身為掌握國家武力的源氏一族之始祖，曾經立誓將「知見天地**妖怪**，護佑國家安全」。多田院鳴動，代表滿仲的死靈憤怒。義政命令兼俱，在洛東神樂岡的神祇齋場——也就是大元宮——執行平息其怒的祭儀。吉田神社大元宮後面附設的後房裡，現在仍然有穿著深紅色裙褲的眾神主，進行驅除附身妖怪的祕儀。

令人在意的是，這裡出現了妖怪一詞。我目前正在著手將古代至中世的日記中提到的怪異記述資料庫化，但是綜觀這些龐大的怪異記述，妖怪一詞的出現只能算是特例。但是兼俱——他是個誇大妄想狂，也是個煽動家及策士，最重要的是他是個蠱惑人心的宗教家，同時也是卜部家的末裔——在他的語彙裡似乎潛藏有妖怪這個詞彙。所謂天地妖怪，指的並不是天地間充滿了撒沙婆婆或貓女。兼俱是說，天地間充滿了妖氣，而識破凶事的預兆，守護國家安全，才是滿仲永恆的使命。

換言之，妖怪這個詞彙，並不是用來指稱怪物般奇怪的外形，它可以說是怪異的同義語。在那個時代，提到妖怪的時候，不說我們使用的「妖怪」二字，而是使用「妖物」這個詞彙。例如《看聞日記》中，一四四三年（嘉吉三年）八月十日一條，寫道將軍的寢殿——

室町殿出現了妖物。那個時候，室町殿受到騷靈現象所擾，聽到許多看不見的東西聚攏過來的聲響。出現的妖物有大入道及女房（註二）。女房有七尺高，約二一〇公分。

眾所皆知，《百鬼夜行繪卷》以室町時代的都市文化為背景所創造出來的器物妖怪雖然駭人，卻也有著可愛的形象。近世以後，這種傾向更是變本加厲。原本混沌的妖物們，被人基於博物學的興趣分化、命名、分類。這種風潮的極端，就是鳥山石燕的一連串妖怪圖像。確實，自室町時代一路成長的妖物們，被分類到個體的水準，連形態的細節都被栩栩如生地描繪出來。透過被細細描繪，眾妖物再也不是恐怖或畏懼的對象了。

換言之，它們由於完成——因而一度死去。

因此京極先生對於鳥山石燕的妖怪圖像的註解，實是一番卓見。

*

而出現在幕末時期的《稻生物怪錄》裡的眾多異形，出現了個別的存在被稱為妖怪的例子。我特別喜歡京極堂主人以下所說的一段話。是《塗佛之宴：撤宴》中，與多多良對話中的一節（粗體依照原文）。

「是句點。多多良，我認為妖怪是**怪異的最終形態**。」

「意思是……？」

「試圖解讀不可知的事物、無法理解的事物、並控制無法控制的事物——這種知識體系

註一：一種古代日文文體，借用漢字的讀音來記述日文。

註二：古代高位女官。

的末端，就是妖怪。無法捉摸的不安、畏懼、嫌惡、焦急——在這類莫名所以的東西上附加道理，予以體系化，不斷地置換壓縮變換，並把它們拖到意義的層級之中——當記號化成功時，我們所知道的所謂妖怪總算完成了。」

能夠從中世社會以前的古紀錄取之不盡的怪異、其最終形態的妖怪，日本社會的妖物——這段文字可以說是將這些系譜完美地語言化。中禪寺秋彥果然不是泛泛之輩。

但是曾經一度死亡的妖怪被重新發現了。

維新政府為了排除淫祠邪教、迷信妖怪，大力掃蕩。室町時代吉田兼俱所使用的妖怪語義再度復活了。例如一八七一年（明治四年）九月十九日，京都府將民間陰陽師編入平民，取而代之地，禁止他們提出「妖怪之言」。為了與世界文明國為伍，近代國家選擇將妖怪視為象徵舊政治社會體制的詞彙。妖怪博士井上圓了的研究，應該算是這股潮流的產物。不過井上絕對沒有全面否定妖怪，井上將不可知的不可思議做為真怪留下，將其他的視為假怪，予以否定。

然後，妖怪第三次被發現了。

柳田國男批判井上圓了（註一），意識著江馬努，著手進行妖怪研究時，身為凋零神明——雖然現在已經沒有人相信了——的眾妖怪，開始在日本社會昂首闊步。小松和彥先生的妖怪學原理性地批判柳田，成功提升了妖怪研究的水平，但以系譜來說，以上全是第三次發現的延續。

我總算看見京極夏彥的背影了。毫無疑問，我們與真正的妖怪作家活在同一個時代。京極先生知道妖怪發生的深奧的道理與機制。過去出現過這樣的作家嗎？至少我不知道。《塗佛之宴》中隨處可見的妖怪論，我一面以筆畫線，一面貼上標籤閱讀。標籤貼得太多，書本的厚度增加了好幾成。就京極的書來說，這是件悲劇。

*

有時候，我會回到學文路的苅萱堂。也不先通知親屬，就在南海電鐵學文路車站下車，爬上通往寺院的坡道。回頭一看，紀伊的大河紀之川波光粼粼地流逝。人魚木乃伊現在仍然收藏在祠堂的木箱裡。由於近來的妖怪風潮，似乎也有遊客會到博物館等地旅行。近世的地誌類上，有時候會畫著同型的人魚插圖。上面說明，那是來自於比近江、若狹更遙遠的俄羅斯。這種妖怪具有吃了就會長生不老的屬性，是長生不老的聖具……

現在，我已經知道這個標本是人造的，它遠比西山一族的系譜要新穎多了。近世社會的都市知識人出於博物學的興趣，將混沌的妖物分化、命名、分類，像圖鑑般畫出精密的圖畫，有時候也會製作實物。佐伯家的悲喜劇，與西山一族應該沒有關係吧。

但是，我心想，在這座學文路苅萱堂觀看人魚木乃伊時，京極先生會怎麼說呢？我湧出了一股研究者不應該有的好奇心。

作者介紹

西山克，關西學院大學文學部教授，東亞怪異學會代表。

註一：井上圓了（一八五八〜一九一九），日本佛教哲學家、教育家。在破除迷信的立場上研究妖怪，為日本妖怪研究的先驅者。

解說二

以記憶為主味備宴

——關於《塗佛之宴：備宴》

／臥斧

（本文涉及情節，請自己斟酌是否閱讀）

蛋是大自然以及廚房的驚奇之一。它簡單而平靜的外表下，蘊藏著日常生活裡的奇蹟：集合多種營養素，轉變成活生生會呼吸且精力旺盛的生物。蛋已成為一種象徵，訴說著動物、人類、神祉、地球，甚至整個宇宙謎一般的起源。

——《食物與廚藝：奶、蛋、肉、魚》p.097

「記憶像是蘑菇，在黑暗中急速生長。」

細胞生物學博士、也是著名作家蘿普（Rebecca Rupp）的著作《記憶的祕密（Committed To Memory）》一書在一九九八年出版，以許多神經醫學及心理科學的研究案例為主，穿插名人或者名作當中關於記憶的摘句，有系統地從各個層面剖析記憶、遺忘，以及記憶術之間的關係，深入淺出，有趣易讀。

在本書討論遺忘的〈卷二・遺忘〉當中，蘿普講了這句話。

蘿普的意思是，我們日常生活當中無時無刻獲得的「記憶」，並不是像被放在冷凍櫃裡頭那樣保存起來，相反的，它們被我們放在保溫箱當中，有時加油添醋、有時顛倒重組；但我們並非有意識地進行這類記憶修改作業，這項作業常是大腦在暗裡進行，待我們將記憶重新翻撿審視時得到的，已經是在不知不覺當中改換樣貌的資料了。

當然，不是所有記憶都會自己胡亂變形。

發生爭執時（無論是伴侶、朋友、同事或者家人），過去不愉快的記憶會膨脹、將愉快的片段縮擠，讓我們相信自己與目前發生齟齬的這人在更早之前就有許多分歧意見；某件事情的結果發生後，也容易讓我們對做決定時的信心產生事後偏見（令人滿意的結果會讓我們認為自己先前做決定時較有信心，而不滿意的結果則會讓我們認為自己當時沒什麼把握）。此外，催眠、洗腦等方式，也有可能摧毀或者重塑記憶。

因此，某些時候，我們記憶當中的事，可能根本沒有發生。

在同一本書中，蘿普描述了康乃爾大學進行過一個實驗——研究人員每個星期重覆詢問一群小朋友：「你們有否經歷過這五件事？」其中有四件事曾經真實發生（例如與家人出遊），有一件則是研究者虛構的意外，這個意外指稱小朋友的手指被捕鼠器夾傷，必須到醫院去進行急救。到了第十一週，也是實驗的最後一週，有三分之一的小朋友堅持自己發生過這件意外，而且通常還會伴隨詳細的描述，比如說捕鼠器擺放的位置，或者宣稱自己身上的某個傷口就是這個意外留下的疤痕。

一個人的記憶可以被如此竄改，一群人的記憶也有可能被重新捏塑。

喬治・歐威爾（George Orwell）的經典小說《一九八四》裡，主角在一個名為「真理部（Ministry Of Truth）」的政府機關上班，工作內容即是根據現實的狀況以及政令宣傳的需要，回頭修改過去的新聞報導、歷史文獻以及文學創作。歷史資料其實是一群人的集體記憶，當這些資料被人為修正之後，胡亂的預測就會變成精確的先知，政治支票沒有兌現的領導人就會成為說話算話的政治家。

在京極夏彥的《塗佛之宴—備宴》中，

「記憶」正是最要緊的主味。

某人站在樹下，迷迷糊糊地看著被樹葉切割後灑下的光線，心中喃喃自語；隨著他的心緒逐漸聚焦，我們發現樹上似乎吊著一具美麗的裸體女性人偶。其實從他的喃喃自述當中，《京極堂》系列的讀者可能都已經猜得到他的身分，但在發現人偶之後，他腦中剎時湧來的影像，會讓本系列讀者瞬間確認這個角色，正是被京極堂譏為三流文士的小說家關口巽——因為他想起的那些形象，全都與先前的系列作品相關，甚至在本系列第一部作品《姑獲鳥之夏》當中，他的記憶還是故事成形的重要關鍵之一。

接著，第一章〈野篦坊〉開始。

糟粕雜誌《實錄犯罪》的編輯妹尾友典來找關口巽，希望他探訪調查、替一件異事撰稿：一位名叫光保的先生多年前曾被派駐到某個偏遠的山中小村當警員，但還沒待滿一年，就因開戰之故被動員徵兵，直到十多年後才輾轉回國。重回本國之後，光保探訪舊地，卻發現那個村子消失了——並不是因為水庫建設或者天災遷村，而是村莊尚在，道路景物光保也記得一清二楚，但村莊的名稱與光保的記憶不符，自稱一輩子都住在該地的老人聲稱不認得光保，光保也不得他們。是誰記錯了？或者，是誰在說謊？又或者，是誰的記憶被悄悄的置換了？又是誰、為了什麼因由而做這種事呢？

緊接在後的，是第二章〈鳴汪〉。

從本章開始，我們發覺《塗佛之宴—備宴》與本系列前作明顯不同——《京極堂》系列作品皆以一種妖怪為名，並以該妖怪的形象特色、文化沿革與傳說變化為主軸，同故事裡的事件相互呼應，身兼陰陽師、神社主人及舊書肆店長、綽號京極堂的主角中禪寺秋彥，則會在解釋這些妖物相關資訊及特殊意義時，一起將每樁事件的箇中機關道破；從《姑獲鳥之夏》、《魍魎之匣》、《狂骨之夢》、《鐵鼠之檻》到《絡新婦之理》，盡皆如此。

但在《塗佛之宴：備宴》中，京極夏彥一口氣放進了六種妖怪。

每個章節的名稱都以妖怪命名，章節內容發生的事件也與妖怪特性有關——第一章的〈野篦坊〉不但是光保的外號及執念，也是他想要重尋消失村莊的主因；第二章〈鳴汪〉這種妖怪出現在賣藥郎尾國的描述當中，與章節裡提及的兒童拐騙傳說有關，也意指自殺者村上受到後催眠的暗示指令；第三章〈咻嘶卑〉名號被與山精河童混用的狀況，不但與覆面歌人喜多島熏童的身份對應，也與加藤麻美子的偽記憶有關；第四章〈哇伊拉〉是種只剩名字外形勉強留存的妖怪，沒有其他描述及相關訊息，正同華仙姑的名實問題相符。

在第五章出現的妖怪，名叫〈休咯拉〉。刑警木場修太郎在本章登場，受託協助一位名喚春子的女人；春子參加的「長壽延命講」起緣自傳統民俗中的「庚申講」，而「休咯拉」正是「庚申講」傳統形成的主要因素，除此之外，春子自認被追求者全天候監視的情況，也同「休咯拉」的形象相互應照。第六章的〈歐托羅悉〉與第四章的〈哇伊拉〉一樣是僅餘名號及形貌的妖怪，本體未名的情況與章節當中隱瞞過去的騙局對應，也指出本次事件，可能與鍛鐵冶金之類的外來技術集團有關。

待到六章讀罷，我們才驚覺：放在書名的「塗佛」，根本還沒出現啊。

上述六種妖怪以及放在書名裡的「塗佛」，都出現在鳥山石燕的《畫圖百鬼夜行．下篇．風》這卷作品當中，雖然和自己筆下的京極堂一樣，喜歡繞著大圈來將種種枝節名堂一一解釋清楚，但很明顯的，京極夏彥在《塗佛之宴─備宴》裡讓各種妖怪一起出現，並非

一時興起亂跑野馬。

因為這些事件看似各自發生，但章節之間又有一些巧妙的關聯。

第二章的自殺者村上，其實來自第一章裡那個已經消失的山村；賣藥郎尾國在第二章破解催眠，在第三章中卻是催眠他人導致悲劇的角色；第三章裡加藤麻美子提及的華仙姑被京極堂判定為詐欺師，在第四章出場時我們才發覺她似乎只是被某集團利用，甚至還是第一章中消失村落裡的名門望族之後……除了在不同事件之間出現正邪立場丕變但身分相同的角色之外，記憶的真偽、催眠及後催眠、名與實之間的異同，以及如何利用一再翻轉的手法讓受害人不辨本末地落入詐欺圈套等等主題，也都在每個事件裡以各種不同的角度被提及。

各個章節的謎團似乎都有暫時的解答，首末二章串起的最大問題，仍然沒有答案。

關口注視著的女體並非人偶，而是在前作《絡新婦之理》中角色織作茜的屍體；在樹下瞪著屍體發愣的關口被當成兇嫌逮捕後，每個章節除了各種不同登場事件之外，京極夏彥也讓我們繼續留意著關口被捕、拘留及審訊的情節，再以第六章中發生的事件，將關口和織作茜兩個角色做出鏈結。同時，我們也會在此發現：一開始「山村消失」的這個問題，因為關口被捕，所以還卡在一個不上不下的階段裡；而從各章情節所透露的片段訊息裡頭，我們似乎還會感覺：這個事件背後運作的力量，可能較本系列之前的作品更為龐大。

彷彿一桌豐盛的宴席，所有的食材都備齊了，但還看不清盛宴的全貌。

在哈洛德·馬基（Harold McGee）的名作《食物與廚藝（On Food And Cooking: The Science And Lore Of The Kitchen）》一書中，收錄了一幅十七世紀的版畫，畫中將「提煉蜂蜜」一事與學術研究相提並論，指出「圖書館就是學者的蜂房」；事實上，每個烹調的步驟都與默默地遵守著宇宙運行的物理化學定律，而每樣食材的內裡都有其生成的因由與歷史的意義，就連像「蛋」這樣一種日常平凡的食材，都會與古老宗教的創世神話（印度教當中有一種說法，指稱第一個神是由蛋當中出生的）有關，更蘊含著「將多種營養素組合成生命體」的神祕機制。

如此一想，《塗佛之宴—備宴》當中呈現的，不正是如此一幅景象嗎？

從中國到日本的文化變遷、從古代民俗到近代儀式的源流沿革，姿態各異但又相互摻雜影響的妖怪形象、看似互不相涉實則應該全都暗裡相連的每樁懸疑事件……像是個熟稔各式材料與烹飪技法的大廚，京極夏彥以「記憶」為主味出發，將《塗佛之宴：備宴》的六款妖異菜色陸續擺上桌面，一一細數每道菜色的由來、變革，以及乍看之下自成道理細究之後卻是幾番轉折的玄異，在我們跟著角色們一路探索、領會的同時，綜合所有食材特色的全席饗宴，也正在悄悄組成。

塗佛之宴已然備妥，且讓我們一面以眼前的食材費心猜想，一面靜待京極夏彥在續作中撤去覆宴的遮幕吧。

作者介紹

除了閉嘴之外，臥斧沒有更妥適的方式可以自我介紹。

國家圖書館出版品預行編目資料

塗佛之宴—備宴（下）／京極夏彥著／王華懋譯；.–初版.–.臺北市；獨步文化：家庭傳媒城邦分公司發行, 2010〔民99〕
面；公分.（京極夏彥作品集：11）
譯自：塗 の宴—宴の支度
ISBN 978-986-6562-46-4（下冊：平裝）

861.57　　98024955

京極夏彥　作品集11

ぬりぼとけのうたげ　うたげのしたく

塗佛之宴 備宴（下）

原著書名　塗仏の宴——宴の支度
原出版社　講談社
作者　京極夏彥 KYOGOKU NATSUHIKO
翻譯　王華懋
責任編輯　戴偉傑、關惜玉
主編　江麗綿
行銷業務　尹子麟、闕志勳
版權部　王淑儀
總經理　陳蕙慧
發行人　涂玉雲
出版者　獨步文化
城邦文化事業股份有限公司
104台北市中山區民生東路二段141號5樓
電話：(02) 2500-7696　傳真：(02)2500-1966
發行　英屬蓋曼群島商家庭傳媒股份有限公司城邦分公司
104台北市中山區民生東路二段141號2樓
讀者服務專線：(02)2500-7718；2500-7719
24小時傳真服務：(02)2500-1990；2500-1991
服務時間：週一至週五 上午09:00～12:00 下午13:00～17:00
讀者服務信箱E-mail：service@readingclub.com.tw
劃撥帳號：19863813　戶名：書虫股份有限公司
總經銷　大和書報圖書股份有限公司
電話：(02)8990-2588；8990-2568
傳真：(02)2290-1658；2290-1628
香港發行所　城邦（香港）出版集團有限公司
新址：香港灣仔駱克道193號東超商業中心1樓
電話：(852) 2508 6231　傳真：(852) 2578 9337
E-mail：hkcite@biznetvigator.com
馬新發行所　城邦（馬新）出版集團
Cite(M)Sdn.Bhd.(458372U)
11, Jalan 30D/146, Desa Tasik, Sungai Besi, 57000 Kuala Lumpur, Malaysia
電話：(603) 90563833　傳真：(603) 90562833
妖怪插圖　王正凱 si:
美術設計　木子花
封面設計　戴翊庭
排版　浩翰電腦排版股份有限公司
印刷　前進彩藝有限公司
2010（民99）年01月初版
定價350元　ISBN 978-986-6562-46-4

廣　告　回　函
北區郵政管理登記證
台北廣字第000791號
郵資已付，免貼郵票

104台北市民生東路二段 141 號 2 樓

英屬蓋曼群島商家庭傳媒股份有限公司　城邦分公司

請沿虛線對摺，謝謝！

書號: 1UH011　　**書名:** 塗佛之宴　備宴（下）　　**編碼:**

請於此處用膠水黏貼

讀者回函卡

謝謝您購買我們出版的書籍！請費心填寫此回函卡，我們將不定期寄上城邦集團最新的出版訊息。

姓名：________________________ 性別：□男 □女

生日：西元__________年__________月__________日

地址：________________________

聯絡電話：________________ 傳真：________________

E-mail：________________________

學歷：□1.小學 □2.國中 □3.高中 □4.大專 □5.研究所以上

職業：□1.學生 □2.軍公教 □3.服務 □4.金融 □5.製造 □6.資訊

□7.傳播 □8.自由業 □9.農漁牧 □10.家管 □11.退休

□12.其他 ________________

您從何種方式得知本書消息？

□1.書店 □2.網路 □3.報紙 □4.雜誌 □5.廣播 □6.電視

□7.親友推薦 □8.其他 ________________

您通常以何種方式購書？

□1.書店 □2.網路 □3.傳真訂購 □4.郵局劃撥 □5.其他

您喜歡閱讀哪些類別的書籍？

□1.財經商業 □2.自然科學 □3.歷史 □4.法律 □5.文學

□6.休閒旅遊 □7.小說 □8.人物傳記 □9.生活、勵志 □10.其他

對我們的建議：________________________

____

____

____

____

請於此處用膠水黏貼